El día que el océano te mire a los ojos

El día que el océano te mire a los ojos

Dulcinea (Paola Calasanz)

Rocaeditorial

© 2017, Paola Calasanz

Primera edición: noviembre de 2017

© de esta edición: 2017, Roca Editorial de Libros, S. L.
Av. Marquès de l'Argentera 17, pral.
08003 Barcelona
actualidad@rocaeditorial.com
www.rocalibros.com

© de la ilustración de cubierta: 2017, Ana Santos

Impreso por LIBERDÚPLEX, S.L.U.
Ctra. BV-2249, km 7,4, Pol. Ind. Torrentfondo
Sant Llorenç d'Hortons (Barcelona)

ISBN: 978-84-17092-54-2
Depósito legal: B. 22408-2017
Código IBIC: FA

RE92542

A todas las personas que creen
que el amor puede salvarlos

1

*D*icen que al morir ves pasar toda tu vida ante tus ojos, a cámara lenta o a toda hostia. Yo no sé si eso será cierto o no, pero sin duda es lo que he sentido esta mañana en la consulta del doctor John.

Hace semanas tuve migrañas, o eso creía yo, pero como soy tan antimédicos lo dejé pasar. Si tu mejor amigo es tu médico de cabecera es delito, lo sé. Pero es que odio todo eso de estar enferma, que me mediquen y cualquier cosa que escape de mi control. Quizá es por lo mal que lo pasé cuando mi madre enfermó. Quién sabe. Pero sí, lo admito. Soy adicta a controlar la situación. No porque me guste tenerlo todo ordenado, sino todo lo contrario, porque soy un completo caos. Una artista, como diría Mark, mi chico.

Hace un par de semanas, mientras John y yo tomábamos té en mi casa, le comenté que tenía dolores de cabeza, totalmente convencida de que era por el estrés de mi etapa infértil creativamente hablando. Por haber perdido las musas. O quien sabe por qué. Pero en definitiva, que no hay manera de crear una buena obra. Tras mucha insistencia, John me convenció para hacerme unos tacs, se pasó una semana recordándome que la enfermedad que terminó con mi madre es hereditaria y no me quedó más remedio. Esta mañana me ha tocado ir a por los resultados a San Francisco, ciudad en la que crecí y conocí a John. Os lo contaré como si la cosa no fuera conmigo porque aún estoy en *shock*. Porque aún me da vueltas el alma y porque aún me niego a creer que esta que os voy a presentar sea yo.

Me llamó Aurora mi madre, que era una *hippie* de las auténticas, de las que escuchaban a los Beatles en *topless* en los 60, de las que luchaban por los derechos civiles, se emocionaban con la labor de Martin Luther King, celebraban la llegada al poder de Fidel Castro en Cuba y lloraban por el inicio de la guerra de Vietnam. De las que se alegraron por la existencia de grandes como Muhammad Ali, Andy Warhol, el *pop art* y la explosión de Bob Dylan, de ahí mi espíritu bohemio y creativo. Decidió ponerme Aurora en honor a las preciosas luces del norte, más conocidas como auroras boreales. Siempre decía que no hay fenómeno más mágico en la naturaleza que ver una aurora boreal. Esa combinación de luces multicolores que nacen del cielo ponen la piel de gallina, aun viéndolas en foto. ¡Imagináoslas en vivo! Cuando cumplí ocho años me llevó a contemplarlas. Por aquel entonces aún vivíamos en Carolina del Norte en una casita cerca del río. Viajamos a Whitehorse, en el territorio canadiense del Yukón, que es el lugar con más avistamientos de luces del norte de todo el continente.

Esperamos dos días hasta que por fin vimos una. Recuerdo que estábamos en una cabaña de madera de color marrón muy oscuro en medio de un bosque que a mí me aterraba. Si os preguntáis por mi padre, no, él no vino. Nunca lo conocí y nunca lo he necesitado. Mi madre fue una de esas mujeres capaces de serlo todo a la vez y hacerte sentir completa y feliz. Fui fruto de una noche de locura, pasión y mucho amor del efímero mientras sonaba de fondo *Light my fire* de The Doors. Cuando me contó quién era mi padre, o mejor dicho, quién no iba a ser nunca mi padre, puso la famosa canción y me hizo bailarla para celebrar esa noche, ese hacer el amor salvaje con un desconocido. Que según ella, sin saberlo, le regaló lo más grande de este mundo. Yo. Qué grande eras, mamá. Eres, estés donde estés.

Aquella segunda noche en Canadá me abrigó con todas las prendas que llevábamos en la maleta, me recogió la larga cabellera rizada y pelirroja dentro de un buen gorro de lana, me dio un cuaderno, pinturas y unos pinceles y me arrastró hacia el porche de la cabaña, donde había una mesa antigua medio rota; pero ahora que la recuerdo, era preciosa y me pidió que dibujara lo que sentía. No lo que veía, sino lo que sentía. Dibujé un centenar de mariposas envolviendo mi cuerpo en forma de aurora porque eso es lo que sentí. Magia. Ni siquiera sentí el frío. Solo eso. Mariposas. Recuerdo sus ojos color miel, brillando, mientras me preguntaba.

—¿Te gusta llamarte Aurora, cielo, en honor a este fenómeno natural tan grandioso?

Mi mirada seguía fija en el cielo, incapaz de mirar hacia otro lado. Asentí con la cabeza.

—Sabía que te gustaría —contestó acariciándome la cabeza.

Creo que en ese momento empezó mi obsesión con la pintura. Aquellas luces me absorbieron y quedé prendada de ellas. Desde entonces, adoro mi nombre. Pero volvamos a esta mañana en la consulta.

—Doctor John, su despacho es horrible.

Saludo a mi mejor amigo con esa broma y un fuerte abrazo. Sabe que, en el fondo, es porque tengo miedo a su profesión. Me siento en su butaca gris y lo miro con cara escéptica. Está raro, distante.

—Hola, cariño, ¿cómo te encuentras? —me pregunta cariñosamente.

—Mucho mejor, hace días que no tengo dolor de cabeza. Te he traído algo. —Saco una lámina que llevo envuelta en el bolso.

La he hecho para él. El retrato de su preciosa perrita *Milka*, a la que adora, en acuarela. Y con un collar rosa, como a él le gusta.

—Ostras, qué bonito. —Sonríe. No hacía falta—. Veo que vuelven las musas —se burla.

—No te creas. —Sonrío—. Me apetecía traerte algo.

—Aurora, tengo que contarte una cosa.

—¿Me voy a morir? —bromeo riendo.

—Aurora… —me regaña como si acabara de decir una tontería.

—¡Aurora nada!, John. ¿Qué ocurre? Estas raro… ¿Tan mal han salido los tacs?

—Voy a contarte esto como si no fueras mi amiga y luego si quieres vamos a tomar un café y seguimos hablando…

—John, no me fastidies. —Es lo único que logro pronunciar, me está asustando y si es una de sus bromas, «Juro que rompo el dibujo de *Milka* y lo quemo», pienso como si fuera una niña pequeña.

—Verás… La cosa no pinta bien. Pero podemos seguir haciendo pruebas.

—¿Qué ocurre? —pregunto impaciente.

—Tras revisar tu tac he encontrado una anomalía en el lóbulo izquierdo de tu cerebro. Parece un fallo neuronal genético que afecta a…

—De acuerdo —le interrumpo antes de que acabe su explicación. Por un segundo me quedo sin aire y en silencio.

Pasan treinta segundos.

—Aurora… —Apoya su mano sobre las mías como siempre que algo va mal.

No necesito que siga. Sé qué enfermedad tengo. Lo sé, la he vivido y sé perfectamente lo que va a ocurrir ahora.

—Me voy a morir —afirmo fría como un témpano de hielo.

—Por favor, no digas eso.

—John… —Ahora sí, nudo en la boca del estómago. Náuseas. Me quiero morir. No, no. Nada de eso. Quiero que sea una broma, esto no puede ser real—. Recuerdo esta enfermedad perfectamente…

—No se puede predecir cuánto tiempo puede tardar en afectar a tu cuerpo. Ya lo sabes, pero según el informe está muy avanzado, se podrían empezar a vislumbrar síntomas en pocos meses, y una vez empiezan los primeros brotes, ataca al cuerpo en pocas semanas… Aurora, yo…

—Lo sé —vuelvo a interrumpirle—. Vi a mi madre pasar por esto. —Trago saliva. Triste. Hundida—. Puedes vivir tiempo con ella sin que dé síntomas. Pero cuando se manifiesta, en dos o tres semanas acaba con todo tu cuerpo. Empezando por la piel, como si envejecieras de golpe, luego vienen los mareos, la confusión, los fallos respiratorios, la falta de flujo sanguíneo que provoca delirios e inconsciencia y, finalmente, los órganos dejan de funcionar. Recuerdo las palabras de mi madre días antes de morir. «Aurora, si esta enfermedad alguna vez te alcanza, no le dejes ganar la batalla. Véncela, no te quedes en la cama, no te hundas, solo vive, ríe, salta, comete locuras, no dejes que te ahogue. Tú eres una aurora boreal. Capaz de atravesar el mismo cielo. Te quiero, mi tesoro». —Suspiro al recordarla. Mamá, ojalá estuvieras aquí…

—Hay que hacer más pruebas. Estoy seguro de que tiene que haber algún tratamiento experimental que…

13

—No, John. Eso sí que no. Obligué a mi madre a pasar por tratamientos absurdos. Ella no quería, se negaba, sabía que no servía para nada. Está demostrado que no hay cura. Pero aun así la obligué, me enfadé con ella por no querer luchar. Probarlo todo. Al final lo hizo por mí. La obligué a estar postrada en una cama su último mes de vida. Y eso es algo que jamás me perdonaré. Me hizo prometerle que si alguna vez enfermaba, viviría con intensidad y no pasaría por lo que ella pasó. John, no me mires así. ¿Sabías que los síntomas de esta enfermedad son exactamente los mismos que los de alguien que muere de deshidratación? El cuerpo se comporta igual que si dejara de beber agua. Curioso, ¿verdad? Por eso es tan rápido, tan implacable y tan incurable —pronuncio «incurable» con fuerza para que se dé por vencido.

—No puedes pedirme como médico que te deje pasar por esto sin intentarlo todo.

—Tienes razón. Por eso, te lo pido como amigo.

—Joder, Aurora… —me contesta en voz baja—. Ve a casa. Recapacita. Hazme caso. Hablamos esta noche.

—Vámonos a tomar algo, John —le pido a mi amigo. No quiero irme a casa sola ahora mismo.

—No puedo ahora, me quedan tres horas de consulta, te llamo al salir y voy a verte —me dice con cara de decepción. Triste y abatido.

Puedo ver cómo se le humedecen los ojos en un intento absurdo de disimularlo y empieza a contarme todos los descubrimientos de los últimos años sobre mi enfermedad. Con todo el tacto y cariño de los que es capaz, dados nuestros sentimientos. Somos amigos desde que dejó de ser el novio de mi compañero de piso en el campus de la facultad. Se acercó a mí para que lo ayudara a volver con él, y aunque nunca lo logré, al final nos hicimos íntimos amigos.

Dejo de escucharle. Me levanto de la silla y salgo de la consulta con un movimiento mecánico y robótico, como si no fuera yo misma. Ni siquiera digo adiós. Él lo respeta. Ni siquiera trata de detenerme. Lo dejo a medias. Me alejo de su despacho. Camino como una zombi. Piloto automático. Todo empieza a sonarme a voz en *off*. Cojo el ascensor y me dirijo a la cafetería más cercana. La del hospital no, gracias.

Empiezo a andar y encuentro un bonito café de esos de moda a dos calles de allí. Me pido un chocolate con leche de soja y me petrifico en una butaca preciosa y comodísima de color beige que hay en la esquina del fondo. Pegada a un gran ventanal que da a una avenida pequeña pero repleta de gente. Me quedo mirando al vacío como si esta vida ya no fuera conmigo.

Debo haber pasado bastantes horas con la mirada perdida en la ventana porque cuando la chica encantadora que me ha servido se acerca y me dice que es hora de cerrar me parece surrealista. Ya son las ocho de la tarde y, calculando que he tenido la consulta a las cuatro, he pasado aquí más de tres horas atrapada en un estado de inconsciencia absoluta. Casi hipnosis. No. ¡Qué diablos! Hipnosis del todo.

15

2

Cojo mi coche viejo y destartalado y conduzco rumbo a
casa. Vivo a una hora y media de San Francisco y, aunque
parezca un rollo, vengo a menudo a visitar a mis amigos
John y Cloe. Contemplo cómo los últimos rayos de sol de
un día cualquiera de primavera dibujan un bonito atardecer en el horizonte mientras voy de camino a Capitola, un
pueblo pequeño y costero de la bahía de Monterrey en el
sur de California. Vivir en un pueblo pequeño al lado de la
costa tiene sus ventajas. La paz, la calma, el sonido del
agua que viene y va, el olor a mar, los entrañables vecinos... Me paso todo el trayecto sin pensar en nada.
Cuando por fin llego, veo en la entrada del pueblo un cuatro por cuatro parado y un chico haciendo aspavientos tratando de que alguien se pare a ayudarlo. Rezo para que el
semáforo no cambie justo cuando pase por su lado y, como
si lo hubiera invocado, rojo. Mierda, no quiero hablar con
nadie ahora. El chico se acerca y me dan ganas de subir la
ventanilla de golpe. Pero mi educación me lo impide.

—Cielo santo, ¡menos mal! Qué poca gente pasa por

16

aquí. Por favor, me he quedado sin gasolina y soy incapaz de localizar la gasolinera más cercana.

—A quinientos metros en dirección al muelle hay una pequeña gasolinera —le contesto desganada.

Se queda algo extrañado por mi apatía pero me dedica su mejor sonrisa. Preciosa, por cierto. Noto cercanía en sus ojos.

—Mil gracias, llevo veinte minutos intentando que alguien me indique. Muy amable.

Lo miro con atención un instante y me pregunto si estará de paso o de vacaciones, tiene toda la pinta de haber venido a surfear. Qué envidia.

—De nada, que pases unas buenas vacaciones —le digo educadamente antes de arrancar.

—No, yo no...

Antes de que acabe la frase, el semáforo se pone verde y acelero sin hacerle caso. Me doy cuenta de que le he dejado con la palabra en la boca pero sinceramente ahora mismo no me importa. Demasiadas cosas tengo en la cabeza como para ayudar a un desconocido. Por más guapo, dulce y sexi que parezca.

El viaje de vuelta se me ha hecho pesado, por fin en casa empiezo a pensar cómo contárselo a Mark. Dejo mis zapatos tirados en el porche y entro descalza, como siempre. Acaricio la cabecita redonda de *Yogui*, mi gatito, dejo sonar *Running with the wolves* de Aurora (tocaya) en mi tocadiscos *vintage* y planeo como mínimo veinte discursos que al final todos vienen a decir lo mismo: «Estoy jodida».

La casa está toda patas arriba, he salido con prisa esta mañana y, entre el montón de lienzos pintados, sin pintar y otras obras de arte apoyadas en algunas paredes, las pilas de libros y vinilos abarrotando las estanterías, la cocina sin recoger y varias coladas pendientes, parece que haga semanas que no limpio nada. La verdad es que me paso los días en el estudio últimamente y cuando llego a casa estoy muerta de sueño. Aun así, mi casa es preciosa, llena de velas, piedras naturales y conchas que recojo de la playa, tejidos tipo crochet blancos y beige, un «atrapa-sueños» precioso y cortinas de macramé blancas en vez de puertas. El baño y el dormitorio son los únicos que mantienen las puertas normales. Una mezcla entre la típica casa en la playa y la de una tarotista. Eso dice siempre Cloe. Ya le vale.

—*Yogui*, a comer, pequeño. —Le dedico un suave beso en la naricita mientras lo cojo y lo llevo a la cocina para ponerle su ración de latita diaria.

Es un mimado y está muy viejito ya. No sé qué haré sin él y sus mimitos. En el fondo siempre me he sentido como un gato. Tan suyos, tan pasionales cuando algo les importa y tan pasotas cuando, por lo contrario, algo no les suscita interés.

Mark y yo llevamos saliendo ocho años y hemos vivido cinco juntos, hasta hace tres meses. Sí, hace tres que ya no vivimos juntos. Empezamos a salir cuando apenas teníamos veinte, nos conocimos en la facultad de Bellas Artes. Aunque luego a él le dio por la publicidad y abandonó su faceta artística. Odia que se lo diga, pero así es. Nuestra relación hoy por hoy está adaptándose a duras penas a nuestro último cambio de vida. Siempre he sido muy independiente, no soy esa clase de chica que lo deja todo para seguir a un hombre. Tengo mis proyectos, mis sueños, y creo que lo ideal de una pareja es crecer juntos. Sumar.

Pero a la vez soy incapaz de dejar a alguien que quiero solo porque nuestra relación no sea la más idílica. Creo que las malas rachas se superan y que las crisis ocurren y pasan. En definitiva, que aunque no tenemos el tipo de re-

18

lación que yo querría, por la distancia y la falta de comunicación desde que dejamos de vivir juntos, le quiero a él y tengo fe en que todo vuelva a la normalidad pronto.

Hace medio año, cuando aún vivíamos juntos en Santa Cruz, a Mark le propusieron entrar en el departamento de prensa y comunicación de una gran multinacional en Los Ángeles, a cinco horas largas de la que era nuestra casa. Fue muy duro puesto que yo tenía, bueno, tengo, mis alumnos de dibujo; sí, aparte de pintar imparto clases de pintura en un pequeño estudio, aquí en Capitola. Un estudio que compré y decoré con todo detalle hace cuatro años. Venía casi cada día desde Santa Cruz para trabajar y pintar. Y esto es algo que no pude tirar por la borda cuando Mark me dio la gran noticia. Tras dos semanas de dudas y casi una ruptura, pues yo no quería que rechazara su nuevo empleo, que era un sueño suyo de toda la vida, decidí que tampoco quería irme con él. Cosa que no entendió ni entiende muy bien a día de hoy. Al final logramos tomar la decisión más difícil de nuestra relación. Él aceptó el empleo en Los Ángeles y yo continué con mis clases aquí.

Enseguida se me hizo tan duro vivir en nuestra casa de Santa Cruz sola que decidí buscar algo más pequeño que estuviera más cerca de mi estudio y empezar un nuevo episodio. Junto a Mark en la distancia. Así que me mudé a esta casa preciosa de madera color turquesa. Ahora vivo a escasos minutos en bicicleta de mi estudio y de la playa. Nos vemos todos los fines de semana. Nos ha costado, pero parece que nos empieza a ir bien. Ya no tenemos las típicas peleas por la convivencia, aunque debo admitir que Mark nunca ha sido asiduo a los conflictos; si a mí no me apetece hacer una tarea, la hace él. Lo cierto es que ahora el poco tiempo que pasamos juntos disfrutamos de nuestros *hobbies* y amigos. Pero claro, no es el tipo de relación que yo elegiría. Por eso aún trato de decidir si vendo el estudio y me mudo con él o si espero a que él se canse y vuelva. Aunque, siendo honesta, ahora todo ha cambiado. Eso es lo que pensaba hasta esta mañana. No sé, quizá he estado siendo egoísta.

Casi siempre viene él a verme, como está a punto de hacer hoy. Los viernes al salir del trabajo a las ocho. Así que pasadas las doce llegará y me tocará darle la noticia.

Tras inventar cien versiones más del discurso, imagino que lo más honesto será contárselo todo sin más. Como John hizo conmigo. Por cierto, seguro que me ha llamado, pero no estoy de humor.

Ya son las once, me preparo un sándwich de tomate, aguacate y rúcula y cojo el portátil. Tecleo el nombre raro de mi enfermedad y mientras carga me dirijo al buzón de entrada de mi email. La pantalla se abre al instante y aparece un email con un nombre que no me suena en absoluto: «Thais». ¿Será una alumna nueva? Hago clic sobre el mensaje y de repente caigo en que es la cuenta de correo de Mark, ¡qué tonta! Debió dejarlo abierto el fin de semana pasado y como yo siempre uso el ordenador de sobremesa no me habré dado cuenta. Clico para volver a la bandeja de entrada y abrir mi buzón cuando de forma automática leo casi de reojo la palabra «cariño». Noto un pequeño pellizco en el estómago. No habré leído bien. Nunca hago estas cosas, que conste, pero me ha parecido leer la palabra «cariño». ¿Es posible que una chica llame «cariño» a Mark? No, no creo. Así que sin pensarlo ni un segundo clico sobre el mensaje de la tal Thais.

De: Thais Francis (francis.thais@lettvi.com). Recibido hace un minuto.

Cariño, ¿cómo estás? Imagino que estarás a punto de llegar a casa de... ella. :(

20

Pff, sé que no debería escribirte pasadas las ocho pero es que estoy muy muy mal. De verdad que me encuentro fatal. Te echo de menos y me da rabia. Rabia echarte de menos, rabia ser tan tonta y rabia quedarme aquí sola esperándote mientras tú vuelves a casa con ella. Sé que no lo estás pasando bien y sé lo difícil que es esto. Pero por favor, piensa en mí también... Ya ha pasado un mes.

Shock. Dejo de leer. Respiro. Joder, no puedo, no puedo respirar. ¿Qué está pasando? Dios mío, Mark... ¿Un mes? ¿Cómo puede ser posible? Me mareo y pierdo por un segundo la visión. Hoy ha sido un día horrible, surrealista, y después de saber lo de mi mierda de enfermedad, esta es la peor cosa que podía ocurrirme. Náuseas. Corro hacia el lavabo y llego a tiempo de levantar la tapa y vomitar. Vacío. Me apoyo en la bañera y las lágrimas empiezan a recorrer mis mejillas. Me muerdo la manga del jersey para evitar chillar pero no funciona. Me levanto y, con toda mi rabia, decepción y miedo, cojo el vaso de los cepillos de dientes y lo lanzo contra la pared junto a un grito tan salvaje que siento que Mark me tiene que haber escuchado desde su maldito coche. El vaso se hace mil pedazos. Siento que voy a hundirme pero la rabia se apodera de mí y salgo hecha una furia, cierro la puerta con todas las fuerzas del universo concentradas en mi brazo y bajo las escaleras de dos en dos. Vuelvo a poner la canción *Running with the wolves*, esta vez a todo volumen, en modo destrucción, porque sé que esta canción me puede y pienso en lo que me diría mi madre ahora mismo si estuviera aquí. «Súbete al sofá cariño y canta, como cuando eras pequeña, canta a grito pelado, saca la rabia, el miedo... Con música la vida es más fácil». Así que lo hago, como obedeciendo una orden. Me subo al sofá y con todas las emociones reprimidas del día, llorando como un bebé, canto gritando con la música a todo volumen.

21

Hay sangre en tus mentiras,
el cielo está totalmente despejado.
No hay ningún sitio donde puedas esconderte,
está brillando la luna del depredador.

Esta noche correré con lobos,
correré con lobos…

Me siento salvaje, me imagino de noche, desnuda, corriendo con lobos, olvidando el dolor. Y acabo agotada, con la cara empapada y tirada sobre la preciosa alfombra de mi salón. Trato de recuperar el aliento, cojo el portátil de nuevo, hiperventilando aún, y sigo. «No ha funcionado, mamá».

Tengo miedo, miedo a que sigas con ella y lo nuestro acabe. Mark, necesito verte, por favor, te necesito… Me cuesta respirar. Me va a dar algo.
Te quiero, Mark.

«¿Te quiero?» ¿En serio? ¿Cómo puede ser tan cerdo? ¿Quién diablos es esta tal Thais? Por favor, Aurora, respira, respira…
Descuelgo el teléfono y marco el número de John, ahora sí vuelvo a llorar de verdad a todo pulmón.
—Aurora. —Descuelga John.
—¡Me engaña con otra! —alcanzo a pronunciar a duras penas. Siempre he sido muy visceral. Pero esto me ha sobrepasado.
—¿Qué? ¿Qué dices? ¿Qué ocurre, Aurora?
—Ocurre que Mark me pone los cuernos desde hace un mes o más.
—Pero… No entiendo… ¿No estabais mejor, cielo?
—Pues parece que no. ¡Que en absoluto! ¿Qué hago? ¿Qué hago con mi vida? John… Me quiero morir.

—Aurora, por lo que más quieras. —Toma aire. Siento cómo se le acelera la respiración a través del auricular—. No hagas ninguna tontería, voy para allá enseguida.

—No, da igual, está a punto de llegar. No quiero verlo, te juro que no quiero ni verlo.

—¡Aurora! —alza la voz John—. Aún faltan una o dos horas para que llegue. Estoy ahí en media hora. Bebe agua, ya estoy saliendo, acabo de subir al coche.

Le cuelgo sin ni siquiera contestar. Me dirijo al baño corriendo. Voy en braguitas y un jersey de manga larga holgado que me cae de un hombro y me tapa justo por debajo de la ropa interior. Me miro al espejo. Menuda cara. Me seco las lágrimas con las mangas y el rímel me mancha las mejillas. «¿Quién es esta chica?», me pregunto mientras abro el grifo y empiezo a limpiarme. Me miro fijamente a los ojos. A esos ojos tan verdes con motas amarillas de los que Mark se enamoró. Siempre me solía decir que tenía incendios en la mirada. Que el verde esmeralda combinado con el color amarillo que rodea mi pupila parece un bosque precioso en llamas, destructor y devastador como él. ¡Será cabrón! Él es quien lo ha destruido todo. Me recojo la melena pelirroja y ondulada que ya me llega por debajo del pecho en una coleta muy mal hecha y trato de ponerme un poco de polvos para disimular la hinchazón de los párpados y la enorme cantidad de pecas que recorren mi nariz. Cojo aire poco a poco para evitar seguir llorando y me viene a la cabeza que debo revisar todos sus correos. Sí, exacto. Necesito leer lo que él le escribe a ella. «Qué masoca eres, Aurora». Pero necesito leer lo que él siente. Bajo corriendo los escalones pero justo en ese momento John llama a la puerta. Abro. Me lanzo a sus brazos, así tal cual, destruida, sin esperanzas, hecha polvo. Me abraza, me levanta en brazos y tira de mí hacia dentro para cerrar la puerta.

23

—Cariño, cuéntame —me dice mientras me escurro entre sus brazos y nos dirigimos al sofá.

—Léelo tú mismo. —Le paso el ordenador.

Tras un minuto en silencio, sopla con fuerza y suelta:

—Pfff… Aurora…

—Vamos a buscar más correos —le interrumpo.

Me coge el portátil a la fuerza pero me resisto.

—No hagas eso.

—¡Por supuesto que sí! Mark está al llegar y necesito saberlo todo.

Introduzco el email de la tal Thais en el buscador de la bandeja de entrada y, sorpresa, tiene todos los mensajes en oculto. Es decir, en el buzón no aparecen pero introduciendo su correo salen todos. «Te equivocaste al escribir hoy, Thais», pienso para mis adentros. ¿O quizá no? Quizá lo hizo porque sabía que le podría pillar. Sí, seguro que es eso, la muy…

Abro uno al azar. John, con la cabeza apoyada en las manos y la mirada clavada en el suelo, resopla de nuevo:

—¿Estás segura?

Ya no tengo ganas de llorar. El golpe ha sido tan devastador que ahora ya solo siento ira. Ni pena, ni miedo. Ira. En estado puro y sobre todo. Curiosidad. Necesito entender. Entenderle.

Mensaje de: Mark Steven (mark.smith@lettvi.com)
Para: Thais Francis (francis.thais@lettvi.com)

Hola, Thais, ¿cómo te encuentras?

No puedo parar de dar vueltas a lo nuestro. Me siento fatal por Aurora. Sabes de sobra cuánto la quiero y cuánto me duele hacerle esto. Siento que no puedo continuar. Sabes también todo lo que siento por ti. Sabes que lo nuestro tenía un 0,0001 % de posibilidades de ocurrir. Porque sabes la clase de hombre que soy, pero ocurrió. Jamás me había planteado en mi vida cómo actuar ante una situación así porque yo no soy de esa clase de tíos capullos que engañan a sus novias. No sé cómo hemos podido llegar tan lejos. Quiero a Aurora, lo siento pero es así. Pero me he enamorado de ti. Traté de evitarlo. Lo sabes, pero fue imposible. Me sentía solo, incomprendido, y probablemente si te hubiera conocido en cualquier otro lugar, lo habría frenado. No te hubiera vuelto a ver. Me habría jodido por no joderla a ella. Pero tenerte cada día al lado en la oficina, en las reuniones, ha sido imposible. No puedo detener ni cambiar mis sentimientos.

Intenté luchar contra esto, por mí, por ella y por ti. Y ahora estoy perdido. Me siento un mierda. Es que has sido tan buena, siempre entendiendo y respetando la situación, tratando de no ponerte en medio de mi relación, respetándome. Y yo reprimiendo lo que sentía. Ese compañerismo que se convirtió en amistad. Tus consejos cuando estaba mal con Aurora, el modo en que siempre me mirabas como si yo fuera un puto héroe cuando lo que soy es un gilipollas. Trato de buscar la mejor solución. Me encantaría que lo nuestro fuera fácil. Pero no puedo separarme de Aurora, tenemos unos planes, que aunque se quebraron el día que te di dos besos, yo sigo sintiendo como nuestros. Tenemos un futuro y nosotros, joder, el mejor presente de toda mi vida. Una relación en calma, cosa que sabes que siempre he anhelado junto a Aurora pero ha sido imposible. No sé, Thais…, dame tiempo por favor, dame tiempo…

John me mira con los ojos como platos y comprendo al instante lo que quiere transmitirme: Mark no es un cabrón. Mark no es un cerdo. Solo es un humano al que le ha pasado algo que le podría pasar a cualquiera. Eso no hace que me duela menos pero ver que se siente mal, cómo no para de repetirle que me quiere, imagino lo duro que ha-

25

brá sido para él ocultármelo todo este tiempo, ir en contra de sus sentimientos. Sé que nuestra relación se ha enfriado, que ya no hay pasión, que no me intereso por sus cosas, que no soy tan cariñosa como él querría. Y mira que lo he sido siempre, dulce, cariñosa, soñadora, pero cuando él se fue a Los Ángeles yo me apagué y ahora soy incapaz de volver a ser la que era con él.

—Aurora, creo que tienes que hablar con Mark. —La voz casi susurrada de mi amigo capta mi atención.

—No puedo, John, te olvidas de lo mío.

—¿De lo tuyo? ¿Qué quieres decir?

Al leer el mensaje de Thais he querido matarlo, matarlos, odiarlo. Pero ahora, leyendo esto, leyendo cómo le dice que está enamorado de ella, pero que aun así lo hubiera intentado evitar. Es su compañera de trabajo, joder. ¡Tú sabes mejor que nadie lo que es eso! —le reprocho a John, que está saliendo con un enfermero de su misma planta en el hospital.

—Sí, lo sé; sé lo que es que una amistad se convierta en amor y no poder remediarlo. Pero me da igual lo enamorado que esté Mark, a mí me importas tú. Y ahora mismo no puedes afrontar lo que te viene, fingiendo que nada de esto ha ocurrido. ¿Qué quieres? ¿Qué estás pensando? —me pregunta mientras se dirige a la cocina a hacer un par de tés y me deja en silencio.

Mi mente creativa empieza a divagar, a pensar, a inventar. Imaginar. Mark es un buen tío. Siempre lo ha sido. Desde que lo conozco, pondría la mano en el fuego a que jamás me ha fallado. Sin embargo, yo si le fallé a él. Al poco de salir juntos, terminamos la carrera y él tenía que volver a Los Ángeles, donde se crio y donde vive toda su familia, pero al final se mudó a California por mí, a pesar de odiar la costa. Le prometí que le debía una y que cuando él quisiera volver a la ciudad iríamos juntos, pero no lo hice. Fui egoísta y no le devolví lo que él dio por mí. No le excuso. Sé que lo que ha hecho está mal y si esto lo hubiera leído esta mañana, antes de conocer los resultados médicos, nada más llegar le habría tirado todas sus cosas a la cabeza acompañadas de mil insultos. Por mi impulsividad. Por su traición. Pero ahora mi vida ha cambiado. Y sobre todo, mi visión de ella. Según John, me pueden quedar tres o cuatro meses como mucho antes de... Paso de pronunciarlo.

¿Qué se supone que debo hacer? Quiero a Mark, le quiero. Siempre ha sido un buen novio. Siempre ha renunciado a sus sueños por mí, por eso le pedí que aceptara su gran oferta de trabajo. Sé que la habría rechazado si se lo hubiera pedido. Mark siempre ha sido esa clase de tío de los que si tienes frío, se levanta y va a por una manta, sin pereza y sin tardar. De los que si se te antoja un helado a las dos de la madrugada, sale en pijama a buscártelo a la primera gasolinera que encuentre abierta. Nunca se ha quejado de mis defectos, de mi caos y mis turbulencias. No es que sea rara, pero soy difícil, difícil de complacer porque soy muy exigente y siempre quiero más. Mi vida es una búsqueda constante de emociones, de nuevos proyectos. Y él siempre me ha aceptado y comprendido. Quizá por eso nunca hemos tenido grandes discusiones. Si alguna vez hemos discutido he sido yo sola, desahogándome, y él escuchando sin juzgar. Aunque imagino que aguantar sin explotar nunca también le ha quemado. Mierda, Mark. Con lo felices que hubiéramos podido ser...

Antes de leer estos emails estaba convencida de que lo más justo era contarle lo de mi enfermedad, para que estuviera a mi lado. Porque de algún modo sabía que pediría una excedencia en el trabajo para volver a casa y cuidarme. Aunque en realidad no estoy segura de que sea eso

27

lo que quiero. Es muy triste estar al lado de alguien y acompañarlo hasta su muerte. Mis ideas vuelan a cien por hora a través de mi cerebro y empiezo a comprender que ahora es cuando me toca a mí renunciar por él.

No pienso contarle nada. Ni de mi enfermedad ni de Thais. ¿Para qué? ¿Qué conseguiría con ello? Yo amo a Mark, le amo aunque se haya equivocado. Y lo único que conseguiré contándoselo todo es que se sienta peor aún, que renuncie a su gran sueño y a… Thais. Cómo me duele pronunciar este maldito nombre. Pero si en tres o cuatro meses yo no estoy, ¿para qué voy a fastidiar toda su larga vida? Parece que acabo de asimilar que mi paso por este mundo empieza a llegar a su fin y que debo arreglar todo lo que tengo entre manos. Mark, mis amigos, mi familia… John aparece con dos tés.

—No voy a contarle nada, está decidido. Así que no me repliques. No quiero hacerle daño. En otra situación lo mandaba a…, ya sabes, pero ahora no puedo.

—Mark es mi amigo también y le aprecio. No esperaba esto de él. Él no es así. Pero ¿qué puedo decir yo? Empecé a salir con Loren hace un año y sabes de sobra la historia. Ambos teníamos pareja cuando nos conocimos y tratamos de luchar contra lo nuestro. Son cosas que pasan, Aurora. Lo siento, sé cuánto te debe doler… No voy a decirte qué hacer, porque no tengo ni idea. Tu enfermedad es algo imprevisible, aunque parece avanzada nunca se puede saber del todo porque no da síntomas hasta la última semana de…

—De vida, John. De vida —acabo la frase por él mientras baja la mirada. Jamás en toda mi carrera me había costado tanto pronunciar estas cuatro letras—. Llegando a casa me sentía perdida, al leer el primer email me he querido morir, pero ahora, no sé, al leer a Mark siento que hay esperanza. Llevo todo el día sintiendo que la vida se acaba pero ahora comprendo que solo acaba para mí. Que la vida sigue…

—Por favor, Aurora… —John trata de callarme, porque le duele. Porque es mi amigo.

—Tienes que hacer algo por mí. Por favor, no se lo digas a nadie. No voy a contarlo. No, no quiero que nadie lo sufra.

—Pero tienes que contar con alguien. Cloe, al menos.

—Cuento contigo. Cuento con que no me falles. Y sí, a Cloe sí le contaré. —Pienso en nuestra mejor amiga en común y en que le debo un café y una larga explicación.

—Joder, ¿por qué siempre tienes que elegir la versión más difícil?

—Porque si no, no sería yo —le digo mientras le golpeo flojito con el codo. Me siento cada vez más calmada.

—Me voy a casa, Mark estará a punto de llegar y no tengo ningunas ganas ahora mismo de cruzármelo. No sé cómo actuar, de verdad. Espero que tú sí sepas. Y hagas lo que hagas, por favor prométeme que estarás bien.

—Te lo prometo. Te llamo mañana —respondo mientras me besa en la frente y coge su jersey para irse.

Lo acompaño hasta la puerta y le doy un fuerte abrazo. No sé qué haría sin él.

29

3

Son las doce en punto. Estoy nerviosa, no sé muy bien
cómo actuar ni qué decir. Me preparo un baño caliente
para que la espera sea más amena. Abro los grifos de mi
preciosa bañera antigua y enciendo unas cuantas velas
casi derretidas que recorren todo el borde junto a un par
de amatistas. Piedras y velas son la decoración perfecta.
Las energías que dicen que atraen siempre me han llamado la atención. Lo esotérico, aunque no soy una faná-
tica ni mucho menos, me genera mucha curiosidad. Siempre había soñado con tener una de estas bañeras tipo
barreño, *vintage.* Y ahora que la tengo, apenas la uso.
Pero hoy sí. A partir de ahora sí. Adoro el olor de las velas. Siempre compro las mismas, cedro con naranja y ám-
bar con higos y bambú. Su combinación me transporta a
otro mundo. Apago las luces, me desnudo y entro muy
despacio para no quemarme. Cuánto necesitaba esto. Me
tumbo y siento cómo el vapor me inunda. Cierro los ojos,
tomo aire y desaparezco bajo el agua. Vacío. Mente en
blanco. Miedo.

Abro los ojos con pereza y miro a mi alrededor. Solo queda una vela encendida y el agua ya no está caliente. Me extraña que no haya llegado Mark, me he quedado dormida. Mierda. Salgo despacio y me envuelvo en mi albornoz de color crema. Alcanzo el móvil y veo dos llamadas perdidas de Mark y dos mensajes de texto.

Mi amor, acabo de tener un contratiempo con el coche. Se me ha averiado en medio de la autopista y he tenido que llamar a una grúa. He vuelto a la ciudad. Mañana a primera hora cojo uno de sustitución y voy para tu casa. Lo siento, descansa. Te quiero.

Vaya, vaya… «Thais, lo has conseguido», pienso. Bajo las escaleras para revisar el correo y, como me temía, el mensaje de Thais ya no bailotea en la bandeja de entrada. Lo puse «no leído» antes de bañarme y ahora ya está leído y en oculto. Así que, por primera vez descubro una mentira de Mark. Pero ¿sabéis qué? Es tanto el dolor que he sentido hoy en el pecho que ya soy incapaz de sentir nada. Casi lo prefiero. No estoy preparada para enfrentarme a nada esta noche. Necesito dormir. Leo el segundo mensaje:

Cariño, no me contestas. ¿Estás bien? ¿Te has enfadado o te has dormido? Espero que estés durmiendo.

—Mark, por favor —pienso ahora en voz alta—. Deja de preocuparte por mí, tienes un asunto entre manos por solucionar.

Thais ha ganado la batalla esta noche. Y ellos ni siquiera sospechan que yo lo sé. Dejo el teléfono en la cocina y vuelvo a subir las escaleras. Evidentemente, no le contesto.

Me seco el pelo sin ganas, me desmaquillo bien y me

31

embadurno en crema hidratante con aroma a manteca de karité. Aunque, pensándolo bien, ¿hace falta que siga haciendo estas cosas? Es decir, si no voy a llegar a ser una abuelita vieja y arrugada, ¿para qué seguir cuidando mi piel? Por el olor, Aurora, por el olor. Cierto, me digo a mi misma. Soy una adicta a las esencias y los perfumes. Siempre recorro todas las tiendas buscando nuevas fragancias. Mis favoritas son las orientales. Con ese punto a pachuli y bergamota. Me sorprendo a mí misma por el modo en que estoy viviendo el asunto. Me pongo otra camiseta holgada y unos calzoncillos de Mark que encuentro tirados en la colada para doblar. Me detengo por un momento. Punzada en el pecho, y me doy cuenta de que mis sentimientos con Mark hace tiempo que ya no son lo que eran. Qué triste tener que darme cuenta de esta manera. Qué triste tener que darme cuenta de que le quiero diferente. De esa clase de manera que prefieres que esté con otra feliz a contigo por pena. Ni de broma hubiera preferido eso hace unos años. Por más que quisiera su bienestar y otras tonterías, lo quería para mí. Tan guapo y bueno. Qué pena.

Abro el ventanal de mi habitación que da al mar. Y la brisa marina me acaricia el rostro. Me siento en la cama y enciendo otro par de velas como cada noche antes de acostarme. El aroma a cera y a sal me envuelve. Alcanzo el bloc de notas que dejo siempre en la mesita por si a media noche se me ocurre alguna idea o dibujo brillante, y lo abro al azar. Pienso en Mark con Thais y por primera vez me doy cuenta de que yo ya no volveré a sentir eso. Y me niego. Me niego a aceptar que no puedo volver a sentir un flechazo. Ese hormigueo. Ese tren descarrilándose a toda velocidad. Ese impacto, esa tensión con otro cuerpo. Esa química. ¿Qué se supone que debo hacer? ¿Cuánto hace que no siento eso? Me pongo a pensar en todos los chicos que han formado parte de mi vida. Desde el primero hasta el último. Siempre he sido una romántica compulsiva en búsqueda de emociones. Y aquí estoy, viviendo sola en una casa preciosa pero vacía, enfrente del mar, como siempre he soñado. Pero estoy helada. Helada como la peor época glaciar de la historia. Y todo por Mark. Ese mismo Mark que ahora debe estar fundiéndose con otra. Jamás entenderé al ser humano, ¿cómo puede mi cerebro estar pensando en estas cosas en vez de estar destrozada y llorando a mares? No sé cómo, ni por qué, pero quiero obligarme a vivir. Por mí, por mi madre. Esta mañana me negaba a aceptarlo, solo quería morirme de golpe. Ahí mismo, para no pasar por esto. Pero ahora no. Ahora entiendo que esto es una lección. Una última oportunidad. Quizá me estoy engañando a mí misma y diciéndome todo esto para que duela menos. Sea como sea. Lo tengo claro. No voy a dejar que esto me consuma. No voy a quedarme quieta esperando la muerte y mucho menos llorando por Mark. Ahora que nuestra historia ha acabado.

Sé que no enfermaré hasta mis últimas semanas. Esto significa que puedo aprovechar mucho el tiempo que me queda porque los síntomas no aparecerán hasta el final. Así que me obligo a pensar que mientras no haya síntomas, hay esperanza. Pienso en mi madre, en cómo llevó ella la enfermedad. En cómo viajó, voló y soñó. Hasta que yo la detuve. Y me digo a mí misma que pienso dejarme llevar. Por ella. Porque se lo prometí.

Vuelvo a pensar en todos los desencuentros amorosos que he tenido en mi vida, todos esos chicos que aparecieron y nunca llegaron a ser. Con los que nunca llegué a nada, ni siquiera a una cita, mucho menos a un beso. Y me viene automáticamente a la mente Paul. Dios, era tan especial. Trato de recordar el día que lo conocí. Era un domingo de esos en que la inspiración se ha esfumado y tenía que acabar un cuadro sí o sí para mi próxima exposición. Por aquel entonces aún no vivía con Mark pero ya llevábamos dos años de novios. Recuerdo que mi compañera de piso de aquel entonces, Violeta, una ilustradora de cómics manga, había preparado una cena en casa con varios amigos suyos. Como siempre, se encerró varias horas en el baño para ponerse sus pestañas postizas, sus extensiones y sus plataformas, y me pidió que estuviera atenta si llamaban a la puerta. Era lo peor, siempre me hacía encargarme de sus cosas, pero la adoraba, era una buena compañera. Aunque nunca llegamos a ser íntimas. Cuando Violeta traía a sus ligues o amigos a casa, siempre solía subirme a la azotea del piso donde vivíamos, me llevaba el caballete y seguía pintando aislada del mundo. Sobre todo, de su mundo. Aquel día sonó el timbre y sin ganas me dirigí a la puerta a recibir a sus invitados. Fue abrir y unos ojos verdes mucho más verdes que los míos me partieron en dos. El chico me miró con cara extraña como dudando si había llamado a la puerta correcta y yo pensé que era el chico más guapo que había visto en mi vida. Me dijo que era Paul y que si estaba Violeta; maldije a mi compañera por haberse ligado al tipo de mis sueños, aunque supongo que la maldición duró poco porque en esa época estaba superenamorada de Mark. Lo dejé entrar y, durante el tiempo que estuve recogiendo cosas por el comedor, no apartó su mirada de mi cuerpo. Fueron llegando más amigos y yo, como de costumbre, subí a la azotea a pintar. Me puse música en el portátil y sus ojos trajeron musas. Empecé a dibujar sin descanso, pupilas, estrellas y océanos. Yo y el océano. No tengo remedio. Recuerdo que me pasé toda la noche embelesada con esa obra de arte. Quizá esto sea algo que solo entiendan los que nos dedicamos a pintar pero cuando alguien aparece y te inspira, se queda en tu corazón para siempre. Recuerdo que pensé

«Gracias, Paul, me has salvado de una buena» cuando la puerta de la azotea se abrió. Adivinad... Sí, era Paul. Se disculpó con un simple «¿Se puede?», y yo me sentí más pequeña que nunca.

Se acercó a mi cuadro y me preguntó si podía verlo. Empezamos a hablar de nuestras teorías del universo, si es finito o infinito, si existirá vida más allá de nuestro planeta. Todo eso sentados en el suelo, apoyados en el muro con la vista fija en el cuadro. Solo recuerdo que conecté con él de una manera sobrehumana. Todo lo que pensábamos y decíamos se complementaba. Hablamos hasta que amaneció y supe que no debía volver a verlo o pondría en juego toda mi relación. Al día siguiente le di un número de teléfono falso, pero me apunté el suyo. En el fondo me daba pena dejarlo escapar sin más. Sé que no hay nada de malo en establecer conversación con alguien, pero eso fue mucho más que una conversación. Y eso solo lo sabes cuando te ocurre. Nunca lo llamé. Imagino que él a mí sí, pero sin éxito, ya que Violeta me dijo en varias ocasiones que lo llamara, que no fuera tonta. Que había vuelto a preguntar por mí. Pero no pude. Era esa clase de chicos que sabes que son el adecuado pero que aparecen en el momento equivocado. Esos con los que te perderías. Te dejarías encontrar. Huirías. Esa clase de chicos con los que tendrías una cita si estuvieras sola. Esos chicos con los que sabes que podría funcionar, porque lo ves en cómo os miráis, en cómo te tiemblan ligeramente las manos al hablarle. Pero sabes que estaría terriblemente mal permitir que la cosa fuera más allá porque tienes pareja. Esos chicos que por un momento tienen el poder de tu vida entre sus manos. Uno de esos momentos en los que te planteas si debes mandar toda tu vida al carajo o ignorar lo que estás sintiendo.

Mientras recuerdo a Paul, me viene una brillante idea

35

a la cabeza. ¿Por qué no? ¿Por qué no permitirme tener citas con estos chicos, llamémosles «cósmicos», con los que me he cruzado en mi vida? Porque, si soy honesta, he tenido más de uno. Honestamente, no sé si voy a sentirme mal por Mark. Pero que le den. Cojo un lápiz y anoto en mi libreta: «Los cinco chicos con los que nunca ocurrió». Y pongo cinco por poner un número. Además, no serán encuentros cualquiera. Hay sitios a los que tengo que ir antes de morir. ¿Y qué mejor que ir con ellos? Ahí está, ante mis ojos una nueva ilusión, una nueva meta, una manera de acabar mi vida con sentido, sintiendo y con sentimientos. Añado abajo en grande: «Solo una vez, ni una más. Prohibido enamorarse. Prohibidísimo». Anoto el nombre de Paul y rebusco su teléfono en mi móvil. Ya seguiré con la lista en otro momento. «Ajá, lo encontré». Espero que no lo haya cambiado. Qué nervios. Ostras, ¿y si tiene novia? Qué tonta, seguro que tiene novia. Pero me da igual, yo también lo tenía. Abro el WhatsApp y sin pensarlo dos veces pruebo suerte.

Aurora: Hola, Paul, soy Aurora la excompañera de piso de Violeta, cuantísimo tiempo. Espero que te vaya genial todo.

Dios mío, ¿qué acabo de hacer? Se me escapa una risa nerviosa y un escalofrío. Apago el móvil. Qué miedo. ¿Será ese su número aún? Por primera vez en todo el día siento un ápice de ilusión. *Yogui* se acurruca a mis pies como de costumbre y me duermo pensando en todas las cosas que quiero hacer antes de que empiece a enfermar. Que son muchas.

4

La brisa marina hace bailar las finas cortinas del ventanal de mi habitación. Apenas ha salido el sol pero no puedo dormir más. Me levanto de un salto. Son las seis de la mañana, me asomo y veo el mar en calma. *Yogui* sigue durmiendo sin inmutarse. Gatos.

Siento la temperatura fresca típica de un amanecer en la playa y decido bajar a dibujar, a vaciar, a lo que sea. Lo necesito. En la cocina me preparo un batido de plátano, arándanos y espinacas, lo pongo en un vaso para llevar y cojo mi bloc de dibujo y mi estuche de acuarelas. Apenas me arreglo. Un vestido blanco de ganchillo holgado, largo y con la espalda al aire, unas chanclas y, eso sí, las manos llenas de anillos de piedras naturales. Herencias con sentimientos. Si llega Mark, que se espere. Decido dejar el móvil, apagado desde anoche, en casa. Necesito estar a solas conmigo misma.

Mi casita está casi en primera línea de mar pero no da directamente a la playa. Y tengo la suerte de tener una vecina adorable, Esmeralda.

Aquí todas las casas son de madera y lo característico de nuestro pueblo es que cada una tiene un color particular. Cuando vi la mía, me enamoré, con ese color verde pastel turquesa con ventanales blancos, el amplio porche de madera blanca lleno de plantas y conchas colgando a modo de adorno. No lo dudé, ese iba a ser mi nuevo hogar. Mark dijo que parecía estar construida a medida para mí.

Me dirijo hacia el precioso muelle. Largo y extenso, de madera, que se interna hasta el mar repleto de puestos de comida típica, *souvenirs* y alguna que otra tienda local. Todos los puestecitos son de colores, para hacer juego con las casas del pueblo, y a pesar de estar casi toda la pintura desgastada por el contacto con el salitre del mar, le da un *look* aún más pintoresco y acogedor. «Todo lo que desgaste el mar queda bien», suele decirme siempre mi vecina Esmeralda. Una mujer de setenta años que vive con tres gatos adorables.

Decido sentarme en unas rocas casi debajo del muelle tocando con los pies el agua. A esta hora las gaviotas revolotean los puestos de comida en búsqueda de restos. La verdad es que la mayoría de localidades que forman la bahía de Monterrey son muy populares entre los turistas que vienen a avistar ballenas y otros animales marinos que tenemos la suerte de ver aquí casi a diario en verano. Pero en particular Capitola es uno de los pueblos menos conocidos y eso es lo que siempre me ha enamorado de este lugar. Será por culpa de la terrible carretera de curvas que tenemos como único acceso. La mayoría de visitantes que tenemos llegan a través del mar. Vienen al muelle, comen algo típico de la zona y vuelven al barco a seguir buscando ballenas. Por cierto, algo increíble y que, por culpa de saber que vivo aquí y puedo verlas cuando quiero, aún no las he visto. Es como esa gente que tiene piscina en casa pero nunca se baña, es el saber que tienes algo y no valorarlo. Me pasa un poquito con el increíble fondo marino que dicen que tenemos aquí. Tengo que hacerlo, voy a añadirlo a mi lista de cosas pendientes. Recuerdo el mensaje de anoche de Paul, ¿cómo se me ocurrió semejante tontería? Me río para mis adentros y respiro.

Cierro los ojos por un momento y me empapo del aroma del agua del mar, hace un poco de frío a estas horas pero me gusta. Saco de mi bolsa el bloc y empiezo a dibujar, sin coherencia, solo trazos, en forma de autorretrato… Como aquel día en la cabaña en Canadá hace tantos años. Dibujo lo que me transmite el océano rodeando el retrato de mi cara. Siempre supe que quería acabar mi vida cerca de él. Qué irónico que ese final esté tan cerca. Al final parece que lo lograré. Qué pena… Me emociono por un momento. Contemplo mis pies descalzos sobre la arena, los muevo en un intento de acariciarla, agarro con fuerza un puñado de arena entre mis manos. La deposito encima de mi obra dejando que manche todo el lienzo. Hoy es uno de esos días que solo dibujo para fluir, para seguir viva. Empiezo a rememorar mi vida, y creo que no puedo quejarme. Siempre he sido muy soñadora y he vivido al límite haciendo todo aquello que me he propuesto. Se me escapa una lágrima al recordar mi corta e invisible historia. Siempre he querido dejar huella en el mundo, pero no ser famosa ni esas cosas, sino aportar mi granito de arena, hacer de este mundo un lugar mejor. Es algo que todos queremos de un modo u otro, ¿no? Pero siempre lo he dejado para cuando sea más mayor. «Menudo error, Aurora». El tacto de una manita en mi hombro me destierra de mis pensamientos y veo a una preciosa niña rubia con el pelo larguísimo y ondulado como una sirena enfrente de mí.

—Hola… —le digo algo extrañada.

39

Miro a mi alrededor y no veo a sus padres por ninguna parte. Debe tener unos cinco o seis años como mucho. Es preciosa.

Estira su bracito y me da su peluche, lo cojo con cariño. Es una ballena. Se nota que lo lleva a todas partes, se ve algo viejo y estropeado.

—No estés triste —me dice.

Y yo, fuera de mí, me doy cuenta de que tengo la cara llena de lágrimas. Me las seco corriendo y le sonrío mientras vuelvo a mirar alrededor en busca de algún adulto.

—Oh, gracias, bonita… No, ya no estoy triste —le digo mientras acaricio su ballena.

—Mi papá siempre dice que esta ballena tiene poderes y que cada vez que estoy triste, si la abrazo, me cura la tristeza. Pruébalo.

—Oh, claro. —La abrazo con fuerza un poco sobreactuada para complacerla.

—¿Mejor ahora? —me dice la pequeña con un tono de abuelita que me da risa.

—Sí, ostras, tiene razón tu papi. Es mágica. Ya me siento mucho mejor.

—Sí, lo sé, lo sé. Me llamo Sam. Encantada.

Qué graciosa, por Dios, habla como si tuviera sesenta años. Qué ricura.

—Encantada, yo soy Aurora. —Le extiendo la mano a modo de broma, como si fuéramos dos señoritas, y me la besa siguiendo el juego.

Nos reímos como dos tontas.

La verdad es que estoy muy acostumbrada a tratar con niños en mis clases de dibujo pero esta niña es diferente, su soltura y manera de hablar encandilan.

—Sam, ¿qué haces aquí sola? No veo a tus padres por ningún lado.

—Estoy con mi padre, está ahí. —Me señala el pequeño supermercado que hay en las casitas del muelle—. Es que te he visto aquí sola y triste y he pensado que estarías llorando. Por eso he querido traerte a la ballena mágica. Se llama Señorita Ballena. Papá quería ponerle otro nombre más corto pero a mí me gusta llamarla así.

—Pues muchas gracias, bonita. Vamos, te acompaño con tu padre, te estará buscando.

Se sienta a mi lado como si no quisiera irse y me da un abrazo muy fuerte y un beso en la mejilla.

—Vale, pero no estés triste. Mi padre siempre dice que ya hay suficiente agua en el mar, que no tengo que llorar por cosas feas, solo por cosas bonitas. ¿Estabas llorando por cosas bonitas tú?

—La verdad es que no, Sam... —le digo la verdad, odio a los adultos que mienten a los niños.

—Jolines, pues menos mal que te he visto y he podido traer a Señorita Ballena para que te ponga contenta.

—¡Sí, jolines! —digo imitándola—. Menos mal.

—¿Qué dibujas?

Me sumerjo en los ojos azules de Sam y me olvido de que sus padres la estarán buscando.

—Pues verás, es lo que me transmite el mar.

—¿Puedo? —me interrumpe cogiéndome un pincel y pidiendo permiso.

—Por supuesto. Me encantaría —le contesto maravillada por su atrevimiento siendo tan pequeña.

Sin mirarme, saca del bolsillo un potecito de purpurina azul y, justo debajo de los ojos del autorretrato abstracto que acabo de hacer, dibuja dos líneas, como si fueran cascadas que nacen de los ojos, y hecha la purpurina encima. ¿Cómo puede ser que haya deducido que con la pintura la purpurina se pegaría? La miro extrañada y vuelvo a buscar alrededor.

—¿Qué edad tienes, Sam?

41

—¿Cuántos me echas?

—¡Pero bueno!, jeje. —Me río de su sonrisa pica-rona—. Mmmm…, dos años. —Bromeo.

—Halaaaaaaa —grita y se tira hacia atrás muerta de risa, y estirada en la arena me coge del brazo para que me tumbe con ella—. Sé que lo has dicho en broma. ¡No tengo dos años! Tengo seis y 294 días.

—¡Vaya! —Me río tumbada en la arena al lado de esta niña tan perfecta, de verdad conozco muchos niños y esta niña no es normal. Y bromeo de nuevo—: ¿Y cuántas no-ches? —Estallo a reír mientras miramos juntas las gavio-tas encima de nuestras cabezas.

—¡Pues bastantes menos que tú!

—Mírala, ¡qué locura! —Le planto un beso en la meji-lla y me levanto tirando de ella.

—Vamos, señorita madre de Señorita Ballena, vamos a ver dónde está tu padre, que estará preocupado.

—Ostras sí, pobre, seguro que se ha asustado y ha pen-sado que me he escapado. De pequeña un día me escapé al mar. Me tiré al agua porque vi un delfín y casi me ahogo. Pero ahora ya sé nadar, ¿eh? Fue por las olas.

—¿Un delfín? —respondo sorprendida.

—Sí, un delfín.

Recojo el bloc con la bonita aportación de purpurina de Sam y nos dirigimos hacia el muelle. La miro y me pre-gunto cómo debe ser tener una hija. Siento un puñal en la espalda. Un pensamiento que atraviesa. Ya nunca lo sabré. Buf… Suspiro y la miro de nuevo, risueña, caminando a saltitos para esquivar las conchas de la orilla. Y con toda una vida por delante.

—¿Qué haces? —le pregunto con una sonrisa seña-lando con la mirada el suelo.

—Respeto a las conchas. Algunas están vivas y ellas también importan.

Me coge la mano con cariño y no puedo evitarlo, vuelvo a emocionarme, pero esta vez no se me nota. Subimos los escalones del muelle y entramos al supermercado. Ni rastro de su padre.

—¡No lo entiendo, estaba aquí! —La pequeña empieza a ponerse nerviosa.

—Sam, tranquila, escúchame, ¿hace mucho rato que te has separado de él? ¿O solo el rato que llevamos hablando?

—No lo sé —contesta compungida mirando a todas partes. Le cambia la cara—. Se ha escapado. ¿Se ha escapado? —repite su afirmación en forma de pregunta realmente asustada—. Vamos a mirar al agua. A lo mejor ha visto algún delfín… —propone con total ingenuidad.

—No, cielo, no se ha escapado. Seguro que te está buscando. Vamos afuera —le digo sin soltar su mano.

Ella agarra la mía con fuerza y tengo un sentimiento que no había tenido jamás. Por un instante la miro, tan pequeña y tan frágil, y siento que haría lo que fuera por ella ahora mismo. La cojo en brazos con un poco de esfuerzo y pregunto al dueño de la tienda si ha visto a un hombre; nos indica amablemente que acaba de salir hace nada bastante deprisa. Lo que imaginaba. Está buscándola. Salgo con ella en brazos rápido, asustada por ambos, y de repente Sam grita:

—¡Capitán Ballena! ¡Capitán Ballena! —llama a un hombre que está asomado a la barandilla desgastada de madera que da a la playa donde estábamos las dos. Buscando, mirando de lado a lado y al oír a su hija se gira de golpe.

—Sam, pero ¿dónde estabas?

La bajo enseguida y ella corre a abrazarlo. Se engancha al cuerpo de su padre. No puedo creer lo que ven mis ojos. Es el chico del cuatro por cuatro de ayer. Tierra, trágame.

—Papi, es que la Chica triste estaba llorando en la playa y he querido dejarle a Señorita Ballena para que no esté triste.

Su padre sube la vista por primera vez hasta mi altura y nos miramos.

¿Cómo puede ser su padre? Pero si parece un surfista; es joven para tener una hija de esta edad, rubio como ella, con una melena ondulada por el mar que roza sus hombros, aunque un poco más oscuro, más castaño que el de ella, y con unos ojos increíblemente azules, muy parecidos a los de Sam. Malditas casualidades. No debe tener más de treinta años.

—Cielo, esto no se dice, no puedes poner nombres a todo el mundo y menos llamar a esta chica «Chica triste». Es una falta de respeto, cariño —le cuenta a su hija con mucha dulzura y me mira pidiendo perdón en su nombre—. Qué casualidad... —dice ya tranquilo—. Gracias por traerla. Y disculpa las molestias. Sam es una niña muy especial y al verte quizá se ha confundido y ha creído que estabas... —le cuesta pronunciarlo.

—Llorando, sí. —Le interrumpo sonriendo—. No pasa nada, ha sido un encanto. Gracias, de verdad. Gracias, Sam, y gracias a tu pequeño peluche, me habéis alegrado el día. —Miro de nuevo al padre de la niña. Es guapísimo y ese *look* desenfadado hace que entienda a la perfección la personalidad liberal y especial de Sam. Le sonrío y me presento—: Soy Aurora. Y no la riñas, ha sido culpa mía, nos hemos puesto a hablar y la he despistado. Y disculpa por lo de anoche, tenía prisa.

—Tranquila, no la riño. Y por lo de anoche, descuida, fuiste la única en pararte, así que... —Sonríe mirándola y bromea poniendo cara de enfadado—. Ya sabe que no debe hacer estas cosas. No lo harás más sin avisarme, ¿verdad? —Sam asiente con la cabeza y pone su mano en el corazón en gesto de juramento. Me entra la risa de nuevo. Nos reímos los tres—. Ha sido un susto solamente, menos mal que la has traído de vuelta. Porque si fuera por ella... —dice alborotándole el pelo de forma cariñosa.

—¡Ay, papá! ¡Que me despeinas! —Se ríe aún enganchada a su cintura como si fuera un koala. Tira de su camiseta repetidas veces como pidiéndole que se agache para decirle algo al oído.

—Dime, pequeña —le dice él con cara de falsa preocupación. Sam empieza a hablarle al oído pero en un volumen demasiado alto sin darse cuenta.

—Creo que deberías invitarla a tomar algo. La Chica triste podría ser la chica por la que valdría la pena mandarlo todo a la mierda y asentarse por fin.

Pongo los ojos como platos sin poder disimular al escuchar ese comentario tan adulto en la boca de una niña tan pequeña. Su padre reacciona exactamente como yo y en voz alta responde:

—Un momento, señorita, a ver. Esa palabra no se dice y... ¿de dónde has sacado tú esa frase? —le pregunta realmente sorprendido.

Me mira sonrojado y a la vez aguantando las ganas de reír. Sam vuelve a tirar de su camiseta para que se agache y vuelve a «no susurrarle» al oído algo, pobrecita, ella pensando que está contando un secreto pero no puede evitar que su vocecita aguda se escuche perfectamente.

—El otro día mientras hablabas con la tita Isla por teléfono escuché por el otro auricular. Pero no te enfades, ¿eh?, es como cuando tú me vigilas en el parque mientras juego con mis amigas. Tú también me espías a veces.

Nos echamos a reír los dos. Sam me mira con cara seria.

—¿Qué te hace tanta gracia, Chica triste? —me pregunta medio enfadada.

—Sam, es por Señorita Ballena, que me ha puesto feliz.

—Aaaaaahhh, vale… —Duda un poco—. ¿Te gusta el café?

—Pues la verdad es que prefiero el té… —le digo mirando a su padre a modo de disculpa por no poder evitar dejarme llevar por su hija.

Sam le dedica una mirada fulminante y no le da opción.

—Está bien, Sam, tomemos algo antes de volver al faro. Siempre que a Aurora le apetezca, claro —me dice agarrando la mano de la niña.

Por un momento me quedo en blanco, no creía que fuera a proponérmelo, simplemente trataba de ser amable. Tomar algo con ella me parece genial, pero con él, no sé. Ayer fui una estúpida. ¿Por qué soy tan mal pensada? ¿Solo es un té? ¡Exacto! Mi mente vuelve a ir a mil por hora. La segunda cita de mi lista de chicos pendientes. Porque este chico acaba de convertirse en uno de ellos. Ya que solo por su sonrisa es alguien con quien tendría un encuentro si no tuviera novio. Por un momento me siento como una adolescente de nuevo y me olvido de todo lo que pasó ayer.

—No quiero molestar, seguro que tenéis cosas que hacer…

—No, tranquila. Podemos tomarnos algo —responde Sam cogiéndome de la mano y tirando de mí hacia la cafetería más bonita del muelle.

Él sonríe de nuevo y niega con la cabeza queriendo decir que la peque no tiene remedio. Nos hace un gesto de «Vosotras primero». Y nos sigue.

—No tengas vergüenza, no le he dicho ningún secreto sobre ti, ¿eh? —me miente la muy granuja.

—Oh, tranquila, ya imagino que son cosas vuestras —le contesto dulcemente.

Nos sentamos en la terracita de la cafetería justo donde rompen las olas y Sam se dirige a una pequeña mesa llena de colores y juguetes para niños a jugar un rato.

—Siento mucho de verdad si te ha incomodado —se disculpa de nuevo. Mi hermana Isla siempre habla de más y la pequeña, que es muy cotilla y ha salido idéntica a su tía, se entera de lo que no debe y repite todo lo que ella dice. Siempre quiere imitarla y ser como ella. Son dos clones.

—Qué graciosa, tranquilo, de veras, me ha alegrado el día —contesto sincera.

—Mi nombre es Narel, perdona que no me haya presentado. Me he llevado un buen susto. Somos nuevos en el pueblo.

—¿Narel? —repito dudando si lo he entendido bien.

—Sí, es un poco raro, es un nombre aborigen australiano. Significa «que viene del mar».

47

—Y aquí estás —digo como una imbécil señalando la playa. «Vaya tela, Aurora, te lo ha puesto a tiro», pienso algo arrepentida por mi broma facilonga.

—Sí, aquí estamos. —Sonríe Narel algo incómodo también y mira a su hija, que juega entretenida en la mesita de juegos de la cafetería.

Apenas son las nueve de la mañana y tengo hambre.

—Yo hace poquito que me he mudado también, pero ya hace tres años que trabajo aquí —digo para cambiar de tema—. Es bonito, os gustará. Ayer creí que eras solo un turista.

—Ya veo que por aquí no os hacen mucha gracia los turistas. Me alegro de conocer a alguien de la zona tan rápido. Si no fuera por ella…, tiene todo el don de gentes que a mí me falta —dice señalando a la pequeña.

Por un momento me doy cuenta de que quizá su madre está al llegar, que quizá esté fuera de lugar estar sentada en esta mesa con este hombre desconocido y sin mucho que decir. Noto que le cuesta entablar conversación y pienso que quizá se está sintiendo mal o incómodo.

—Claro, lo que necesitéis, vivo aquí cerca —le digo señalando la hilera de casitas de colores que se ven desde el muelle a lo lejos.

—Lo siento, es que llegamos justo ayer y aún estoy un poco desubicado. Venimos de Australia. Y es un gran cambio.

—Guau, qué suerte —digo totalmente sincera y sorprendida—. ¿Cambio de aires?

—Oh, no, no. Por trabajo. La verdad es que es complicado...

Noto que le cuesta hablar. Lo ayudo:

—¿Y os habéis venido los tres por trabajo también?

—«Aurora, te has pasado. Anda que no se nota que estás intentando indagar».

—¿Los tres? —pregunta confundido.

—Sí, bueno la madre de Sam, ella y tú.

—Aaah, vale. —Sonríe—. Sam no tiene madre. Bueno, a menos que se considere que un padre puede ser madre y padre a la vez, como es mi caso —dice con una mirada un poco triste.

Me pongo en lo peor, quizá ha muerto y por ello han viajado hasta la otra punta del planeta. ¡Oh, pobre Sam! A todo esto, la pequeña, que parecía estar en su mundo en la mesa de al lado salta de repente, consciente y atenta a toda la conversación.

—No tenemos mamá. Pero no la necesitamos —sentencia fría—. Siempre hemos luchado yo y Capitán Ballena y siempre nos ha ido bien. ¿Verdad, papi? Somos valientes, libres y afortunados.

Narel estalla a reír sin poder remediarlo. Se le ve orgulloso de su hija y no hay para menos.

—Sí, gracias, cielo, no lo podrías haber expresado mejor. —Se nota que con ella no le cuesta hablar ni ser él mismo. Me mira con esos ojos llenos de mares que tiene y se sincera—: Su madre no quiso hacerse cargo y yo pedí la custodia.

—Me parece admirable —contesto honestamente conmovida—. Qué suerte ha tenido Sam. De verdad.

—Bueno... Vivo para ella.

—Papi, papi, ¿me pides un sándwich de crema de cacahuete y chocolate, porfa? —reclama Sam ahora sí, ajena a la conversación.

—Claro, ¿tú quieres algo?

—Pues... ¡otro! —contesto alegre, totalmente desconectada de mi mundo.

—Que sean tres, por favor —le pide educadamente al camarero.

La verdad es que, a pesar de su transparencia, intuyo que esconde un mundo entero en su interior, de sentimientos, de emociones, de experiencias. Me crea mucha curiosidad. De hecho, hacía tiempo que nadie me creaba tantas ganas de preguntarle cosas. ¿En qué trabaja? ¿Cuánto tiempo se van a quedar? ¿Qué edad tiene? ¿Tendrá novia? ¿Por qué la vida es tan dura? Nos comemos los sándwiches mientras Sam nos explica su interpretación de mi dibujo y su aportación de purpurina. Me comentan que siempre lleva su peluche y un pote de purpurina encima. Es su *kit* de supervivencia. Qué bonito equipo hacen los dos.

Me olvido de mis asuntos pendientes y sin darme cuenta ya son casi las once. Tras casi hora y media, Sam nos ha contado mil aventuras inventadas sobre ballenas y otros animales marinos. Es increíble la fijación de esta niña con el mar. Aunque el encuentro está siendo superentrañable y ha logrado hacerme olvidar a Mark y nuestro asunto pendiente, fingir que estoy sana y que él no me pone los cuernos, recuerdo que he dejado el móvil en casa y que seguro que Mark está al llegar. Así que me despido de Sam con un abrazo muy fuerte.

—Narel, cualquier cosa que necesitéis, no dudes en preguntar. Ha sido un placer, de verdad. Te regalo el dibujo. Guárdalo con cariño, ¿vale?

—¡Ohhh, qué guay! —Sam da saltitos y se agarra a mi vestido—. ¡¡Gracias, Chica triste!!

Narel la mira con ojos de asesino, bromeando para que no me llame más así.

—No importa. Ya no soy una chica triste —le digo a modo de indirecta. «Pero ¿de qué voy? ¿Qué pretendo? Vaya tela, Aurora, a estas alturas…»—. Adiós a los dos y bienvenidos al pueblo.

Narel me da dos besos y ella me aprieta con fuerza la mano y me da un beso enorme.

—Hasta pronto, Aurora —se despide él mientras coge a Sam a caballito para que me deje ir. Me sonríe mientras me alejo y siento su mirada en mi espalda.

Qué extraño ha sido, aunque agradable. Me siento un poco fuera de lugar, vulnerable. Esta niña me ha enamorado. Pero ahora que lo pienso, ¿cómo van a localizarme si necesitan algo si no les he dado mi número ni mi dirección? ¡Menudo fallo! No, de fallo nada. Mucho mejor. Es una señal. Mejor dejarlo así. Sí, definitivamente. Como si fuera un chico más de la lista con los que tener ese encuentro especial. Este lo ha sido. Así que cuenta como tal. «Ahora, Aurora, sigue con lo tuyo».

5

La casa aún está vacía. Subo a mi habitación, abro mi bloc de notas y apunto:

> Narel. Océanos en la mirada y un mundo por descubrir. Ha sido bonito coincidir contigo (tacho «contigo» y corrijo) con vosotros, en esta vida. Búscame en la siguiente. Gracias, Sam. Gracias por enseñarme que existen los hombres de verdad. Ojalá seáis muy felices.

—¿Qué miras así? —Le echo en cara al viejito de *Yogui*, que sigue en el mismo lugar y la misma pose que cuando me fui, mirándome con su peculiar carita blanca y negra.

Suelta un pequeño maullido, porque sabe que le estoy hablando y se va de un salto. «Será gruñón...».

Cierro el bloc y lo guardo en mi mesita. Bajo a por un té y me dispongo a cocinar mientras espero que llegue Mark.

Abro la nevera y, al ver que apenas tengo nada fresco,

salgo a comprar un par de cosas rápido. Enfrente de casa hay un puestecito de fruta y verdura, ni siquiera me pongo los zapatos ni cierro la casa con llave; es lo que tienen estos pueblos. Cojo un par de cebollas, una berenjena, puerro y brócoli. El amable vendedor y yo nos hemos hecho casi íntimos. Paso casi tanto tiempo ahí como en mi casa. Me gusta comprar los productos frescos casi a diario.

Entro por la puerta del jardín que da a la cocina y empiezo a preparar un arroz integral de brócoli. Dejo la comida a fuego bajo y subo a cambiarme de ropa. Me pongo una camiseta de manga corta básica, unos pantalones tipo pijama de seda cortitos y me recojo el pelo. Preparo la mesa del jardín trasero que da a la playa y oigo un coche aparcando en la puerta principal. Trato de tomar aire. Debe ser Mark. ¡Qué situación más difícil!

52   —¡Hola! ¿Hay alguien en casa?

La voz de Mark me suena repugnante por un momento y luego trato de convencerme de que es Mark, mi Mark, y que es humano. Y como todo humano, comete errores.

—Estoy fuera —le grito sin ningunas ganas desde el jardín.

—Hola, cariño, lo siento muchísimo, menudo desastre de noche —se disculpa Mark, y ese «cariño» me suena sucio, frío y cruel.

Lleva unos tejanos cortos y una camisa azul marino informal. Le observo unos segundos, su pelo castaño oscuro, su cara fina y angulosa.

—Tranquilo —le contesto tratando de que no se me note.

—Qué bien huele. Gracias por preparar la comida —me suelta como si todo fuera tan normal.

Sé que nota mi mal humor, es que no puedo fingir más. Pero se hace el tonto porque él siempre evita los enfrentamientos y sabe que si me pregunta qué me pasa empezaré a recriminarle algo. Así que, para evitarlo, hace como de costumbre. Fingir que todo va bien.

—¿Comemos?

Mark asiente dirigiéndose a la cocina a por el arroz y nos ponemos a comer como si todo fuera normal. Lo admito, estoy fría y distante, apenas pregunto por cómo le ha ido la semana y menos aún por lo que le pasó con el coche. Creía que sería más fácil cuando leí su email a Thais y que podía perdonarlo, pero me temo que no me va a ser tan sencillo. Aun así, siento que debo hacerlo, por lo bueno que ha sido siempre, al menos que yo sepa, y por lo mucho que le he querido.

Al terminar de comer me tumbo en el sofá a ver una película a su lado y me quedo dormida. He madrugado esta mañana y estoy sin ganas de nada. Recuerdo a la pequeña Sam y un atisbo de esperanza me hace casi sonreír. 53

—Cielo, ¿te encuentras bien? —me susurra Mark tras dos horas de siesta de esas que más que relajarte te dejan el resto del día aletargada y atontada.

—La verdad es que no muy bien. Anoche dormí mal —miento, pero prefiero decirle eso a contarle la verdad—. Me voy a dar una ducha a ver si me despejo.

—Vale, ¿quieres que te prepare o te vaya a comprar algo?

Él y su amabilidad constante. «¿Le hará lo mismo a Thais?», pienso intentando alejar a esa chica de mis pensamientos, aunque sin poder evitarlo me pregunto cómo será ella. Si será guapa, simpática…

—Sí, porfi, podrías ir a por algo de helado. Necesito algo de azúcar.

—¿Tu favorito de siempre?

—Sí, leche de almendras con *cookies*.

—Vale, cariño, date una ducha a ver si te sientes mejor.

Subo las escaleras hacia mi baño mientras oigo la puerta trasera cerrarse tras Mark. Me siento un momento en mi cama, respiro y me digo: «Aurora, puedes con esto. Puedes». La imagen de la libreta debajo de mi móvil me hace sonreír. La cojo y al abrirla recuerdo que escribí a Paul. Me doy cuenta de que no he abierto el móvil desde anoche y que probablemente tenga alguna llamada y quizá su contestación.

Con un poco de nervios cojo el teléfono y marco mi código pin. Veo un mensaje nuevo y lo abro enseguida con curiosidad. La imagen de Narel me atraviesa, pero solo por un instante. No puede ser de él.

Paul: ¡Hola, Aurora! Qué bonita noche la de ayer en la azotea. Tienes que retratarme un día. Jejeje. Es broma, la esperanza nunca se pierde. Es el mensaje que planeé escribirte antes de descubrir que me habías dado un teléfono falso. Menos mal que te di el mío. Pensé. Sabía que algún día me escribirías. Aunque claro, creí que durante los días siguientes. Han pasado 6 o 7 años. Bueno, más vale tarde que nunca. ¿Cómo va todo? Yo genial.

«Qué vergüenza». Es lo primero que pasa por mi cabeza. Ahora mismo borraría el mensaje y haría como si nunca hubiera pasado, pero no me da la gana. Me fijo en su foto de miniatura del WhatsApp y la amplío. Él tomando algo en un Starbucks. Guapo y sonriente. Sin dudar, le contesto.

Aurora: Jeje, vaya, pensé que no te acordarías de mí. Yo genial también. Ayer vi tu teléfono en mi lista de contactos y pensé lo mismo que tú. Más vale tarde que nunca. Te debía un «Hola qué tal», como mínimo. Me alegra saber que todo te va bien. Un fuerte abrazo.

Envío sin revisar lo que he escrito. Menudo morro tengo, tantos años después de una noche tan especial. Que aunque no pasara nada, fue una de esas noches, uno de esos chicos que te marcan un poquito. Al instante, él contesta:

Paul: ¿Sigues en San Francisco?

«Ostras, ¿y ahora qué?». Se supone que era la idea. Tomar ese café pendiente, esa cita que nunca tuvimos y se acabó, ¿no? Cita realizada. Chico tachado de la lista. ¡Exacto! Cojo la libreta y tacho el nombre de Narel. «Primera cita, prohibido volverle a ver», me digo. De repente me viene a la cabeza mi madre. No estoy muy segura de que ella aprobara este juego. Lo cierto es que ni siquiera sé si lo apruebo yo. Pero desde que empecé con la idea he sentido un poco de esperanza. De ilusión por algo. Aunque solo sea por un maldito café.

Aurora: Nooo, pero estoy cerquita.
Paul: Dónde?

Vuelve a contestar al instante. Oigo la puerta de casa. Mark ha vuelto. Escondo el móvil debajo de la almohada y me meto volando en la ducha. ¿Se sentirá así Mark cuando me engaña? Me pregunto qué se supone que significa todo esto y si tiene algún sentido seguir con Mark. El agua fría me empapa y trato de pensar cuándo fue el día que empecé a sentir que ya no estaba tan enamorada de Mark y si esta es la decisión acertada. Mientras me congelo bajo la ducha, por necesidad y por rebeldía, me prometo otra vez olvidarme de mi enfermedad. Actuar como lo haría si siguiera pensando que estoy sana y que lo único que voy a cambiar de mi rutina diaria será hacer cada día todas aquellas cosas que me apetecen y que no hago por quedar bien, por cumplir o por vagancia. Así que sí, definitivamente sí tiene sentido lo que estoy haciendo con Mark y sí, pienso tachar a Paul de la lista. Así que a por una cita más.

Salgo del baño con la toalla enrollada al cuerpo y el pelo rizado y húmedo. Veo a Mark sentado en la cama y por un momento me temo lo peor. «Me va a contar lo de Thais».

—Cariño, toma un poco de helado, seguro que te alegra la tarde.

Uf, menos mal, respiro aliviada. Solo ha subido a darme el helado.

—Gracias. —Se lo cojo agradecida y Mark se levanta y me abraza.

—Te he echado de menos esta semana. Ha sido una semana un poco rara.

«Ya imagino, ya», respondo para mí misma.

—¿Quieres un poco de helado para alegrarte el fin de semana? —le contesto repitiendo en broma lo que él me ha dicho.

Se ríe y me besa la frente.

—¿Tú compartiendo helado? Definitivamente te encuentras mal hoy. —Se ríe y baja las escaleras hasta el comedor.

Oigo cómo enciende la tele y busca por Internet una película para pasar la noche. Me visto y me tumbo en la cama a leer una novela que compré el otro día en el mercado de segunda mano que montan en el muelle todos los martes. Que, por cierto, me encanta. El libro es una historia de amor de los años veinte que me tiene enganchada. Pero antes de sumergirme en la lectura cojo el móvil y tecleo sin pensar:

Aurora: Cerca de Santa Cruz. ¿Nos tomamos un café en San Francisco la semana que viene? ¿Viernes por la tarde?

Doy a enviar sin creérmelo y niego con la cabeza al pensar que puede ser la cita más incómoda de mi vida. Ahora sí, abro el libro y me meto en la vida de esa pareja del siglo pasado.

6

El fin de semana con Mark pasa volando. Con la excusa de que no me encuentro bien y la entrega de unos bocetos para esta semana, me he pasado el *finde* pintando y descansa... Me... sentido tranquila y en paz, Mark ha estado... compañía y descansando también. Hemos... justo, bastante menos que de costumbre, per... que él con todo el lío de emociones que debe est... bién lo ha agradecido.

...noche fue cálida pero sin fuegos artifi-
c... rte abrazo mezclado con miedo, cariño
... pena, ...o nos vamos a engañar. Pero me he
... ar en él ni en Thais, bastante tengo con lo mío.

Hoy, como todos los lunes, imparto clase de dibujo a los peques en mi pequeño estudio cerca del muelle, pero tengo ganas de hacer algo diferente, así que les preguntaré a sus mamis si les importa que demos la clase en la playa. Empieza el buen tiempo y apenas hay gente en la arena aún.

Tras pasarme toda la mañana limpiando la casa me preparo para salir. Abro mi armario abarrotado de trastos y ropa y me pregunto cómo soy capaz de acumular tantas cosas. Miro todos mis modelitos y me doy cuenta de que al final siempre me pongo lo mismo. Creo que me viene de familia, mi madre era incluso peor, cajas y cajas llenas de cosas. Elijo mi vestido favorito y voy a visitar a Esmeralda antes de irme. Hace días que no la veo y siempre suele estar en el jardín con sus tulipanes.

—Buenos días, Esmeralda, ¿está por casa? —grito por la puerta de la cocina que da a su jardín.

Tarda unos segundos en responder:

—Aurora, bonita, pasa pasa.

Entro descalzándome como de costumbre. Yo le pegué esa manía de no dejar pasar a nadie a casa con zapatos y a la mujer le encantó.

—Buenas tardes, Esmeralda, hace días que no la veo por el jardín —le digo y descubro que está en su mesa que da al mar, frente la ventana, pintando una figurita de cerámica.

—Ay, hija, que ahora me ha dado por la cerámica. ¿Qué le vamos a hacer? —Se ríe con la dulzura a la que me tiene acostumbrada—. Tienes limonada en la nevera y bizcocho de chocolate.

—No, señora, ya me voy, tengo clase con los pequeños en unas horas, me voy a preparar un poco el estudio. Solo pasaba a saludar, hace días que no la veía por el jardín y empezaba a preocuparme.

—Oh, tranquila, otro día. Gracias por la visita, en cuanto tenga más práctica te haré un jarrón —me contesta ella metida en su mundo.

Pues nada, cada loco con su tema.

—Me encantará, que vaya bien la tarde creativa.

Me despido con un beso en la mejilla y salgo más

tranquila hacia el estudio. Decido coger mi bicicleta *vintage* de color vainilla y coloco mi bolso en la cestita blanca que tengo delante. Desde que me he mudado a Capitola puedo permitirme el lujo de ir al estudio en bici e incluso andando, no como cuando vivíamos en Santa Cruz, que tenía que coger el coche sí o sí. Este cambio me gusta.

La calle que va de mi casa al muelle es muy peculiar, recorre todas las casitas típicas del pueblo, dejando la montaña atrás y todo el tiempo con el paisaje del mar ante mis ojos. Siempre que voy en bicicleta me relajo y pienso en mis cosas, pero de repente un coche toca el claxon detrás de mí y me asusta. Justo cuando estoy a punto de girarme y maldecirle por no respetar a los que vamos en bicicleta, oigo la dulce voz de Sam desde la ventanilla:

—¡Chica triste!

60   Paro la bicicleta en un lateral y veo su cabecita asomando del cuatro por cuatro de Narel, que se para a mi lado.

—Pero bueno, Sam, ¡qué guapa estás hoy! —le digo mientras saludo a Narel con la cabeza y acaricio la coleta de Sam.

—Ha sido mi primer día de cole y ha sido superguay.

—Oh, ¡qué bien! Me alegro un montón. ¿Vais para casa ya? —le pregunto mientras le dedico una mirada fugaz a Narel, que por cierto, qué guapo está con esa camiseta negra básica.

Vuelvo a fijarme en su pelo rubio oscuro. El otro día no tenía barba pero parece que en estos tres días no se ha afeitado y la sombra que empieza a aparecer en su rostro le hace muy atractivo. Le da un *look* bohemio australiano que debe hacer caer rendida a sus pies a cualquier chica. Hoy sus ojos se esconden tras unas gafas de color marrón clarito, así que no puedo ver su mirada azul.

—Íbamos al muelle a ver si te veíamos —dice Sam risueña.

—¿En serio? —pregunto sorprendida mirando a Narel.

Se sube un poco las gafas de sol en un gesto de educación.

—Lleva todo el fin de semana que si Aurora esto, que si Aurora aquello… No ha habido manera de hacerla callar. —Me sonríe algo sonrojado.

—¡Qué bonita! —digo sin dar mucho crédito a por qué esta niña me ha cogido tanto cariño.

—Es que yo quiero ir a tus clases de dibujo —suelta Sam con cara de indignación.

—Sí, todo el día pidiéndome ir a tus clases.

Me fijo en su todoterreno por un instante y veo que es un coche del estado. Con la bandera del condado dibujada en el capó y los laterales junto al rótulo: «Guardafauna de la bahía de Monterrey». Sin darme cuenta del cambio de tema radical le pregunto:

—¿Trabajas de guardafauna en el pueblo?

—Sí, bueno, en toda la bahía de Monterrey. Me encargo de los animales marinos autóctonos que viven y migran por esta zona.

—Oh, ¡qué pasada! —suelto como si fuera una niña pequeña, siempre me ha producido tanta curiosidad y a la vez respeto el mar.

Narel se echa a reír y repite:

—¿Podría ir Sam a tus clases?

—Oh, claro, per-perdona —tartamudeo como una idiota—. Ahora mismo voy para allá. ¿Quieres que me la lleve?

—¿En tu bicicleta? —dice mientras señala mi bonita reliquia.

—Iremos andando, está a cinco minutos.

—¡Síííí, síí, papi, porfi! —chilla Sam entusiasmada.

—Sería genial —me dice Narel—. Me acaban de llamar para una emergencia y he de salir al mar, bueno, ya debería haber salido. No tenía cómo contactarte, así que hemos venido a ver si te encontrábamos.

—Pues estáis de suerte. Vamos, Sam —le digo mientras la ayudo a bajar—. Terminamos a las seis y media. ¿Tienes para apuntar la dirección?

—Mmmm. —Duda mientras rebusca por el coche—. Mejor te doy mi teléfono y me la envías por mensaje. ¿Te importa?

—Genial.

Intercambiamos los teléfonos y Narel sale pitando para su emergencia. Tengo su teléfono. Me alegro como si acabara de ganar un premio. ¿Guardafauna? Me pregunto a qué se dedicará exactamente. Pero esta niña parece leerme la mente.

62 —Papá trabaja salvando ballenas y otros animales del fondo del mar —me cuenta Sam con cara de orgullo—. Es un héroe de verdad. Por eso le llamo Capitán Ballena. Todas le quieren mucho. Y él sabe comunicarse con ellas.

—Vaya, ¿de verdad? —pregunto asombrada de nuevo—. ¿Emite sonidos con alguna máquina y ellas vienen? —Me imagino esos barcos con ultrasonidos que he visto en documentales.

—No no. —Se echa a reír—. A esos les llama «incrédulos centifiquis».

—¿Incrédulos científicos, quieres decir? —corrijo a la pequeña.

—Sí, eso eso. Él nada con ellas.

—¿De verdad?

—Sí, papá conoce a las ballenas, venimos siguiéndolas desde Australia. Es complicado de explicar —me suelta como si fuera ella mi profesora.

—Pues qué suerte tenéis de ser amigos de las ballenas.

—Bueno, yo no las conozco, soy pequeña aún, pero él me ha enseñado todo lo que sé.

De camino al estudio, Sam no deja de contarme anécdotas sobre las ballenas y, aunque es pequeña y no entiendo muy bien el trabajo de Narel con ellas, me parece algo increíble. Tengo que preguntarle y que me cuente mejor. Enfrente del estudio ya hay varias madres y padres fuera esperando y aprovecho para contarles que hoy dibujaremos en la playa. A todos les parece una idea genial y deciden acompañarnos. Algo así como una clase de puertas abiertas. Esto es lo que más adoro de mi trabajo. No tener jefes, la libertad. Poder hacer aquello que me apetece sin que nadie me diga si puedo o no. Poder improvisar cada día y ponerme mis horarios. La tarde pasa despacio y disfrutamos al máximo de la clase. Les pido a los padres que participen en el dibujo de los niños. A estos les he encargado que hagan un animal marino mágico, y adivinad, todos hacen una sirena. Los niños son así. Siempre soñando con cuentos fantásticos. Como Sam es la única niña que ha venido sola, me pongo con ella a dibujar su sirena y nos lo pasamos genial. Tiene un don especial para comunicar, de eso no hay duda. Al acabar la clase me doy cuenta de que no he escrito a Narel con la dirección del estudio, así que cojo el móvil para enviárselo pero veo que él sí me ha escrito a mí.

Narel: Hola, Aurora, gracias por ser tan amable con nosotros. Menos mal que te hemos encontrado hoy, estoy aún en el barco. Espero llegar a la hora.

Y unos minutos más tarde, ha enviado otro:

Disculpa, no llegaré para las seis y media, siento muchísimo molestarte, ¿te importaría esperarme media hora? Voy para allá lo antes que pueda. Se me ha complicado la tarde.

Le contesto rápidamente:

Aurora: No te preocupes, estaremos en el muelle tomando algo, vente cuando termines.

Leyendo los mensajes de Narel, por algún motivo que desconozco, pienso que no es como leer los mensajes del padre de cualquier otra alumna, lo hago como si fuera un chico al que acabo de conocer, como si en cierto modo estuviera coqueteando con él. Sé que, en realidad, por su parte no hay nada de flirteo, pero no sé qué me pasa. Su misteriosa aura y el modo en que trata a Sam me llaman la atención. «Ay, señor, Aurora. Es uno de los cinco chicos de tu lista. En cuanto venga, que se lleve a Sam y adiós. Nada de cafés ni conversaciones personales. Serás la profe de su hija. Ya está», trato de obligarme a mí misma.

Me siento como cuando ves a alguien y sabes que si no lo detienes, puede convertirse en algo importante. Es como cuando coincides con una persona y sabes que seríais amigas o amigos seguro, pero con la diferencia de que en este caso sé que podría enamorarme de él. Y no solo porque sea guapísimo y supersexi, sino porque hay algo. Química. No sé. Algo que yo no controlo, no puedo crear ni frenar. «No no, de eso nada. Frenarlo sí puedo. ¡Y tanto que puedo!». Eso mismo es lo que debo y voy a hacer. «Distancia, Aurora, distancia». No puedo olvidar la realidad a la que me enfrento. Por más que me gustaría y quiera dejarme llevar.

Ya son las siete y media y seguimos sin noticias de Narel. Hemos venido al muelle a por un helado de chocolate. Sam está entretenida y no pregunta cuándo llegará su padre. Empieza a atardecer y me preocupo por él. Decido enviarle otro mensaje.

Aurora: ¿Está todo bien?

Al cabo de pocos minutos me vibra el móvil.

Narel: Perdona, estaba en una zona sin cobertura. Estoy ya de vuelta pero tardaré un poco, el mar está fatal hoy y no puedo ir más deprisa. Si tienes que irte a casa o lo que sea, ve sin problema. Siento muchísimo las confianzas, al estar solos aquí, no sé muy bien aún cómo gestionar estas cosas.

Aurora: No te disculpes, imagino lo que debe ser venir a un lugar nuevo los dos solos. Voy para casa, te mando la ubicación al llegar, así le doy algo de cena a Sam. No tengas prisa. No molesta.

Dudo por un momento si es una buena idea darle mi dirección a Narel, no porque sea un desconocido ni porque me haya pasado todo el fin de semana pensando en él sino por todas las consecuencias que esto puede traer. Que sepa dónde vivo, que Sam se encariñe, que cojamos confianza, que nos hagamos amigos, que nos hagamos favores, que me muera y les haga pasar por esta putada. No es que sea trágica. Es que es la verdad, aunque en el día a día trato de no pensar en situaciones así, me entra el miedo.

Narel: No sé cómo agradecértelo. De verdad. Me has salvado. Hasta ahora, Aurora, dile a Sam que ya voy para allá. Aunque parezca muy extrovertida, a la hora de la verdad es muy dependiente de mí y no le gusta estar con otra gente. Se ha criado siempre a solas conmigo y le cuesta a veces.

Miro a Sam y me pregunto por todo lo que habrá pasado en su corta vida y no me parece en absoluto que esté preocupada o nerviosa. Le cuento que vamos a ir a mi casa, si le apetece, mientras viene su padre. Contesta divertida que le parece una idea genial y empezamos a caminar con la bici a cuestas cuando me suelta de repente:

—¿Tú no eres la mamá de nadie?

—Pues no, Sam, todavía no —pronuncio «todavía» y al instante me quedo sin voz. Ni todavía ni nunca…

—Pues si quieres, podemos jugar a que eres la mía. —Me coge la mano y me mira a los ojos con una carita que hace que me derrita.

«Por favor, Sam, no me hagas esto, no me lo hagas», pienso mientras la miro, sintiendo pena, no por mí, sino por ella, por esa madre que nunca la quiso, por esa madre insensata, injusta y cruel que puede haber dejado a una niña tan especial y haber seguido con su vida. ¿Cómo puede alguien hacer algo así?

No sé qué contestarle y ella sigue mirándome esperando una respuesta. Me he quedado helada y no quiero decirle que sí. No puedo jugar a estas cosas. No en mi situación. Aunque siempre he querido tener hijos, muchos, entre tres y cinco, ahora todas mis prioridades han cambiado.

—Yo prefiero ser tu mejor amiga —le contesto tratando de no herir sus sentimientos y sintiendo que ojalá pudiera jugar a ser su mamá durante el poco tiempo que me queda, al menos para saber lo que es. Lo que se siente. Ese vínculo tan especial e indestructible.

—Jolines, pero yo amigas ya tengo —me replica.

—Pero es que ser tu mami es un rollo, porque las mamás te regañan, te hacen comer cosas que no te gustan, te hacen ir a la cama temprano… Yo en cambio podría hacer contigo todo lo contrario si fuera tu amiga. ¿Qué me dices?

—Pues... ¡es verdad! Vamos a ser mejores amigas.
—Levanta sus bracitos en un gesto para que la coja y, sin dudarlo, aunque pesa lo suyo, dejo la bici apoyada en el suelo y la cojo por un momento. Me abraza con fuerza y me da un beso en la mejilla.

Sé que, por más que la relación con su padre sea perfecta, le falta la figura materna. Se le nota aunque lo disimule y sé de qué hablo porque yo soy la primera que mintió a mi madre toda la vida diciéndole que no quería un papá cuando, en realidad, aun siendo muy feliz con ella, una parte de mi corazón siempre quiso tener ese apoyo. Esa otra persona con la que contar. Veo a Sam contenta con mi propuesta y eso me tranquiliza. Llegamos a casa y le pido que me ayude a preparar la cena.

Nos ponemos dos delantales y, mientras yo corto unas pocas verduras, ella se pone a lavar unas hojas de lechuga para hacer una ensalada de pasta. Me encanta cocinar, herencia de mi abuela, porque mi madre siempre fue un desastre. Así que decido preparar unas verduras al wok con salsa de soja para echárselas a la ensalada. Sam pone las hojas de brotes tiernos en un cuenco de bambú que me encanta y añadimos al wok la mezcla de verduras más unos tomates cherry, trocitos de manzana, nueces, pasas y arándanos que tengo en la nevera desde hace un par de días. La aliñamos con una vinagreta de mango y módena que está deliciosa, receta secreta de Esmeralda, la muy listilla, sonrío al pensar en ella. Y dejamos macerar la ensalada unos minutos. Suena el timbre de la puerta y Sam suelta un grito:

—¡Papiiii!

Miro el reloj. Las nueve y media, efectivamente debe ser él. Mierda, es él. Pero ¿por qué me parece tan raro? Alguna vez con alguna otra alumna me ha pasado. No hay problema. «Métele un táper con la cena en la mochila y

67

devuélvesela a su padre. Sí, ¡eso voy a hacer!». Abro la puerta y veo a Narel con cara de preocupación.

—Hola, lo siento muchísimo —se disculpa con un leve gesto de incomodidad.

—Tranquilo, no es la primera peque que me llevo a casa cuando hay un contratiempo. Estoy acostumbrada, de verdad. —Trato de que no se sienta mal mientras Sam se le sube en brazos de un salto. Se le ve cansado.

—Papi, hemos hecho un dibujo muy bonito de una sirena y una cena deliciosa. La he cocinado yo. Bueno, Aurora me ha ayudado —dice entusiasmada.

—Ohhh, ¿de verdad? ¡Qué bien te lo has pasado! ¿Nos vamos para casa?

—Pero si aún no hemos cenado —dice Sam mirándome mientras pone los brazos en jarras.

—Oh, quedaros a cenar —improviso. «Mierda, mierda, mierda…».

—No queremos molestar.

—No, de verdad, si al final nos hemos entretenido cocinando y no le he podido dar la cena aún. Solo es una ensalada, pero si te apetece… Si no, que cene ella y os vais, como quieras.

—Bueno, como queráis… —dice mirando a su hija.

—¡Bieeeenn! —Sam salta de sus brazos y se va corriendo a la cocina.

Le hago un gesto a Narel para que pase. Mira mi casa con detenimiento y se acerca a uno de los muchos cuadros que tengo apoyados en el suelo.

—¿Son tuyos?

—Sí… —Digo disimulando mi orgullo.

—¡Guau! Eres muy buena…

—No es para tanto.

—No seas modesta, de verdad. Tienes talento. Seguro que vendes muchos.

—No te creas… Me cuesta mostrar mis obras.

—Pues no deberías privar al mundo de tu arte.

—Vaya, gracias… —Me ruborizo sin poderlo evitar.

Preparamos la mesa del porche aprovechando que hace buen tiempo, enciendo un par de velas que tengo en dos grandes cuencos en el suelo y servimos la cena.

—Pero yo quiero cenar viendo los dibujos, porfi.

—Cariño, eso es de mala educación, Aurora nos ha preparado una mesa muy bonita en el jardín.

—Ya, papi, pero es que hoy es lunes y echan la princesa Dorotea.

—Ostras, no me acordaba… —Narel se dirige a mí—. Verás, si no te importa… Es que casi no dejo que Sam vea la tele, pero esos dibujos le encantan y es lo único que ve. Es su plan favorito de la semana. ¿Te importa si..?

—Por supuesto, cenemos en el comedor.

—No, no hace falta, podemos cenar tú y yo fuera, así ella ve sus dibujos tranquila —me dice con un halo de timidez muy sutil.

—De acuerdo…

Dejamos a Sam con sus dibujos en el comedor y empezamos a cenar él y yo en el porche. Por un segundo pienso que estoy rompiendo las reglas de mi lista, pero luego me autoengaño pensando que esto es por la niña.

—Gracias una vez más por cuidar de Sam.

—Ha sido un placer, me ha contado que trabajas salvando ballenas…

—Sí, bueno, no es tan sencillo…

—Imagino que has acabado en la bahía de Monterrey por ellas. Aquí hay muchas.

—Sí, soy biólogo y en Australia me dedicaba a estudiar el comportamiento migratorio de las ballenas, pero hace unos años detectamos un comportamiento extraño en algunas familias que cambiaban la ruta de sus migraciones, rutas centenarias que por primera vez tomaban otro rumbo. Nos extrañó muchísimo y empezamos una investigación para averiguar qué podría estar ocasionando este cambio de ruta.

—Ostras —contesto realmente interesada.

—Desde pequeño me he sentido atraído por el mar. Es una conexión inexplicable.

—Buf, a mí me da miedo…

—¿Miedo?

—Sí, no sé… El no saber que hay ahí abajo.

Narel suelta una carcajada.

—Si lo supieras…, dejarías de tener miedo. Es algo increíble.

—Seguramente, pero solo de pensarlo… ¿Y habéis descubierto ya qué pasa con esas ballenas?

—Pues por desgracia sí. En Australia se encuentra la Gran Barrera de Coral, el arrecife de coral más grande e importante del mundo. Por nuestra culpa, año tras año se va deteriorando y muriendo. Además, hace cuatro años hubo un problema con un barco de mercancías que naufragó y contaminó con plásticos todo el arrecife. Miles de animales murieron en los siguientes meses debido a la ingesta de los residuos y porque acabaron atrapados y enredados en trozos de plástico. Aún hoy siguen muriendo. Las ballenas, tras la desaparición de varios ejemplares, decidieron cambiar su ruta para evitar pasar cerca del arrecife. Cuando lo descubrimos fue muy duro. Encontramos ballenas muertas en la costa de algunas islas del océano Pacífico. La mayoría ahogadas por ingerir cantidades increíbles de plástico. Y muchísimas eran crías de apenas tres meses.

—¿Plásticos?

—Sí, pero no te imagines nada raro, cosas como bolsas, plástico de embalar, botellas de refrescos, de agua… Todo aquello que nosotros usamos a diario. ¿Sabías que solo se recicla el 12 por ciento de todo el plástico que consumimos? Y el resto acaba siendo basura que jamás desaparecerá, pues por sí mismo nunca se descompone. Se degrada, se rompe, pero jamás desaparece. Queda flotando en el agua de los mares y océanos para la eternidad en forma de partículas. Y es sumamente tóxico.

—No tenía ni idea. Yo siempre reciclo el plástico, pensaba que podía ser reutilizado.

—No, ojalá. Se seleccionan los plásticos simples que son de fácil degradación pero como te digo más del 80 por ciento acaba sin reciclar. Si vieras con mis ojos lo que yo vi… Centenares de delfines, crías, focas bebés y miles de peces, tortugas, todos muertos. Por confundir los trozos de plástico con alimento. Es aterrador. Decidí dedicar mi vida a controlar estos fenómenos y luchar contra ellos. No es fácil. Con una niña. Pero me embarqué en un estudio de seguimiento de este grupo de ballenas para descubrir los lugares más limpios del planeta según sus migraciones. Así que tengo que hacer de guardafauna para poder trabajar con ellas. De algo hay que vivir. —Medio sonríe—. Pero en realidad estoy inmerso en un estudio científico. Durante la primavera y el verano, las ballenas recorrerán las costas del océano Pacífico desde Chile hasta Monterrey y antes de que llegue el frío volverán a Australia. A no ser que nos sorprendan de nuevo.

Me quedo embobada escuchándole hablar. Se le ve tan entregado. Se nota que es muy ecologista.

—Siento el tostón. —Sonríe vergonzoso.

—Tostón para nada. La verdad es que el reciclaje siempre me ha obsesionado, tengo cuatro contenedores en la cocina.

—Sí, yo era igual, hasta que descubrí que esa no era la solución —me corrige con suavidad.

—No entiendo. —Dudo por un momento.

—No quiero ser aburrido.

—No, en absoluto, me interesa.

—Producir basura es el problema, si la separas lo único que haces es dar trabajo a las empresas de recogida de residuos. Lo que hay que hacer es dejar de generarla. Disminuir al máximo la basura que producimos. No es fácil. —Sonríe—. Pero nosotros lo hemos logrado —dice refiriéndose a Sam.

—¿Y cómo?

—Es largo de explicar. Si te interesa, un día te lo cuento con calma y te muestro cómo lo hacemos nosotros. Eso si ella no se me adelanta, que visto lo visto, está contigo que no hay manera. No sé qué le habrás hecho —me dice con cara de agradecimiento.

—¿Yo? Nada —Le sonrío con un leve flirteo.

—Pues cree que eres especial.

—Vaya… —Me sorprende la reflexión de la pequeña.

—Esta tarde me han llamado de la base para comunicarme una alerta. Un león marino se había quedado enredado en una red de pescadores. He tenido que ir corriendo a ayudarlo. Ese es mi trabajo mientras sigo con mi estudio. Cuando hay alguna emergencia de este tipo, acudo al rescate. Se ha complicado la cosa porque el pobre animal, al asustarse, ha empezado a nadar hacía el fondo y la red se ha enredado con unas rocas.

—¿Y qué habéis hecho?

—¿Hemos? Ojalá… Aquí en Monterrey estoy yo solo. Puedo pedir ayuda pero con lo que tardan en venir, el animal se habría muerto.

—No tenía ni idea… ¿Has podido salvarlo?

—Sí, pero no ha sido fácil, estaba tan asustado que cada vez que trataba de soltarlo se movía tanto que se enredaba más. Del miedo y el estrés ha estado a punto de sufrir una parada cardiaca. Y encima el mar estaba muy revuelto hoy.

—¿Y cómo lo has hecho? —le pregunto con los ojos como platos imaginando alguna red o máquina que pueda manipular desde el barco y capturar al animal.

—Pues como he podido. Bajo el agua es difícil.

—¿Lo has hecho tú solo a mano? ¿Nadando?

—Técnicamente, buceando, sí. Pues tal cual puedes imaginar. He buceado hasta él y con paciencia he ido cortando la red hasta liberarlo.

Sam tenía razón, su papi es un héroe.

—Qué valiente. ¿Y cómo es estar ahí abajo?

—¿Con ballenas, delfines, tiburones y muchos más? Acojonante.

—Me parece increíble lo que haces. De verdad, de admirar.

—Si te atreves un día, te lo muestro.

—¿El qué?

—Lo que se siente bajo el mar con ellos.

Estallo a reír solo de imaginármelo.

—Ni hablar. ¡Me muero de miedo!

—¡Qué va! No querrás volver a la superficie. Ya lo verás.

Mi mirada se queda clavada en sus ojos en un gesto de incredulidad. Este chico es diferente. Y me gusta. Hablamos durante un largo rato y nos olvidamos de todo lo demás.

—Ostras, se está haciendo tarde y seguro que tienes cosas que hacer.

—Son las doce de la noche, madre mía, pensé que serían las diez y media o así.

—Sí, yo también —me dice mientras me mira con un atisbo de algo que no sabría descifrar.

—¡Sam! —pronunciamos los dos al unísono y nos echamos a reír.

73

Ambos nos habíamos olvidado por completo de la pequeña, que se ha quedado dormida plácidamente en mi sofá. Narel se dirige a cogerla en brazos y lo ayudo con su mochila y zapatitos hasta el coche.

—Ha sido una noche muy bonita —le digo totalmente sincera.

—Iba a decir lo mismo —me responde ya desde su asiento, con la pequeña en su sillita aún dormida—. Juraría que en seis años nunca me había olvidado de que Sam estaba por aquí. ¡Menudo padre! —bromea. Pero a mí me parece una de las cosas más bonitas que me han dicho en la vida—. Gracias por ser así, Aurora. A ella le hace falta... Y a mí.

Ese «Y a mí» se me atraviesa y no sé muy bien qué contestar.

—Me alegro de haberos conocido. Y gracias por contarme tantas cosas interesantes...

74 —Cuando quieras, seguimos...

Ahora sí que no hay duda, quiere que nos volvamos a ver. Y yo también.

—Conduce con cuidado.

—Sí. Descansa, Aurora.

—Igualmente. Ahora ya tienes mi teléfono, lo que necesites. —«Aurora, que se te nota», me digo.

—Sí, nos vemos el próximo lunes a las cinco en tu estudio para la clase de Sam.

Sonrío mientras arranca y me quedo ahí petrificada mientras veo cómo desaparece con su todoterreno hacia la playa. La sonrisa tatuada de idiota no me la quita nadie. Suspiro. Dios, me he sentido como nunca. Nadie me había hablado de ese modo tan interesante. Siempre soy yo la que habla sin parar. Pero Narel ha conseguido mantenerme toda la conversación con la boca abierta. Y en silencio. Siempre he pensado que la cualidad más sexi de un hombre es la inteligencia.

Meto los platos de la cena en la cocina y mientras recojo la mesa pienso que ojalá todo fuera distinto. Ojalá tuviera toda una vida para poder jugar a ser la mamá de Sam. Borro esa idea de mi cabeza y me dirijo a la habitación. Me doy una ducha rápida antes de acostarme y me unto con mi crema hidratante de karité con vainilla todo el cuerpo. Adoro dormirme con esta mezcla de olor a limpio y crema hidratante. Me fijo en el envase y veo que por ningún lado aparece el símbolo de las tres flechitas verdes de «reciclable». ¿Se supone que este pote nunca desaparecerá? ¿Que quedará disperso por los océanos a modo de micropartículas que contaminarán el agua y afectarán a los animales? Jamás lo hubiera pensado. Que por culpa de algo tan insignificante para mí como un tarro de crema hidratante puedan morir seres vivos. Tengo que hacer algo.

Me tumbo en la cama y enciendo la vela de cada noche. Me fijo que el envase es de vidrio, y suspiro aliviada. Por primera vez reparo en estas cosas y me sorprende no haberlo hecho antes. Cojo el móvil y reviso las perdidas. Tres llamadas de Mark, una de mi amiga Cloe y dos wasaps: uno de Mark y otro de Paul. Mierda, ¡Paul!

Mark: Hola, cariño, ya he llegado, estoy en el trabajo. Estabas muy rara este fin de semana, ¿te ocurre algo? Llámame cuando me leas y ten un buen día. Que vaya bien con los niños hoy.

Paul: ¡Genial! Nos vemos el viernes. ¿Dónde?

«Vale, Aurora… ¿y ahora qué?». Contesto primero el mensaje de Mark:

Aurora: No me encontraba muy bien, pero ya estoy mejor, gracias, te llamo mañana, que se me ha hecho tarde. Buenas noches.

Aurora: Hola, Paul, te parecerá una locura pero ¿sabías que en medio del puente de San Francisco hay un acceso para subir arriba del todo? Está prohibido, obviamente, pero entre las 4 y las 5 es el cambio de turno de los guardias y no hay nadie. Siempre he querido tomar un café ahí arriba. Excentricidades :) Yo llevo el café. ¿Nos vemos a las 4.30 arriba del todo?

No voy a morirme sin subirme a lo alto del puente de San Francisco. Ni hablar. Pongo el móvil en modo avión para desconectar del mundo y cojo mi libreta. Releo lo que escribí sobre Narel y me pregunto si lo de hoy hace que mi lista ya no tenga sentido. No tengo ningunas ganas de tomar un café con Paul ahora mismo. Solamente de que Narel me siga contando cosas sobre su increíble mundo, pero me lo quito de la cabeza y me obligo a dormir. Estoy cansada y es tarde.

76   El teléfono me sobresalta. ¿Quién estará llamando a estas horas? Lo cojo y veo que es John. ¡Maldita sea! Descuelgo y le tranquilizo. Está preocupado porque no ha vuelto a saber de mí. Hablamos durante un buen rato y le cuento todo sobre Narel. Con pelos y señales. Quedamos en acabar de hablarlo cuando nos veamos.

7

$\mathcal{Y}$a es viernes. Trato de tranquilizarme, he quedado para cometer una locura con Paul, y para aprovechar el viaje a San Francisco, llamo a John y a Cloe para comer juntos. Me irá bien hablar con ellos. He pasado toda la semana inmersa en el estudio trabajando y pintando la nueva colección. Con Mark las cosas han vuelto a la normalidad, lo veré esta noche de nuevo, espero que sea menos tenso que el último fin de semana. He tenido tiempo para recapacitar y para darme cuenta de que no puedo culparle si yo ahora estoy haciendo lo mismo.

Decido ir en tren en vez de en mi coche y así puedo aprovechar el trayecto para leer y escribir un poco. Odio conducir mucho tiempo a solas, porque precisamente cuando conduzco me vienen a la mente las ideas más creativas y no tengo modo de apuntarlas. Así que me preparo con tiempo para ir en tren. ¿Qué puedo ponerme? Abro el armario y me quedo mirándolo unos segundos. Pilas de ropa mal doblada y zapatos ante mis ojos. ¿Falda o pantalón? La verdad es que por aquí voy siempre con vestidos

playeros y sandalias, me parecen tan incómodos los tejanos, aunque debo admitir que me encanta cómo quedan.
Prefiero la comodidad a la hora de vestir, prendas holgadas
y suaves. Saco dos vestidos: uno largo estampado con rayas
azul marino y otro de flores. Me los pruebo por encima.
No, no me convencen. Saco un par de camisetas, una básica
negra y otra gris. Demasiado básico. Joder, ¿qué se supone
que tengo que ponerme? Abro el cajón de mis camisetas
lenceras y acierto. Una camiseta de tirantes de seda y encaje holgadita de color violeta con unos tejanos largos ro-
tos por las rodillas, unas sandalias de color marrón oscuro,
un par de brazaletes y muchos anillos, como siempre. Ajá.
Natural e informal, pero sin pasarme de *hippie*.

Me miro al espejo y decido recogerme la melena en un
moño desenfadado. Me pongo un poco de polvos, máscara
de pestañas y listo.

El tren sale en diez minutos, hace un día caluroso y me
esperan dos horas de viaje por delante. Ya en mi asiento,
que por suerte me ha tocado el lado de la ventanilla, me
apoyo en el gran cristal y contemplo las vistas, veo el
muelle a lo lejos. ¿Qué estarán haciendo Sam y Narel? No
he sabido de ellos en toda la semana y sí, lo admito, la he
pasado mirando el móvil cada dos por tres por si me escribían, también he ido cada día impecable al estudio por si
me hacían una visita. ¿Quién sabe? Podrían haber pasado
a saludar. Se me ha hecho una semana larguísima esperando a que sea lunes. Para tener clase de dibujo y verlos.
Solo de pensarlo me siento ridícula. Haciendo casi con
treinta lo que hacía con quince. No estoy para estas tonterías, aunque me hacen sentir viva de nuevo. Hace tanto
que no me pasaba. Saco mi libreta y empiezo a escribir:

Con la mirada perdida en el vacío me doy cuenta de lo efí-
mera que es la vida, alguien dijo una vez que nuestras hue-

llas dactilares no se borran de las vidas que hemos tocado. Pero en mi caso siento que es mi cuerpo el que está repleto de mapas, de guías, de retales de ilusiones y vidas que lo han marcado, pienso en todos los besos que me han dado, devoro cada recuerdo, cada ilusión, cada «quédate conmigo», cada discusión. Siento cada célula de mi cuerpo. Cada una de ellas reclamando ser descubierta, como un conjunto de archipiélagos aún por descubrir en medio de un inmenso océano. ¿Me habrán acariciado lo suficiente? No, sin duda no. No lo has hecho tú. Tus huellas aún no se han fundido en mi piel, tu tacto, tu aliento, tu lengua. Definitivamente no. Aún no puedo irme. Aún me faltas tú.

Me asombro al releer mi texto y me pregunto a quién me refiero cuando hablo de «tú» como si de algún modo sintiera que aún me queda algo, mejor dicho, alguien, por vivir.

Garabateo unos bocetos debajo del texto. Algo así como un cuerpo desnudo y unas manos recorriéndolo, de espaldas, por detrás, por sorpresa. Mi imaginación vuela a todas las veces que me hicieron el amor. ¿Habré cometido suficientes locuras? ¿Lo habré hecho en sitios lo suficientemente raros como para ser los últimos? Realmente no. Siempre he tenido relaciones muy estables en todos los sentidos y ahora no sé por qué, al hacer este dibujo, me doy cuenta de una necesidad de la que no era consciente. Una necesidad de ser amada que me devora lentamente, quizá por eso todo este rollo de las cinco citas, quizá por eso me ha dado esta tontería con Narel. Maldita imaginación. Paso de página y empiezo un nuevo boceto. Acompañado de la frase:

La mejor manera de deshacerte de la tentación es cayendo en ella.

Dibujo dos manos, entrelazadas, llenas de amor y deseo, y al acabar cierro el cuaderno para intentar dejar de pensar tan intensamente. Me invento mil teorías sobre cómo estará Paul, y sin darme cuenta llego a la ciudad.

Cloe y John me esperan a la salida de la estación, los veo nada más llegar. Cloe es amiga mía desde el colegio, toda una vida casi. Es la serenidad y la razón en persona. Siempre tan estable, perfecta y controlando la situación. Mi antagónica, vaya. Por eso nos llevamos tan bien, nos compensamos. Aún recuerdo la vez que la obligué a saltar de un avión en uno de nuestros viajes. No me lo perdonará en la vida. Los tres somos amigos desde hace ocho años, los presenté un día que vino Cloe, obligada también, a una fiesta de mi facultad donde John estaba aún intentando reconquistar con mi ayuda a mi compañero de habitación. Encajaron superbién y nos hicimos inseparables. No nos vemos tanto como nos gustaría pero lo llevamos bien. Skype es nuestro aliado.

Le pedí a John que pusiera al día a Cloe sobre mi enfermedad y la infidelidad de Mark, así que ya me temo de lo que tratará la comida de hoy. No me veía con ánimos de contárselo yo, así que John lo ha hecho por mí. Son las dos únicas personas a las que se lo voy a contar. Aunque me haga la fuerte, también necesito un punto de apoyo para los días que sean difíciles.

—Aurorita. —Cloe se abalanza a mis brazos con una sonrisa triste.

—Hola, amor, cuántas semanas sin verte —le contesto plantándole un beso en la mejilla.

Y saludo a John chocándole la mano. John y yo sí que nos vemos más a menudo.

—Estoy muy en *shock* con todo… Tía, no puedes dejarlo pasar. Has de hacer algo.

—¿Con qué? —pregunto haciéndome la tonta—. ¿Con

mi enfermedad incurable o con el hecho de que Mark está enamorado de otra?

—¿Cómo puedes bromear al respecto? —me regaña. Ella, en su línea—. No puedes ser tan vivalavida.

—Yo ya se lo he dicho —le contesta John.

«Gracias amigo, eso, ponte de su parte».

—A ver, chicos, entiendo que no lo entendáis y entiendo que os parezca fatal, pero como me queréis y queréis lo mejor para mí, por favor dejadme hacer las cosas a mi manera.

—No, si ya ya, ya sé que no te haré cambiar de opinión. Pero no podía callármelo —me contesta en un tono muy cariñoso Cloe.

—Estoy bien, de verdad. Los dos primeros días fueron muy duros… —Miro de reojo a John—. Pero me he hecho a la idea. Ya está. Estoy tratando de hacer todas esas cosas que nunca he hecho.

—Menos mal que ya me has hecho saltar de un avión —bromea Cloe.

—Qué tonta, justo me estaba acordando de eso en el tren. ¿Y lo bien que lo pasamos?

—Uy, sí, sobre todo tú. —Se echa a reír recordando la risa que me daban sus chillidos.

—He decidido tener cinco citas con cinco chicos con los que siento tener algo pendiente. La verdad es que aún no he decidido con quién serán… Estoy en ello.

—Oh, dios mío. —Cloe abre los ojos de par en par—. ¿Vas a quedar con Steve?

—¡Steve! —contesto al instante. No había caído en él.

—¿Steve? —repite John, que no se entera—. Me parece que me he perdido algo.

—Noo, tío, el chico al que atropelló.

—¡Qué exagerada! —le reprocho a Cloe.

—Exagerada no, guapa, casi lo matas.

—¡Halaaa!

—Ah, ¿el motorista al que atropellaste el año pasado? —recuerda John.

—Joder, qué trágicos sois. Pues no había pensado en él, la verdad. Y no lo atropellé, solo chocamos.

—Pues bien que pensaste en él cuando pasó. Vaya semanita nos distes. Que si querías ir a visitarlo al hospital, que si te sentías fatal. De hecho fuiste a visitarlo, ¿no?

—Sí fui, pero estaba durmiendo y me fui antes de que despertara.

—Pero ¿no llegasteis a quedar, nena? —pregunta John dejando de lado su faceta «amigo médico preocupado».

—Es que fue muy raro. No, al final no. Qué memoria, Cloe, no había caído en él. Pero Steve podría ser otro, sí. Siempre me quedé con ganas de verlo y disculparme, además lo acompañé en la ambulancia dándole la mano todo el trayecto. Y recuerdo que él me susurró con dificultad: «No me dejes solo». Me sentí fatal. Estaba medio inconsciente por la sedación. Fue como la película esa de Sandra Bullock, *Mientras dormías*. Estas cosas solo me pasan a mí. Investigué quién era, cómo se llamaba, qué hacía… Y luego nunca me atreví a contactarlo. Qué locura. De momento solo tenía apuntado a Paul.

—¿El muso de la azotea? —se burlan al unísono Cloe y John. Menuda memoria.

—¡Qué malos sois! Pues sí, el muso, he quedado con él en exactamente… —Miro mi reloj haciéndome la interesante—. Tres horas y 50 minutos.

—¡Nooo! ¿O sea que va en serio? —Cloe alucina.

—Sí… —Dudo y me siento mal por un momento—. ¿Está muy mal? ¿De veras creéis que soy una zorra egoísta?

—¿Egoísta? ¿Sabes qué, amor? Creo que está genial. Y te apoyo. De hecho, es lo mejor que podrías hacer. Adoro a

Mark, pero esto que ha hecho está mal y entiendo a la perfección que por un lado quieras que sea feliz cuando tú…

—Dejemos ese tema… —la interrumpo. No me apetece hablar de mi muerte, la verdad.

—Yo te entiendo —me defiende John—. ¿Yo seré la cita pendiente de algún chico?

—No creo, cariño —bromea Cloe dándole un codazo—. Tú no dejas a nadie pendiente.

—Voy a apuntar a Steve. —Saco mi cuaderno, escribo su nombre y justo cuando voy a cerrarlo Cloe me lo arranca de las manos.

—Narel, océanos en la mirada… —lee imitando mi voz.

Parecemos niñas pequeñas y de repente me pregunto si todo esto no será un poco infantil.

—¡Dame eso! —Se lo quito de las manos.

—Mmmm… Pues yo creo que hay algo que no nos has contado. ¿No crees, guapa? —Me mira con cara de sorpresa.

—Bueno, es que no es nada. —Le cojo el cuaderno por fin—. Solo es el padre de una de mis alumnas de dibujo.

—No, Aurora, a mí no me lo contaste así… Más bien me hablaste de unos ojos azules, rubio de pelo largo, australiano, alto, fuerte… ¡Mi marido ideal, vamos! —Otra vez el traidor de John.

—¡John! ¡Ya te vale! No es nada, Cloe, conocí a una niña en la playa y la ayudé a encontrar a su padre, ¡y adivina! Era guapísimo y encantador, no sé, hubo conexión, o eso creo. Pero ya está. Tomamos unos sándwiches de crema de cacahuete. Y me gustó. Lo añadí a la lista. Para impedirme tener un segundo encuentro. Aunque el otro día cenamos juntos…

—¿¡Qué?! —contestan a la vez incrédulos por no haberles contado nada.

83

—Bueno, no fue una cita, no cuenta… Salió tarde de trabajar y me pidió que me quedara con la niña, no tienen a nadie más. Preparé la cena para la pequeña, él llegó y yo tenía que ser educada. Nada más.

—Sí, claro, educadísima debiste ser. Mira qué cara de tonta se te pone. Veamos, ¿te apetece quedar con Paul?

—Honestamente…, ahora mismo, no tanto.

—¿Lo ves? Te has pillado del surfista tío bueno.

—No es surfista, solo lo parece. —Me rio de mis amigos—. Es biólogo.

—¡Oh, biólogo! Sea lo que sea, a ti te ha calado —se burla John.

—No me ha calado. Solamente somos amigos.

—¿Amigos? Vaya, qué rápido haces amigos tú. —Cloe y su manera de pensar.

Intentan quedarse conmigo el máximo rato posible y pasamos el resto de la velada riéndonos de tonterías. Agradezco que no sea una comida triste sobre mi enfermedad y lo paso genial, hacía tiempo que no estábamos los tres juntos. Al acabar me despido con un fuerte abrazo y Cloe me asegura que vendrá a pasar unos días a casa en un par de semanas.

Salgo del restaurante algo nerviosa y me dirijo hacia el puente. El tiempo ha cambiado por completo y ahora está el cielo supercubierto y sopla un poco de viento. «Vale, Aurora, esto es para ti, disfrútalo y déjate llevar». Me convenzo para no ponerme de los nervios.

Al llegar al puente me detengo, respiro hondo y veo que es mucho más grande de lo que recordaba. Empiezo a andar por un lateral y me digo que ya no tengo edad para estas cosas. Como acabemos detenidos los dos juntos, a ver cómo se lo explico a Mark. «Olvídate de Mark, Aurora», mi voz interior siempre tan oportuna. Ante mí, las escaleras de seguridad que suben hasta arriba de todo del puente: «Prohibido el paso», leo. Miro a un lado y a otro. Nadie. Ni Paul ni policía. Llego quince minutos antes, así que supongo que me tocará subir primero. «Mierda, esto impresiona». Miro arriba y luego al agua. La torre mide 227 metros de altura, lo indica ahí mismo. Llevo los cafés en una cajita, me los pongo en el bolso y rezo para que estén cerrados herméticamente. Hace demasiado viento para mantener mi pelo bien recogido, menos mal que no me he puesto falda. Miro hacia los laterales y sin dudarlo empiezo a subir. Dios, qué vértigo. «Sube rápido, Aurora, que como te vean, pensarán que te quieres suicidar». Oigo vibrar el móvil, pero decido ignorarlo antes de liarla y perder el teléfono en el fondo del mar.

Por fin lo he conseguido. Llego arriba y me quedo perpleja. Toda la ciudad de San Francisco y el mar a mis pies. Aquí el viento es aún más fuerte y los rizos me golpean la cara. Me siento para no llamar la atención y saco los cafés del bolso. Menos mal que no se han derramado. Empiezo a ponerme nerviosa y pienso que es la cita más rara que he tenido. Y a la vez, me parece uno de los lugares más románticos del mundo. ¿Será por ser un lugar prohibido? Cojo el móvil para ponerlo en silencio y dudo si mirarlo o no; como sea Mark me fastidiará la tarde. Pero lo hago y al descubrir de quién es el mensaje, me da un vuelco el corazón.

Narel ha enviado una foto. Abro el archivo y veo un océano inmenso y un grupo de ballenas saltando en primer plano, tanto que seguro que le han mojado la cámara. Es de ahora mismo, veo el mar y entiendo que debe estar en algún rescate. Miro a mi alrededor y siento que estoy encima del mar, del mismo mar, la misma agua que él. ¿Por qué me manda esta foto ahora? Por un segundo he logrado dejar de pensar en él y ¡toma!

«Gracias, Narel», me digo en voz baja. Al momento llega otro mensaje:

Narel: Si estuvieras aquí perderías el miedo al mar. Este fin de semana hay un banco de ballenas migratorias en la zona, con crías. ¿Te atreves a perder el miedo?

¿En serio? Toda la semana esperando (de esto que no se enteren John y Cloe) y justo me escribe hoy, hoy que tengo mi cita con Paul y que viene Mark a pasar el fin de semana como de costumbre a casa. ¡Genial!

Empiezo a responderle cuando me sorprende Paul. Ostras, no me he dado cuenta de que estaba subiendo.

—Tú y las alturas —me dice sonriendo, evocando los recuerdos de esa noche en la azotea.

Se le nota el paso de los años, pero para bien.

—¿Café solo o con soja? —respondo totalmente fuera de lugar y tímida.

—Solo. —Me tiende la mano para ayudarme a levantarme y me da un abrazo. Fugaz pero suficiente.

Nos apoyamos en la barandilla del puente.

—¿Me lo explicas? —Sonríe.

—¿El qué? —le respondo haciéndome la tonta.

Paul señala con un gesto las vistas, refiriéndose a este momento, a este encuentro y a este lugar.

—Te dije que te escribiría, ¿no? —le contesto muy risueña.

—¡Ya te vale! —me dice contento dejando volar su mirada al mar. Me observa de repente—. ¿Eres feliz?

—No del todo —contesto honestamente.

—¿Lo eras la noche que te conocí?

—Sí, del todo.

—¿Sigues con él? —Sé que se refiere a Mark, pues cuando nos conocimos le conté que tenía novio y que estaba loca por él.

—Teóricamente sí —respondo tratando de retratar la realidad de nuestra relación.

—Entonces, ¿debería haberte conocido hoy y no hace ocho años?

Estallo a reír y me retiro el pelo de la cara. El viento sopla cada vez más fuerte y mi melena se enreda con el aire.

—Estás muy guapa, Aurora.

—Cállate —le digo como si tuviéramos toda la confianza del mundo.

—Aunque no te lo creas, esa noche en tu azotea me cambió. Nunca había podido hablar con nadie de mis pensamientos y creencias, y hacerlo contigo me hizo darme cuenta de que debía hacerlo más a menudo y, en cierto modo, empecé a relacionarme diferente con la vida. Te parecerá absurdo, pero necesitaba decírtelo. Así que gracias.

—Vaya... ¿Y qué es de tu vida? ¿Eres feliz?

—Sí.

—¿Casado?

—Prometido.

—Me alegro mucho. ¿Por qué has venido? —le contesto mirándolo a los ojos, con cariño y para nada como un reproche.

—Creo que por lo mismo que tú.

—Esa respuesta no vale.

—¿Vamos a jugar al juego de las preguntas y las respuestas? —me pregunta simpático.

—Vamos. —Entro en su juego—. Empiezo. ¿Por qué has venido?

—Esa pregunta no vale, ya la has hecho. Me toca. ¿Por qué has venido tú?

—Tampoco vale, has copiado. ¿Enamorado?

—Mucho. ¿Perdida?

—Buf..., más que nunca —me sincero sonriendo—. ¿Por qué has venido?

—Porque te esperé cinco años y no quería que fueras esa chica a la que nunca volví a ver —me dice mientras levanta su vaso y da un sorbo—. ¿Por qué has venido tú?

—Porque no quería que fueras el chico al que le di un número falso por haber aparecido en el momento equivocado. Sabes que no nos volveremos a ver, ¿verdad?

—Sí, lo sé. ¿Necesitas ayuda?

—No, ¿y tú?

—No, aunque si me lo llegas a preguntar antes, te pido que me ayudes a subir. Tengo vértigo. —Estallamos a reír al unísono y me siento cómoda por primera vez desde que he subido aquí arriba—. ¿Soy el único? —me pregunta refiriéndose a esta locura.

—Mmm… Me temo que no —respondo sincera—. ¿Soy la única?

—Me temo que sí, y la última. Me caso en un mes. Y hace años que no cometo estas locuras.

—Me alegro muchísimo. —Le sonrío totalmente honesta. Y lo siento de verdad, de corazón. Pensé que sería difícil, incómodo, que me sentiría fatal por venir. Pero es la situación más sincera y real a la que me he enfrentado en toda mi vida—. Este lugar es precioso —le digo mientras miramos al horizonte.

—Es increíble, espero que no nos pillen al bajar —me dice sin mirarme.

Se le ve feliz, en paz y tranquilo y como aquella noche en la azotea vuelven a sobrar las palabras. Nos sentamos con las piernas colgando del puente y nos tomamos el café ardiendo mientras el viento se convierte en una fina lluvia de primavera. No decimos nada, solo bebemos y contemplamos el mar. Creo que el amor es eso. Ser capaz de estar con alguien en silencio y sentirte cómodo. Eso fue lo que me cautivó de Paul aquella noche hace ya muchas noches.

—Da miedo pensar en lo extraña que es la vida, ¿verdad? —le pregunto.

—Mucho miedo. Tantas personas, tantos lugares…

Cierro los ojos y tomo aire en un suspiro. Seríamos muy buenos amigos. Lo sé. Qué pena que no tenga tiempo. Me invade la melancolía y se me derrama una lágrima. Hacía tiempo que no me emocionaba de ese modo. No es por Paul, no es por lo que siento por él, ya que no siento apenas nada. Es por el momento. Esa clase de momentos que se te tatúan en la retina de por vida. Paul nota cómo me emociono.

—Me hubiera encantado que fuéramos amigos.

—Podemos serlo —me contesta extrañado.

—No creo. —Quizá puede malinterpretar mi respuesta. Pero no me apetece hacerle pasar por una despedida tan dura como será la mía. Por ello decido acabar aquí la cita. No alargar este bonito momento y que se quede en eso. En un bonito encuentro—. ¿Bajamos?

—Espera —me pide mientras nos ponemos en pie.

Y me da un abrazo tan real que siento que somos amigos de toda la vida. Sin ninguna doble intención. Solo dos personas que han conectado y que no lo harán nunca más. Despidiéndose.

—Te deseo lo mejor, de verdad. Pareces un chico genial y necesitaba decírtelo yo también. Tu chica es muy afortunada y espero que seáis muy felices. —Me emociono al pronunciar estas palabras, pero no por él, sino por mí. Por no tener la oportunidad de vivirlo, de casarme con alguien, de ser feliz hasta envejecer.

—No vas a decirme qué te pasa, ¿verdad?

Con su último comentario recuerdo la habilidad que tenía este hombre de ver dentro de mí.

—Me temo que no. —Le sonrío algo triste pero a la vez esperanzada por él.

—Sé que no nos conocemos de nada y que somos completos desconocidos. Pero si alguna vez necesitas algo, lo que sea, me gustaría ser tu amigo. Puedes contar conmigo.

—Gracias, Paul.

Bajamos en silencio, con miedo a ser descubiertos, y al llegar abajo Paul pronuncia unas últimas palabras.

—Creo que no estoy entendiendo muy bien nada de esto, pero sea como sea, no cambies nunca, Aurora, y sé feliz.

Incapaz de decirle nada, le doy un beso en la mejilla como se lo daría a mi madre si la tuviera enfrente ahora mismo, y le doy otro abrazo. Tras diez segundos me separo y me doy la vuelta. Empiezo a andar y me juro no volver la vista atrás. Camino hasta el final del puente y al tocar tierra firme tomo aire. Completa, realizada y feliz. Feliz de que esta «no cita» haya ido tan bien, de que haya sido romántica pero a la vez superfraternal. Y me alegro de no haber sentido nada por él más allá de la certidumbre de que este hombre podría convertirse en uno de mis mejores amigos. Vuelvo a desearle lo mejor del mundo mentalmente y acto seguido borro su móvil de mis contactos. Saco mi bloc de notas y tacho a Paul.

Paul, gracias por demostrarme que existen los buenos hombres. La fidelidad y la lealtad. Vive bonito.

Cojo el tren de camino a casa y me mentalizo para la llegada de Mark.

8

Son más de las once de la noche cuando por fin entro en casa. Aún sin cenar y todavía empapada por la lluvia pri- maveral que nos ha alcanzado. Me siento feliz y en paz, por fin, tras estos días tan extraños. Parece que empiezo a llevar mejor la situación. Pongo un poco de música en el viejo tocadiscos, hoy le toca a Matt Corby, pero flojito, música ambiente.

Sin entender muy bien por qué, noto que tengo ganas de ver a Mark, por increíble que parezca. Creo que hacer por un día lo mismo que él con Thais me ayuda a odiarlo un poquito menos y entender por qué lo ha hecho. Entender lo que es sentirse ilusionado de nuevo. Cojo el móvil para llamarlo a ver por dónde va y veo el mensaje de Narel aún sin responder. Suspiro, y a la vez me muero de ganas de salir al mar con él. Debo admitir que estoy un poco hecha un lío.

Aurora: Hola, Narel, ¿qué tal? Gracias por pensar en mí. Este fin de semana me es imposible pero a partir del lunes cuando quieras. Me gustaría mucho. Un abrazo para Sam y otro para ti.

Lo envío y al momento veo que lo ha leído. Hormigueo. Me quedo hipnotizada mirando la pantalla a ver si contesta, pero se desconecta al momento. Decepción. ¿Qué esperas, Aurora, que esté ahí por y para ti? Intento dejar de pensar en él y centrarme en mi reencuentro con Mark, al fin y al cabo es mi chico, y no tengo ni idea de cómo estará pasándolo él. No he vuelto a pillar ninguna cosa más de su desconocida relación con Thais y, la verdad, es que lo prefiero así. Hacer como si nada hubiera pasado.

Corro hacia la puerta al oír las llaves.

—¡Cariño! —dice mientras entra en casa.

—Buenas noches. —Lo abrazo nada más entrar—. ¿Cómo ha ido el viaje?

—Bien, agotado de tantas horas al volante, pero ahora ya bien —me dice mientras me da un beso suave pero tierno.

—He preparado algo de cenar, ñoquis con pesto de calabaza.

—Mmmm, suena bien. Te he traído algo —dice mientras saca un paquetito de su mochila—. Ábrelo.

—¿Y esto? —Sin duda se siente culpable, pero yo no puedo juzgarlo, yo ahora soy igual que él.

Bueno, igual no, que yo lo hago por despecho. Pero qué demonios, lo hago porque me nace, porque me apetece y porque me hace sentir un poquito mejor.

Lo abro y veo un colgante con el símbolo de la paz que tanto me gusta.

—Vaya, es precioso —le digo sincera mientras me lo pongo—. Gracias. ¿Cenamos?

—Sí, lo vi y supe que te encantaría. —Me da un beso en la frente y nos dirigimos a la cocina.

La noche pasa tranquila, le cuento mi reunión de hoy

con John y Cloe y ni mu de la cita en el puente. Nos acostamos enseguida porque ambos estamos cansados y planeamos ir a la playa mañana.

Las sábanas se me pegan cuando Mark está en casa, es como si me diera la oportunidad a mí misma de dormir sin preocuparme de la hora. Es fin de semana y no me hace sentir mal despertarme casi a la hora de comer. Hace calor y Mark ya no está en la cama cuando logro abrir los ojos. Lo oigo en la cocina y antes de que me dé tiempo de levantarme aparece por la puerta con un zumo de naranja natural y unas tostadas con tomate y aguacate. Él siempre ha sido así. Y a pesar de todo, sigo viéndolo con los mismos ojos. Lo miro por un momento como si fuera un desconocido, y él me sonríe. ¿Cómo puede el ser humano esconder un mundo interior tan inmenso e incomprensible?

—Vamos, tómate el desayuno y vamos a pasear por la playa. Necesito desconectar del trabajo y me apetece darme un baño, cariño.

—Vale, gracias por el detalle —le digo mirando la bandeja.

Desayuno con calma mientras Mark se ducha y yo miro el mar por la ventana. ¿Nunca os ha pasado algo similar? Algo que creíais imposible, como querer a alguien y a la vez pensar en otro, o como perdonar una infidelidad cuando creíais que vosotros jamás pasaríais por eso. Me dan ganas de hablarlo con Mark. Siempre nos lo hemos contado todo. De hecho, me extraña que Mark no me haya contado su aventura-historia-relación con Thais. No me aguanto las ganas de decirle que lo sé, que no pasa nada, que le perdono si deja de verla... Pero luego vuelvo en mí y me reafirmo en la idea de seguir con el plan. Me ducho rápido y me quedo plantada ante mi armario. No sé qué ponerme, las pilas de ropa que acumulo se hacen ya incontrolables. «Esta semana, limpieza a fondo del arma-

93

rio», me prometo y tras dos minutos sacando vestidos indecisa, me decanto por uno playero de color verde. A juego con mis ojos. Un collar de monedas antiguas, el pelo mojado que ya se secará con la brisa marina y ni un ápice de maquillaje.

Vamos andando hacia el mar y de camino me compro un libro que tenía muchas ganas de leer. Otro para la colección de mi abarrotada librería. Al final, no cabré en mi propia casa. Este es uno de esos libros de segunda mano que lo compras más por la portada desgastada y *vintage* que por la sinopsis o la historia en sí. Soy de las que adora garabatear, subrayar y marcar todos los libros que leo. Este es precioso y hoy tengo ganas de leer.

Por suerte, aquí la playa está vacía siempre, no os imaginéis las típicas playas abarrotadas llenas de sombrillas y familias, esto es una bahía de muchos kilómetros de extensión. Repleta de casitas de madera cuyos porches casi tocan el agua, con las típicas escaleras de madera que dan a la arena, normalmente hay algún vecino que ha salido a correr o a tomar un baño dejando la toalla en el porche con la puerta abierta de casa. Así que imaginad. Es bastante rocoso y eso lo hace mucho más salvaje. Nos sentamos en unas sillas de mimbre que hay cerca del muelle, al lado de un gran conjunto de rocas, y me relajo leyendo un rato.

Sin darnos cuenta, son casi las cuatro de la tarde y aún no hemos comido. Los puestos de comida del muelle están ya cerrados, así que decidimos ir a un restaurante del pueblo que es muy conocido por su exquisita comida. Mark me coge de la mano y por un momento pienso en soltársela. Hay detalles que inconscientemente rechazo, pero por no hacerle un feo, no lo hago.

—¡La chica triste!

Oigo su voz a lo lejos y me invade la alegría al instante. Suelto la mano de Mark enseguida y me doy la vuelta en busca de la pequeña Sam. A lo lejos veo a Narel cargando un montón de bolsas de la compra en el todoterreno.

Sam salta a mis brazos y nos damos un abrazo como si nos conociéramos de toda la vida.

—Hola, pequeña, ¿haciendo la compra?

—Sííí, papá está ahí —me dice mientras señala el coche—. Dice que no puedes venir a navegar este fin de semana.

Mark mira a la niña ladeando la cabeza y tratando de entender a qué viene tanto cariño y confianza. Narel se acerca a saludar.

—Hola, Aurora. —Me da dos besos y estrecha la mano de Mark—. Soy el padre de Sam. Hija, por favor, deja de llamar a Aurora de esa manera o te borraré de sus clases de pintura.

«Gracias, Narel, por echarme un cable», pienso y por un instante me pongo nerviosa.

—Sí, es una de mis alumnas —le explico a Mark tratando de normalizar la situación.

—Encantado —le dice. Noto algo de tensión, pero Mark, que siempre ha tenido don de gentes, le pregunta a Sam con cara de curioso—: ¿Y por qué es «la chica triste» si se puede saber?

—Porque llora en el muelle mientras dibuja mirando el mar.

Me quedo boquiabierta con la percepción que tiene Sam de mí y sonrío tratando de parecer tranquila. Narel me mira con sus ojazos azules tratando de entender algo y Mark entreabre los suyos en busca de mi explicación.

—Todos tenemos momentos tristes —le dice su padre tratando de ayudarme de nuevo, pues no tengo ni idea de qué decir.

—Ya, pero Aurora es especial —suelta Sam como si estuviera declarando una gran verdad.

Mark le sonríe aún extrañado y Narel de nuevo toma la palabra:

—Vamos, cariño, que tengo la compra en el coche y se va a estropear, deja a Aurora y a su chico. —Me mira con su mirada indescifrable—. Que seguro que tienen cosas que hacer.

Su mirada bondadosa me abruma y aunque a Mark siempre lo he visto como a un buen chico, Narel juega en otra división. Esa mezcla de frío y paz que tienen sus ojos azules me envuelve.

—Se nos ha hecho tarde, vamos a comer algo —me excuso con Narel algo indecisa. No quiero que crea que tengo novio, no sé por qué. Simplemente no quiero.

—Nos vemos mañana, A U R O R A. —Sam pronuncia mi nombre como si fuera otro idioma mirando a su padre en busca de su aprobación. Qué ricura.

—Hasta mañana, chicos —les digo a modo de indirecta para que mañana vengan a clase y poder hablar con Narel.

No es que haya nada entre nosotros, ni mucho menos, pero el otro día en casa él me contó muchas intimidades suyas y yo pasé por alto el detalle de que tengo novio. Me siento mal, mala amiga o lo que sea. Pero mal.

Comemos algo rápido y nos vamos a casa a ver una película. No me quito a Narel de la cabeza y apenas he podido comer nada. Siento un nudo en el estómago. Sé que puede sonar aburrida mi relación con Mark pero desde que nos separamos siempre que estamos juntos nos gusta la rutina de las cosas cotidianas, ya que nos pasamos la semana haciendo nuestras cosas por separado. Al fin y al cabo, éramos superhogareños cuando vivíamos juntos, y me doy cuenta de que nunca hemos sido de cometer locuras, ni de viajar, ni de vivir aventuras juntos.

Me acostumbré a vivir así y, por un motivo u otro, me iba bien. Quizá costumbre o aceptación. O resignación, sea lo que sea, los resultados de los tacs me han hecho abrir los ojos y darme cuenta de que, si me queda poco tiempo de vida, yo lo que quiero es algo más. Más vida, más todo.

Mark no es de esos chicos que te dan los buenos días con un mensajito cuando estamos separados. Es un poco pasota en ese sentido. No tiene esos pequeños detalles que las chicas tanto apreciamos. Sin embargo, cuando estamos juntos sí. Es extraño. Apenas hablamos durante la semana, un rato por las noches, poco más.

97

9

*M*ientras abro el estudio para esperar a que lleguen los
98 peques para la clase me suena el móvil. Es Cloe.

—¿Te olvidas de las amigas o qué?

Capto al momento a lo que se refiere.

—Iba a llamarte para contarte cómo fue la cita con Paul
pero llegué supertarde y Mark llegó casi a la vez que yo.

—Ya claro, ¿y hoy? Ya son las seis de la tarde, no has
tenido ni un segundín, ¿no? Ya te vale —me dice regañán-
dome con cariño.

—Tía, no paro de pensar en Narel.

—¿En serio?

—Sí... No sé qué me pasa. La cita con Paul, por cierto,
genial. Supernatural e inocente.

—¿Inocente?

—Sí, bueno, claro que hubo un mínimo de flirteo pero
no sé, fue como sano, no me sentí nada mal. Se casa dentro de nada y es feliz y me alegré mucho por él. Parece
buen chico.

—¿Y por qué vino si es tan buen chico?

—¡Ay, Cloe! Siempre con tus juicios. Pues no lo sé. Tampoco pasa nada, ¿eh?

—Ah, vale, vale. Lo de Thais y Mark empezó así seguro, ¿eh? Tomando algo «que no pasa nada» después de trabajar.

—Gracias por recordármelo.

—Que no, que no, que solo es que no digas que no fue nada. Porque fue una cita.

—Vale, pues una cita genial, que acabó como amigos que realmente se desean lo mejor y no vuelven a verse nunca más.

—De acuerdo, si tú lo dices. Tienes cosas más raras a veces… —contesta incrédula—. ¿Y qué pasa con el surfista?

—No es surfista. —Me río.

—Bueno, pues con el guapísimo de Narel.

—Pues no lo sé, es extraño… No paro de pensar en él y mirar el teléfono.

—¿Tanto te gusta?

—Ay, no sé, no, no sé. Es decir, no soy consciente, es solo algo que no puedo evitar.

—¿Qué quieres?

—No quiero nada, solo hablar con él, verlo. Solo eso. El sábado me vio con Mark, así que…

—Sois «amigos», ¿no? Tampoco pasa nada…

—Pasa algo muy extraño.

—Sorpréndeme.

—Que me dan ganas de contárselo todo.

—¿En serio? Pues hazlo. Hazlo, por favor. Que solo lo sepamos John y yo es tan… duro.

—Ya, pero ¿qué necesidad tengo yo de contarle eso a él? O mejor dicho, ¿para qué le voy a contar mis penas?

—Pues quizá porque él te contó las suyas y tú te callaste. Incluso la existencia de Mark.

—Pues tienes razón…

—Aprovecha hoy al acabar la clase para invitarlo a tomar algo y hablar.

—No con la niña, imposible.

—Ay, hija, pues no sé, busca el momento. Te irá bien tener un amigo y confidente. Y te ayudará quizá a no enamorarte de él por miedo a hacerle daño. Aunque a mí me encantaría que os enamorarais.

—Pero ¿qué dices? ¿Cómo le voy a hacer eso a alguien? Sabiendo que en pocos meses podría no estar, cómo voy a ponerme a jugar al amor.

—Eso no es un juego, cielo, y no se elige.

—Bueno, ya veré lo que hago. Oye, te dejo, que llegan las primeras mamis.

—Vale, amor, cuídate y llámame cada día contándome cómo avanzan las cosas y cómo te encuentras. Por lo que más quieras. ¿Pongo a John al día?

—Ay, sí, porfa, que no tengo ganas de ir contándolo todo dos veces. —Nos reímos y colgamos a la vez.

Miro por la ventana del estudio a ver si llegan Narel y Sam, pero parece que no van a venir hoy. No puedo esperar más y empiezo la clase de dibujo sin dejar de pensar en por qué no habrán venido y esperando que aparezcan en cualquier momento. Pero parece que han cambiado de planes.

Al terminar la clase me decido a llamar a Narel, siento que merece una explicación.

Dos tonos y al tercero descuelga Sam.

—Hola, Sam, soy Aurora, ¿Cómo es que no has venido hoy? ¿Te encuentras bien?

—Sííí, es que papi me ha llevado a un parque de atracciones muy guay que hay aquí cerca. Aunque yo quería ir a tu clase.

—Ah, qué guay. Te lo habrás pasado superbién.

Me pregunto por qué Narel no ha querido traer a Sam

hoy, tampoco tiene sentido que se haya molestado tanto como para no traer a la niña. No sé…

—¿Me pasas a tu papi, porfa?

—Capitán Ballenaaaaa —grita Sam desde el teléfono—. Espera, que está fuera en las rocas pensando.

—¿Pensando?

—Sí, cuando lo necesitamos nos ponemos a pensar en las rocas.

—¿Ah…? —Me río—. Sammy, ¿por qué siempre hablas como un adulto?

—Porque ya soy mayor, Chica triste —me dice flojito para que no la oiga su padre—. Te lo paso.

—¿Diga? —Su voz me envuelve y se me olvida lo que quiero decirle.

—Hola, soy Aurora.

—Hey, hola —contesta un poco desconcertado.

—Ya me ha dicho Sam que habéis ido al parque de atracciones.

—Sí… —Él, sus silencios y su extraña manera de ser.

—Me apetece verte esta semana —le suelto sin dudar.

—¿A mí?

—Bueno, a los dos, pero me gustaría que me enseñaras las ballenas.

—Vaya…

—¿Qué pasa?

—No, nada, pensé que no querías.

—Sí, sí quiero —trato de convencerle y que no cambie de plan.

—Pues estás de suerte, porque aún están por la zona. ¿Te importa madrugar?

—En absoluto —miento.

—Pues si te apetece, mañana podríamos intentar verlas. Dejo a Sam a las siete en el colegio. Si quieres, te recojo sobre las siete y cuarto.

101

—Genial. —Me alegro como una niña pequeña y trato de que no se me note.

—Trae bañador.

—Ni hablar. Ni loca me baño en alta mar.

Narel se ríe desde el otro lado de la línea y parece que vuelve a estar cómodo. Menos mal.

—Bueno, como prefieras. Te veo mañana, voy a acostar a la peque.

—¡Valeee! —contesto con un exceso de alegría que seguro me ha notado—. Hasta mañana.

Cuelgo y doy dos saltitos en la cama. Son las nueve pasadas y decido relajarme como más me gusta. Enciendo todas, y cuando digo todas, son todas las velas del comedor, baño y habitación, dejo sonar *Not about angels* de Birdy y me preparo un baño mientras me pruebo todos mis modelitos. Como una niña pequeña ilusionada. No debería estar tan contenta cuando en realidad mi idea es contárselo todo, mi enfermedad, mis miedos… Así que de ilusión tendría que tener poca. Pero no sé, es como si pensar en verlo diera un poco de sentido a mis días. Me prometí no decirle nada a nadie, pero es por él y por la niña. No puedo ocultarles algo así. Sé que lo más seguro es que sea nuestra última cita, ya que yo no querría que mi hija pasara por algo tan traumático. Pero aun así, yo me preparo como si fuera la primera de un montón de citas.

Entro en mi bañera llena de espuma y siento una necesidad muy grande de que alguien me escuche, de que todos estos sentimientos que son tan míos formen parte de alguien, alguien que me mire y vea más allá, más adentro. Y por sorpresa siento una nueva y desconocida necesidad de que me abracen, pero no Mark. Sino otro. Alguien que no me haya traicionado. Alguien que me haga sentir bien. Y necesito pasión. Tan olvidada entre Mark y yo. El domingo por la tarde hicimos el amor, o más bien follamos, aunque esa palabra encierra más pasión de la que hubo en nuestro sexo. Así que dejémoslo en que «lo hicimos». Robóticamente y sin mucha emoción. La necesidad de sentir otro cuerpo contra el mío, encendiéndose, amarrándome, poseyéndome, me atrae mucho. ¿Cuánto hace que dejé de sentir eso con Mark? Desde luego, no era consciente de ello. Me había acostumbrado. Pero mucho, sin duda, hace mínimo un año y medio.

Sé que contárselo todo es la manera más cobarde que se me ocurre de frenar la situación. Sé que será una barrera. Un «no enamorarnos». Por él, por la niña. ¿Por qué estoy dando por hecho que a él también le gusto? De verdad que a veces me monto unas películas que ni yo me lo creo. ¿Qué opinaría mi madre si estuviera aquí ahora? Seguro que me diría que siga mi voz interior. Esa vocecita que no siempre nos dice lo que queremos oír y que no siempre obedecemos. Solía llamarle «nuestro yo superior». 103

El agua caliente, la luz de las velas y la suave voz de Birdy me hacen soñar. *Yogui* me mira desde la puerta como si pudiera leerme la mente y entendiera todo lo que estoy pensando.

Miro mi cuerpo a través del agua, húmedo, desnudo y me acaricio, poso mis manos sobre mis muslos y, lentamente y al ritmo de la música, las deslizo hasta mi cuello, cierro los ojos y respiro. Imagino las manos de Narel recorriendo todo mi cuerpo y no puedo evitar sentir un cosquilleo entre las piernas. Me hundo en el agua y aguanto la respiración al máximo mientras la música suena lejana en mis oídos. Me siento sexi como nunca, y pienso que ojalá le hubiera dado más vida a mi cuerpo. Más bailes a la luz de las velas, más sexo apasionado, más caricias, más todo.

Deslizo mis manos entre mis piernas y no puedo evitar acariciarme pensando en sus manos, en sus ojos. En lo que nunca viviré. Al acabar, me inunda un vacío brutal que hace que se me salten un par de lágrimas.

Me levanto, me miro en el espejo y analizo mi piel por si hay algún síntoma, alguna anomalía que indique que la enfermedad ha empezado a atacar. Tras diez minutos analizando cada rincón de mi cuerpo, me quedo tranquila. Parece que, de momento, no hay de qué alarmarse. Las primeras señales siempre aparecen a través de la piel.

10

*M*e despierto antes de que suene el despertador, el baño de ayer me sentó de fábula. Son las seis de la mañana y anoche me costó muchísimo dormir. No podía parar de dar vueltas a la cita de hoy.

Elijo un bikini de crochet blanco que no pienso usar, porque no me voy a bañar, pero me lo pongo por si hace calor en alta mar. Y un top blanco con unos *shorts* tejanos y unas chanclas. Natural y playero como a mí me gusta. Preparo dos sándwiches y un poco de fruta para llevar, me maquillo con un poco de colorete y tapaojeras. Me asomo desde la ventana de la habitación y veo a Narel apoyado en su cuatro por cuatro. Son las siete y cinco. Qué puntual este hombre.

—¡Narel! —digo alto pero sin gritar—. Ya bajo.

Sonríe y asiente con la cabeza.

—Buenos días, te sienta bien madrugar. —Me sonríe risueño y me ofrece un vaso de café que ha comprado en la estación de servicio de la entrada del pueblo. Mi favorito, por cierto.

—Dime que no lleva leche.

—No lleva leche y además es de cartón. Nada de plásticos. —Sonríe sexi.

—Gracias. —Tímidamente subo al coche y recuerdo nuestra primera charla.

—¿Estás lista para pasar un día entre animales marinos? ¿Confías en mí?

La pregunta me descoloca.

—Uy, no me asustes, que a mí el mar me da mucho respeto...

—Entonces tendrás que fiarte de mí, te guste o no.

Bajamos del coche y nos dirigimos a una pequeña lancha que hay amarrada en el muelle. Debo admitir que nunca me ha hecho mucha gracia esto de los barcos, el mar me gusta desde tierra, pero me lo callo y lo sigo. Me fío de él, la verdad es que sí.

—Dame la mano, te ayudo.

Le tiendo la mano y de un pequeño empujón ya estamos encima de la barca. Me mira y se ríe negando con la cabeza.

—¿Qué te hace tanta gracia? —Sonrío.

—Tendrías que verte la cara.

—Ya te vale. —Le suelto y me da la risa tonta—. Espero que pilotes o conduzcas o navegues bien, como se diga.

—Navegar, se dice navegar.

Arranca el motor y me siento rápidamente para no caerme al agua. Empezamos a adentrarnos en alta mar y me detengo a observarlo. Lleva un tejano corto desgastado muy clarito y una camiseta básica blanca, algo holgada y vieja. Su pelo castaño claro con reflejos rubios cae rozando sus hombros, se ha afeitado y está un poco más moreno que el otro día. Me mira y sus ojos son más azules que nunca. Nunca había visto un chico tan guapo en mi vida, pero no solo porque a mí me guste, sino porque realmente la palabra «belleza» va con todo su ser.

—¿Sabías que las ballenas macho cantan melodías preciosas para aparearse?

—Qué bonito...

—Las ballenas jorobadas son capaces de navegar durante semanas miles de kilómetros en línea recta y son tan precisas en su navegación como un GPS. Jamás se desvían. Es increíble. Los científicos creen que las ballenas utilizan una combinación de los campos magnéticos de la Tierra y la posición del Sol u otros cuerpos celestes para orientarse, al igual que hacen otros animales.

—Qué pasada. Y nosotros creyéndonos tan inteligentes aquí arriba —respondo realmente sorprendida—. ¿Cuánto llevas estudiando el mar?

—Desde que nací. —Me mira—. La verdad es que desde pequeño. En Australia solía salir a nadar a alta mar todos los fines de semana con mi padre y mi hermana Isla. Él me enseñó todo lo que sé. Sobre todo a relacionarme con las ballenas. Los humanos las volvemos locas. El ruido de las hélices y los motores de los grandes barcos las estresan, ya que dificulta que se comuniquen entre ellas. Por eso uso esta pequeña lancha de motor casi silencioso.

El amor de este hombre por el mar me asombra. Se nota que se ha criado rodeado de agua. Sin darme cuenta, hemos llegado a alta mar y apenas veo la costa, solo agua y más agua. El oleaje está tranquilo y el agua es totalmente cristalina aunque no se ve el fondo.

—¿Preparada?

—Depende de para qué...

—¿Alguna vez has visto alguna de cerca?

—No... Solamente alguna aleta desde lejos en el muelle. Pero son enormes, ¿verdad?

—Las azules pueden alcanzar los treinta metros.

107

—Dios mío. —Me entra el miedo de golpe.

—Pero las que hay aquí ahora son las jorobadas, son mis favoritas y miden unos trece metros. Pueden llegar a vivir cien años, ¿lo sabías?

—No tenía ni idea.. Pero, Narel, ¿esto es seguro? Quiero decir que si son tan grandes y van en grupo… Esta lancha apenas mide tres metros. Pueden tumbarla, ¿no?

Se echa a reír.

—Efectivamente. Es más, a veces si no me ven, me dan toquecitos para que salte. En un par de ocasiones me han tirado de la lancha.

—No me digas eso.

—Tranquila, te he dicho que confíes en mí. Eso no pasará hoy.

—Ah, claro, que tú te comunicas con ellas y les dirás que hoy vienes con una invitada.

—No te burles. —Sonríe alegre—. Saltaré antes de que me lo pidan.

—No serás capaz…

—Puedes hacerlo conmigo.

—No. —Me río muerta de miedo—. Por favor, ¿eh?

Narel saca una pequeña armónica que tiene en la bolsa y para mi sorpresa empieza a tocar una preciosa melodía que me deja embelesada. No le quito ojo mientras él toca mirando hacia el mar.

Estamos solos, no hay barcos ni nada parecido a la vista. Solo él y yo. Y miles de litros cúbicos de agua a nuestros pies. Desde pequeña he tenido miedo a la profundidad del mar, al no saber qué esconde, quién lo habita. Y él ahora, aquí, con su preciosa melodía tratando de atraer a todo lo que siempre me aterró. Pero me gusta, dicen que el miedo te hace sentir vivo.

Está el día soleado, mis ojos siguen puestos en él cuando me hace un movimiento con la cabeza indicándome que mire hacia delante y ahí está, ante mis ojos, ese ser tan espectacular. A escasos quince metros veo saltar con todo su esplendor una ballena jorobada. Abro los ojos de par en par mientras me tapo la boca en un gesto de asombro. Increíble, cómo la ha hecho venir, pero aún hay algo mejor: lleva a su cría junto a ella, una ballena bebé nada piel con piel con ella, aunque de pequeña tiene poco, la bebé debe medir ya unos cinco metros pero la madre es espectacular.

—Grandiosas, ¿verdad?

—Buff… —Suspiro—. Increíble, ¿es su hija?

—Sí, las crías nadan junto a sus madres durante el primer año. Tiene cinco meses ahora, crecen una media de un metro por mes. ¿Sabes lo más bonito? Susurran a sus madres para no ser oídas por las orcas. Es tan asombrosa la naturaleza… —dice con la mirada fija en el mar.

—Es como si te conocieran… —le digo aún impresionada.

Cada vez se acercan más y empiezan a nadar alrededor de la barca. Es jodidamente espectacular. Más de diez metros de ballena nadando a mi alrededor, me siento frágil, pequeña y para mi sorpresa, a salvo, porque está él.

—Me conocen bien. Llevo migrando con ellas ocho años. Por eso vamos a estar solo tres meses aquí, el tiempo que dura la migración. Son muchos años nadando a su lado.

—¿Tres meses? —Solo me quedo con ese dato. Quizá el tiempo que me queda de vida…

—Sí. —Se quita la camiseta y, para mi sorpresa, sin ni siquiera mirarme salta de la lancha dejándome sola y enfrentándose a esos seres.

—¡Nareel! —De nada sirve que trate de detenerlo. Ya no está.

Sale a la superficie pasados unos segundos.

—Tranquila, Aurora, es el único modo de que dejen la lancha tranquila. Si no, no pararán hasta que me bañe.

—¿Me lo estás diciendo en serio?

Apenas acabo la frase cuando la madre ballena pasa al lado de Narel rozándolo y de algún modo pidiéndole que nade con ellas. Siento una invasión de sentimientos que no había experimentado en mi vida.

Narel se tumba haciendo el muerto y la ballena se pega a su cuerpo, igual que hace con su hija y, gracias a la fuerza centrífuga del agua y a su roce, mueve a Narel casi encima de ella, nadando juntos. Veo que él se sumerge con ella por un momento, la pequeña también lo saluda con un leve contoneo de su cuerpo contra el de él. Con una sutileza y delicadeza que me dejan estupefacta. Como si de algún modo supieran de su fragilidad. Tienen una fuerza terrible, y aun así, lo tratan como a uno más del grupo. Narel se abraza a su cuerpo al volver a la superficie y me guiña un ojo justo antes de desaparecer con ellas, agarrado ahora a su aleta.

Estoy tan conmovida que empiezo a llorar de pura emoción. Nunca había visto un vínculo tan puro y tan respetuoso como el que tiene él con estas ballenas.

A lo lejos veo dos aletas acercándose y para mi asombro cinco ballenas más saltan y expulsan agua dirigiéndose hacia mí. Las lágrimas de emoción se confunden con un miedo enorme que me invade. Por mí, por Narel y por si hay algún tiburón entre ellas. No me muevo ni un milímetro y por suerte veo a la ballena madre saltar con fuerza y a Narel salir del agua nadando hacia la lancha para evitar que lo aplaste al caer. Qué valiente, dios mío.

—Narel, ahí detrás hay más.

—Sí, esta es Apanie —grita desde lejos refiriéndose a la ballena con la que acaba de nadar, mientras se mueve para aguantarse a flote—. Y estas son su familia, todo hembras, tranquila. Pero con Apanie tengo un vínculo muy especial.

¿Se supone que he de estar tranquila si son hembras?

—¿Qué ocurriría si fueran machos?

—Digamos que son un poco más brutos.

Veo cómo vuelve a ponerse en posición horizontal, flotando como si fuera una ballena más, y entiendo por qué su hija le llama Capitán Ballena. Las ballenas empiezan a saludarlo de ese modo tan peculiar pegándose a su cuerpo, muchas llevan crías a su lado y me enamoro. De todo, de este momento y de él. El miedo se diluye. ¿Cómo puede alguien estar tan conectado con un animal salvaje? Se nota que las quiere de verdad y veo cómo vuelve a sumergirse pero esta vez se dirige hacia la lancha y todas lo siguen. Reaparece en la superficie y me clava su mirada azul.

111

—Salta —me suplica al llegar al lado de la lancha.

—¿Yo?

—Sí, vamos, dame la mano. —Me tiende la suya, el pelo empapado sobre sus hombros, su pecho y abdomen perfectamente musculados por la natación. Sus ojos me invitan a saltar a las profundidades del mar.

Me aterra, pero a la vez me muero de ganas de saltar, de dejarme llevar, de que me coja, de que me abrace, de nadar con ballenas.

—Salta, Aurora.

—Me da miedo.

—Confía en mí. No te pasará nada.

Sin darme cuenta me pongo en pie, de manera automática, solo con tal de dejarme llevar. Este hombre y la atracción que siento por él me alteran. Me anima a hacer cosas que jamás creería. Me quito la camiseta y los *shorts* y me quedo en bikini. Me acerco al borde de la lancha como una suicida a lo alto de un edificio. Las ballenas nadan a nuestro alrededor plácidamente y una cría se posa al lado de Narel como pidiéndole juego.

Me tiende su mano de nuevo. Y sin dudarlo se la doy y me preparo para saltar.

—No me sueltes, por favor —le pido justo antes.

—Jamás.

Y sus pupilas se clavan en mis ojos y siento que podría morirme ahora mismo, que no me importaría en absoluto. Ya no tengo miedo, cojo aire y salto.

Increíble. Lo he logrado. Se me encoge el estómago. Me agarra por la cintura contra su cuerpo con una mano mientras con la otra se sujeta a la lancha para mantenernos a flote. Me abrazo a su cuello y rodeo con mis piernas su cuerpo, como si nos conociéramos desde hace muchísimo tiempo, con toda la confianza que no tenemos. Estamos muy cerca y siento cómo empiezo a temblar, de frío, de nervios, de miedo y… por él.

—¿Te atreves a nadar conmigo? —me pregunta casi rozando con sus labios los míos.

—Si me sueltas, me da algo —le confieso.

—Colócate detrás de mí y agárrate a mis hombros. Déjate llevar.

Miro a mi alrededor por primera vez, tenemos una ballena a menos de un metro. Un escalofrío me recorre la espina dorsal. Me coge la mano con delicadeza para acercármela a la cabecita de la cría. Toco su piel con la yema de mis dedos.

—Siéntela…

El tacto es tan suave que dan ganas de abrazarla, la sensación es increíble y, antes de darme cuenta, Narel coge unas aletas y se las pone sin soltarme.

—Agárrate fuerte y coge aire. Si quieres que subamos, porque te quedas sin aire o tienes miedo, pellízcame, pero nunca te sueltes. Solo sigue mis movimientos. Solo será peligroso si estando en el fondo te sueltas. ¿Entendido? Podría serte imposible llegar a la superficie.

—Vaya, genial… Dame unas gafas o algo al menos… —le pido.

—No te van a hacer falta, abre los ojos sin miedo. El agua del mar no pica en los ojos si los mantienes abiertos, es solo si te salpica, así que sin miedo, ábrelos.

Tomamos aire y me agarro fuerte a sus hombros, siento su piel suave y caliente por el sol, sus hombros son fuertes y me dan ganas de amarrarlo y no soltarme. Nos sumergimos y por primera vez me enamoro del mar, sin miedos y con todo mi corazón.

Empezamos a nadar muy cerquita de la superficie, sin coger profundidad apenas, al lado de Apanie, la primera ballena que nos ha visitado junto a su cría. La sensación de nadar en paralelo con ellas es completamente indescriptible. Siento el agua cada vez más fría, cada vez más lejos de la lancha, y yo cada vez más cerca de todos mis miedos, de todos mis «yo jamás».

Narel nada con fuerza con las aletas y entramos a formar parte del círculo de las demás ballenas. Animales grandiosos, ahora que estoy a su lado. Tengo una sensación en el estómago que no podría describir ni en mil años, y me siento llena. Completamente llena y realizada.

Subimos a la superficie cada medio minuto más o menos, solo para tomar aire, y volvemos a bucear. Me atrevo a abrir los ojos y tiene razón, no pica, al contrario. Puedo ver con claridad los cuerpos de las demás ballenas. Narel se agarra a la aleta de Apanie y al coger aire me susurra:

—Esto no se lo dejan hacer a nadie, siéntete privilegiada. Vas a nadar con ballenas salvajes.

Y antes de que me dé tiempo de responder, me veo

obligada a tomar una bocanada rápida de aire y noto un fuerte latigazo en los hombros de Narel que nos empuja hacia el fondo del mar. Creo que me voy a desmayar.

La ballena nos empuja hacia lo más profundo y el mar nos engulle. Me abrazo a Narel por detrás, ahora que no necesita su cuerpo para nadar, lo abrazo fuerte mientras él, agarrado a la aleta de la ballena, me acoge con un leve movimiento. Seguimos bajando y vamos tan deprisa que me voy a quedar sin aire en lo más profundo y me ahogaré ahí mismo. Pienso que sería una manera preciosa de dejar de existir, dadas mis circunstancias. El estómago se me sube a la garganta y puedo ver el fondo marino desde otra perspectiva.

Cientos de peces nos rodean y la ballena sigue bajando a una velocidad indescriptible. Oigo el canto a lo lejos de más ballenas y trato de enfocar la vista. Veo un pequeño grupo de nuevas ballenas acercándose. Si cantan, imagino que serán machos, pero no tengo miedo. Me agarro más fuerte a él con una necesidad implacable de subir a la superficie a respirar. Pero no se lo pido, siento una dulce sensación de apnea. De ahogo. De dejarme ser. De dejarme ahogar por este ser tan increíble.

Narel se gira con brusquedad y en un gesto rapidísimo me coloca delante de él, ahora tengo la aleta delante y me hace cogerla con fuerza. Él detrás de mí me suelta por un instante. Me doy la vuelta ya casi sin aliento y al borde de la muerte para ver qué hace, los oídos empiezan a pitarme y siento una gran presión en la cabeza a la altura de las orejas que no puedo soportar, trato de aguantar con fuerza la aleta pero empiezan a fallarme las fuerzas. Al soltarme Narel, siento toda mi vida desvanecerse, como si este fuera a ser mi gran final.

Alcanzo a ver cómo Narel sacude la cola de la ballena con fuerza. Aún en un estado de casi inconsciencia, me siento pletórica, como si estuviera levitando. La cabeza me retumba y tengo ganas de cerrar los ojos y soltarme. Ahí, a unos cincuenta metros de profundidad, está oscuro y hace frío. Pierdo a Narel de vista y por un segundo me planteo de verdad soltar la aleta de Apanie. De repente la ballena da un coletazo en respuesta a Narel y emprende su marcha hacia la superficie tan rápido que no me puedo agarrar con suficiente fuerza y calculo que me soltaré y me quedaré en el fondo del océano sin poder subir a la superficie.

Justo cuando mis fuerzas están a punto de abandonarme, Narel me agarra por detrás, muy fuerte, y siento su cuerpo caliente contra mi espalda mientras se sujeta con firmeza a la aleta de la ballena. La presión del agua haciendo una fuerza opuesta a la subida hacia la superficie hace que tenga que agarrarse bien fuerte. Empezamos a subir y, aún con Narel a mis espaldas, me doy la vuelta y lo abrazo, esta vez cara a cara. Yo, entre la aleta y Narel, mientras él se agarra fuerte a ella y yo a él, no llegamos nunca a la superficie y noto, ahora sí, cómo pierdo el conocimiento.

Mi último impulso antes de irme es abrir los ojos, y al verlo tan tan cerca, lo beso. Me lanzo a sus labios y él me devuelve el beso agarrándome con más fuerza aún, para que no me suelte, y me pasa aire. De manera inconsciente inhalo de él y mi riego sanguíneo vuelve a activarse. Miro hacia arriba y veo los rayos de sol muy cerca.

Sé que me ha salvado cuando por fin salimos a la superficie. Tomo la bocanada de aire más grande de toda mi vida y vuelvo a la realidad de repente. Narel suelta la aleta de la ballena pero no se separa de mi cuerpo. Mueve sus piernas para mantenerme a flote. Toso y respiro con dificultad. Narel posa sus manos a cada lado de mi cabeza obligándome a mirarlo a los ojos.

—¿Estás bien? —me dice acercando su frente a la mía realmente asustado—. Pensé que estabas bien, que podías aguantar más. ¿Por qué no me has pellizcado si estabas quedándote sin aire? Me has dado un susto de muerte, al besarme he notado cómo te ahog…

No le dejo acabar la frase y me lanzo a besarlo de nuevo. Pero esta vez me devuelve un beso en vez de su oxígeno. Esta vez me besa con tal intensidad que ahora sí, en este preciso momento, me voy a diluir. Sus labios están salados y dos mechones le tapan los ojos. Le aparto con mis manos el pelo de la cara y me separo de sus labios un momento para suspirar, pero ahora es él quien se lanza y me besa con pasión, su lengua acaricia la mía y sus manos bajan por mi cuello para acercarme aún más a él.

Estamos al lado de la lancha, nada un poco para agarrarse a ella y que estemos más cómodos. No quiero irme de ahí, no quiero separarme de él, ni hablar, solo quiero que siga acariciándome. Cojo la mano con la que no está sujetándose a la lancha y se la poso en mi pecho, justo donde late mi corazón. Desbocado. Acelerado. Todos mis sentidos se concentran en este punto de mi cuerpo, mi sangre golpea con fuerza mientras él me recorre suavemente, seguimos besándonos con pasión. Necesito que mi piel se funda con la suya y, sin pensar en las consecuencias ni en qué pensará, me desabrocho la parte de arriba del bikini, dejando mis pechos a merced del océano.

Me aprieta aún más contra su cuerpo, me acaricia los hombros con delicadeza y desliza sus dedos desde mi nuca hasta el final de mi espalda, pasando con la mano abierta entre mis omoplatos en un movimiento realmente erótico por toda mi espalda. Sin temor, quiero ser suya, siento entre mis piernas su erección, y su lengua empieza a recorrer mi cuello. Mil escalofríos me sacuden cuando me va soltando y empieza a hundirse. Me agarro con fuerza a la lancha y noto su lengua recorriendo mi pecho hasta alcanzar mis pezones. Él debajo del agua, yo aún arriba, trato de no soltar mis piernas de su cintura pero es imposible, me quedo sola, flotando mientras él se enrosca a mi cintura y sigue lamiendo mis pechos desnudos, mi ombligo, hasta que llega a darme un pequeño mordisco en la ingle que me anuncia el orgasmo si vuelve a hacerlo.

Pasa su mano delicadamente por mi bikini, sus dedos se cuelan entre la tela y me acaricia por dentro. Estallo. Sola, en medio de la inmensidad, ya no se ve ninguna ballena cerca. Están lejos, no siento miedo, ni frío, solo deseo, excitación. Cuando te quedan meses de vida, haces cosas que nunca hubieras imaginado. Sigo fuera de mí, sin pudores, sin prejuicios, solo dándome a él. Y gimo, gimo fuerte en medio de la nada, mientras me sujeto con tanta fuerza a la cuerda de la lancha que quedará marcada entre mis dedos. Narel, con los suyos, sigue acariciando mi entrepierna. Placer en estado puro. Volcánico. Húmedo y ardiente.

Me doy la vuelta y pego mis pechos al descubierto contra la goma de la lancha tratando de agarrarme con más fuerza. Narel, por debajo del agua, se vuelve también y empieza a subir por mi espalda, de nuevo con su lengua, sin sacar sus dedos de mi bikini, pero no nos miramos, estoy de espaldas a él cuando me aprieta contra la lancha, como si me pusiera contra la pared, pero en medio del océano. Pasión. Su pecho pegado a mi espalda. Su lengua empieza a explorar el lóbulo de mi oreja y me susurra: «¿Por qué me haces esto?».

Cierro los ojos y vuelvo a dejarme llevar, estiro mi cabeza hacia atrás a punto de estallar de placer por las caricias de sus dedos en mi clítoris mientras sigue besando mi oreja, mi cuello, cuando de repente hunde sus dedos en mi interior, otra explosión de placer, y vuelvo a gemir sin miedo. Con un movimiento rítmico y sutil sigue moviendo sus dedos dentro de mí durante un par de minutos y sé que voy a alcanzar el éxtasis. Me vuelvo de golpe para mirarlo a la cara y, sin poder ni querer retenerlo, llego al orgasmo. Lo beso mientras gimo con la respiración entrecortada en mil jadeos y veo que su mirada se ha tornado feroz.

Los besos ya no son dulces, son salvajes, y su lengua se enreda con la mía en mi boca. Ya no tiene esa mirada dulce, ni bondadosa, ahora su azul está en llamas y lo siento muy duro contra mi cuerpo. Y le deseo, deseo hacerle el amor ahí mismo, en el agua, y morirme, morirme dentro de él. Me he saltado todos mis principios, todos mis planes... Toda mi vida. Nunca, de verdad que nunca, me había dejado llevar de este modo. Todos mis miedos, mis inseguridades se han desvanecido. Me vuelve a invadir la paz mientras él me abraza fuerte contra su pecho. Paz de nuevo...

—Dios mío... —susurra apoyando su cabeza en mi hombro.

No tengo palabras. Nos frenamos para no llegar más lejos. Lo miro, sé que se muere de ganas de hacerme el amor. Pero se detiene. Nos detenemos tras mi orgasmo.

—Narel... —trato de decirle algo coherente aún con el cerebro en Marte.

Pero él me tapa la boca y vuelve a besarme. Esta vez un beso suave, dándome a entender que no hay nada que decir. Empieza a reírse.

—Increíble, ¿verdad? —suelta risueño mientras me señala con la cabeza las ballenas a lo lejos.

—¿Las ballenas?

—Sí... —Agacha la mirada tratando de disimular el corte del momento.

—Lo más increíble que he hecho en mi vida... —Aún

fuera de mí, no me lo creo. He sentido tantas cosas que me cuesta asimilarlas.

—Eres muy valiente. No creía que saltases, de verdad.

—¿A la gente le cuesta saltar o qué?

—¿A la gente? Nunca he hecho esto con nadie. —Su respuesta me coge por sorpresa, y ahí los dos flotando me hace sentir especial.

—¿Y Sam?

—Sam ha nadado con ellas cuando alguna vez se han acercado a la orilla, pero siempre tocando tierra firme. Es demasiado pequeña. Aún recuerdo mi primera vez. Estaba muy impresionado —me confiesa.

—O sea que esto es superpeligroso, vaya.

—Bueno, un poco. Pero no hubiera permitido que te pasara nada. —Su mirada se vuelve protectora, armadura, cobijo, hogar y yo no quiero irme de aquí. ¿Quién me lo diría? No quiero salir del agua, no quiero alejarme de él. Joder, todo se está complicando.

—Y... ¿por qué lo has hecho conmigo?

—Porque intuyo que hay algo que no me cuentas. Y quería demostrarte que puedes confiar en mí.

—Confío en ti.

Asiente con la cabeza y nos quedamos callados, flotando...

—¿Subimos a la lancha?

—Aún no.

—Está bien.

Me retira una pequeña alga que tengo en el hombro. En silencio, el roce de su mano me enciende de nuevo y lo siento más cerca que nunca. Nos quedamos así, flotando en las aguas calmadas observando cómo el banco de ballenas nada y salta cada vez más lejos. Emitiendo sus especiales sonidos y expulsando agua. Estoy a salvo, gracias a él, y en un gesto automático busco su mano por debajo del agua para confirmar mi seguridad. Me la aprieta con firmeza y me la acaricia levemente con su dedo pulgar. Nos miramos en silencio y sé que los sentimientos que empiezan a brotar en mi interior son mutuos.

Nos alejamos un poco de la lancha y nos tumbamos boca arriba, flotando, sin soltarnos las manos, y nos dejamos balancear por la marea, levitamos y a pesar de estar rodeada de tanta inmensidad y soledad, me siento acompañada. Fuerte y segura por primera vez en mi vida. Logro dejar la mente en blanco, no pensar, y permanecemos así por lo menos quince minutos más. Justo cuando él se incorpora.

—Será mejor que volvamos a la lancha. Las ballenas se han alejado y un banco de tiburones se acerca.

—¡¿Qué?! —Me incorporo rápido y empiezo a patalear para mantenerme a flote.

—Tranquila, no van a hacernos nada, pero deja de moverte así. Cógete de nuevo a mis hombros.

—Me estás asustando... —digo verdaderamente aterrada.

—Pues no deberías. Podríamos nadar con ellos si quieres.

—Pues va a ser que me parecen demasiadas emociones por hoy.

—Por eso mismo, no quiero que te asusten y empieces a nadar con rapidez y los alarmes. Los tiburones no comen personas. Eso solo pasa en las películas. Agárrate.

La lancha está cerca y en pocos segundos llegamos a ella. Cuando distingo una aleta a lo lejos, no puedo evitar ponerme nerviosa y subir rápido. Él se queda ahí abajo, quieto, como queriéndome poner a prueba.

—Sube, por favor —le suplico—. No me asustes.

Narel se alza rápido hasta la borda con tal de no hacerme sentir mal, pero lo hace por mí, no por las aletas que se acercan. He leído varias veces que hay gente que nada entre tiburones y estos no les hacen nada. Así que imagino que él es uno de ellos, pero valoro mucho que no haya querido asustarme y estemos de nuevo a bordo.

—Los tiburones solo atacan a las personas cuando nos confunden con focas, leones marinos u otros peces. Por la forma que tenemos de nadar cuando nos asustamos, piensan que somos presas huyendo, pero jamás un tiburón se ha comido a nadie. A veces, por desgracia, muerden y ocurren terribles accidentes. La mayoría de esas muertes son por culpa de mordiscos. Pero comer, como tal, no comen humanos. No les gustamos. Ojalá la gente estuviera más informada, habría muchos menos accidentes. Es una pena.

Me alcanza una toalla y me pongo la camiseta mientras dejo secar la parte de arriba del bikini.

121

—Gracias —le digo asombrada por tantos conocimientos.

—No me las des. Solo cuéntame por qué llorabas esa mañana en el muelle. —Su pregunta me pilla totalmente desprevenida.

—No era nada… —miento sin saber por qué. Quizá para no estropear el momento.

Narel clava sus ojos de nuevo en los míos y me desnuda con la mirada.

—Dime la verdad —me suplica.

Y en este momento, en medio de tanta paz e inmensidad, siento la necesidad de compartir con él mi vida, mis preocupaciones y mi enfermedad. Sin miedo a que se aleje, a que se asuste ni a que me juzgue por haberle mentido u ocultado algo tan grave. Tomo aire y empiezo. Le debo una larga explicación, y más después de lo que ha pasado.

—Estoy enferma… y tengo novio, aunque eso ya lo sabrás. Me engaña con otra, pero no sabe que lo sé, y sí, estoy enferma. Enferma de verdad. Me quedan pocos meses de vida —le suelto como si todo fuera tan sencillo, tan poca cosa.

Su cara es un poema, trata de entender y asimilar.

—Aurora… —trata de decirme algo consolador, pero no puede.

—La verdad es que eres la tercera persona con la que hablo de esto, solo lo saben mis dos mejores amigos. Ni siquiera Mark, mi pareja, que, bueno, para mí ya no es mi pareja. Es algo complejo de entender, imagino… No sabe nada de la enfermedad. El mismo día que me enteré descubrí que me engañaba con otra y no tuve el coraje de decírselo. Ni una cosa ni otra. Creo que aún no lo asimilo. Ninguna de las dos cosas. Me prometí que mi relación con él se había acabado, por eso no te comenté nada —me excuso como si se supusiera que tendría que habérselo dicho—. Pensé que si le decía lo de mi enfermedad y lo de su amante se sentiría tan mal que la dejaría y estaría conmigo, volcado al cien por cien, por pena. No hay nada que me parezca más triste que eso. Pensé que si en unos meses ya no estaré, lo mejor sería que él siguiera con su vida, así mi partida no sería tan dura. Así tendría a alguien en quien consolarse. Y así no tendría a alguien infeliz a mi lado, enamorado de otra en mis últimos días, solo porque se siente culpable.

—Pero, Aurora, eso es de un altruismo enorme.

—Yo creo que es cobardía…

—En absoluto. Estás anteponiendo su felicidad a tu tranquilidad. A contárselo todo y quitártelo de encima. Te admiro, aunque no sé si yo sería capaz. No te mereces esto. No lo mereces.

—Ya no distingo lo que es correcto y lo que no… El día del muelle era el día después de enterarme de todo y estaba hecha polvo. Aunque siempre he sido muy fuerte y no suelo dejar que las cosas me venzan. Pero esta enfermedad… Bueno, es genética, la tenía mi madre y viví todo el proceso hasta el día que se fue. Quería contártelo pero no sabía cómo. Necesitaba hacerlo para de alguna manera poner distancia con Sam, no quiero que sufra o no entienda las cosas cuando ya no esté…

—No digas tonterías. Eres nuestra única amiga aquí… —Duda al decir «amiga», imagino que por lo que acaba de ocurrir en el agua—. No vamos a dejarte de lado.

—No es eso, Narel, te estoy hablando en serio, tu pequeña no tiene por qué pasar por esto, ni tú tampoco.

—A mí déjame que sea yo mismo quien valore dónde me meto y dónde no —responde seco pero demostrándome que tiene sentimientos—. Además, hay cosas que yo no elijo. Y contigo…

—No sigas, por favor.

—¿Por qué?

—Porque tengo miedo.

—Pues vas a tener que acostumbrarte a vivir con él porque no pienso alejarme.

Se me acelera el corazón y por primera vez admito ante mí misma que me estoy enamorando.

—No sé qué decir.

—Prométeme que contarás conmigo, olvídate de Sam, esto es entre tú y yo. No sé qué ha visto mi hija en ti, pero sé lo que veo yo. Cuando te miro, sé que ahí dentro hay alguien a quien no pienso dejar escapar.

Lo que se me escapa a mí es una lágrima de emoción. Estoy conmovida por sus palabras, por todo lo que acaba de pasar y porque se me remueve algo por primera vez desde hace mucho tiempo. Tengo miedo, mucho, pero le vence la emoción, porque este chico, al que apenas conozco, quiera adentrarse en todo esto conmigo.

—No llores, por favor, Chica triste —bromea Narel y me arranca una sonrisa sin esfuerzo—. Ven. —Me tiende la mano y nos fundimos en un abrazo.

Lloro mientras me acaricia el pelo aún empapado.

—Es casi la hora de comer. ¿Te apetece venir a casa?

—Oh… Me encantaría, si no tienes mucho trabajo.

—Bueno, puede ser que me llamen para alguna alerta, pero mientras no lo hagan, podemos comer y charlar con calma.

Detecto inseguridad en su voz, todo está yendo muy deprisa y ambos estamos nerviosos. Me seca las lágrimas con su pulgar y le sonrío realmente agradecida.

—Me encantaría.

11

Durante el trayecto de regreso al muelle y a su casa le hago un resumen sobre mi enfermedad y lo que ocurrió con mi madre. Me explayo en el capítulo en el que la obligué a someterse a tratamientos y que lo único que logré fue arrebatarle el único mes de vida que le quedaba. Se muestra comprensivo en todo momento y sutilmente asustado. No quiero hacerle daño pero sé que será inevitable si lo que ha sucedido hoy entre nosotros sigue adelante.

—Aurora, sobre lo de antes… Me he dejado llevar por… No sé, no quiero que creas que yo soy esta clase de tío que… —Vuelvo a ver en él al chico reservado y distante—. Lo que quiero decirte es que no quiero que pienses que eres una más. Hace tanto tiempo que no estoy con alguien que a veces siento que se me ha olvidado cómo manejar la situación.

—Soy yo quien ha empezado. No tienes que excusarte. —Le hago una mueca de complicidad y al instante se relaja—. Yo también me he dejado llevar por el momento…

—No quiero decir que me arrepienta. —Me mira dudando de repente de si se está expresando bien.

Realmente se le nota que no es el típico hombre que liga con mil chicas. Alzo la mirada y le respondo directa y sinceramente:

—Yo tampoco.

Pasamos de largo el muelle del pueblo desde donde se ve su coche y ante mi cara de extrañeza, se me adelanta:

—No hace falta coger el coche para ir a nuestra casa. Vivimos en el acantilado, en el faro, y tengo amarre, ya sabes, por mi trabajo y tal.

—Claro, no había caído. —Soy como una niña pequeña descubriendo un nuevo mundo.

Nos vamos acercando al acantilado con su precioso faro de madera blanco.

126 —¿De veras vivís en el antiguo faro?

—¿Antiguo? Lo acaban de restaurar y es la casa más bonita en la que hemos estado. Creo que me va a dar una pena terrible irme de aquí cuando acabe la tem… temporada —titubea al hablar de su partida como si las cosas, prioridades o planes le hubieran empezado a cambiar.

—Siempre que paso por delante me pregunto cómo será por dentro.

—Pues ahora lo comprobarás.

A pesar de sentirse contento y en confianza sigo notando en él ese halo de misterio y timidez. Trato de reprimirme las ganas de preguntar pero no puedo:

—¿Siempre eres tan reservado?

—¿Reservado?

—Sí.

—Creo que contigo no estoy siendo nada reservado… Cuando tienes una hija, las cosas cambian.

Ya pegados a la costa, Narel salta por la borda hasta el

pequeño pantalán del atraque. Me ayuda a desembarcar y tomamos el camino hacia su casa.

Recorremos un tramo de arena por la playa, que al estar escondida debajo del acantilado y solo poder accederse desde el agua, es una playa desierta. Inhóspita y muy virgen. Me ayuda a trepar por unas rocas para alcanzar el sendero que lleva hasta la casa de madera blanca que hay adosada al faro.

—Quiero decir que mi vida se centra en ella. En que Sam sea feliz, en que a Sam no le pase nada, en que no eche de menos nada… Me he olvidado de mí, la verdad. Y luego están las ballenas, mi otra gran pasión. No tengo tiempo para otras cosas, siento que mi vida está llena, pero luego ocurren cosas… Como conocerte. —Mariposas en el estómago—. Que me hacen volver a ser el chico que era antes. Lo he pasado muy mal, Aurora, cuando la madre de Sam me trajo a la niña, fue todo tan duro.

—¿Puedo preguntar qué pasó exactamente?

—Hace ahora seis años, cuando aún trabajaba en Australia, un buen día llamaron a la puerta de mi casa, por aquel entonces vivía en un buen apartamento con mi hermana. Al abrir me encontré a Sam, en brazos de su madre, una chica alemana que había estado de vacaciones hacía un año por allí y con la que pasé unos días. Ya sabes… Que pasó lo que pasó, pero sin más. En fin, yo no sabía nada. Era más inconsciente por aquel entonces, apenas fueron tres días con ella, era muy alocada y recuerdo que esos tres días no paró de beber y, en fin, eso no va nada conmigo, así que dejamos de vernos e imagino que volvió a su país. No seguimos en contacto.

»El día que se presentó en mi casa Sam tenía apenas seis meses. Iba fatal vestida, descuidada, lloraba desquiciada, y ella iba ebria. Me pidió dinero para la niña después de asegurarme que era mía. Yo no daba crédito. Tras

127

varias semanas de lucha, yo no quería darle dinero a esa chica teniendo en cuenta en qué se lo gastaba, decidí hacerme las pruebas de paternidad. Efectivamente, era mía. La primera vez que la cogí en brazos sabiendo que era mi hija me pareció tan frágil... Yo, que iba de fiesta en fiesta, nadaba con tiburones, surfeaba, las chicas aún me hacían caso... —Se ríe al recordarlo—. Yo era el centro de mi mundo.

»Pero al cogerla, ella me miró con sus grandes ojos y me agarró fuerte el pelo con su manita diminuta. Sentí que era lo mejor que había podido crear en esta vida. En ese momento tenía un buen trabajo, el apoyo de Isla y a mis padres cerca, así que fui decidido y elegí pedir su custodia. La madre se portó fatal, me denunció, ella solo quería el dinero. Sam tenía anemia y otros problemas de salud por falta de cuidados. Un desastre. Y mírala ahora.

Me sorprende su sinceridad absoluta y lo agradezco de verdad. Opto por no interrumpir su historia con comentarios trillados.

—Ganar la custodia fue fácil y desde ese día somos yo y Sam ante el mundo. La madre renunció a su maternidad a cambio de diez mil dólares. Increíble, ¿eh? Y yo me convertí en Capitán Ballena. —Me ofrece de nuevo esa sonrisa tan blanca y bonita—. Mi familia me apoyó en todo momento y mi madre y mi hermana se convirtieron en lo más parecido a una madre para ella. Ha sido duro, pero ella es feliz y a mí con eso me basta. La verdad es que siento, bueno, sentía que no necesitaba más hasta... Hasta que te vi en ese coche...

—¿En el coche? —Abro los ojos como platos.

—Sí, aquel día en el semáforo. Nunca he sido un romántico que se diga, pero fue verte y me gustaste. Aparte de pensar que eras preciosa, de repente creí que me estaba perdiendo algo en la vida. Te vi con tu pelo pelirrojo despeinado y esos ojos… Y cuando apareciste de la mano de Sam el día que desapareció en el supermercado, ni te imaginas. Me quedé algo impresionado. No podía ser tanta casualidad… Hacía muchos años que no me fijaba en nadie. Sé que suena deprimente, pero es así.

—¿Años?

—Sí…, años. No me mires como un bicho raro.

—No no. —Me entra la risa—. Es que te veo tan interesante, inteligente, tan atractivo… Cualquier chica se fijaría en ti. Jolines, pues me estás haciendo sentir muy afortunada.

—¡Anda ya! —se ruboriza—. Cualquier chica piensa que estoy casado. No me despego de Sam y viajamos sin parar. Cuando Sam está en el cole me paso los días trabajando en mi estudio. De verdad que no te engaño. Y cuando estamos en Australia, Isla se encarga de llevarla al cole, con lo cual la mayoría de las chicas piensa que somos pareja en vez de hermanos.

—Qué suerte que tu hermana y tú estéis tan unidos.

—Sí, la verdad. Bueno, Isla no es exactamente mi hermana, ella es mi prima, pero mis padres la criaron desde muy pequeñita. Para nosotros siempre hemos sido como hermanos de verdad. Ha tenido una vida muy dura. Su madre desapareció cuando ella era un bebé, viajaba por el mundo por su trabajo y nos tememos que tuvo algún fatal accidente y falleció. Mi tío, su padre, perdió la cabeza buscando a su mujer y dejó a Isla con nosotros. Quizá por eso se ha volcado siempre en Sam; ella sabe lo que es crecer sin su madre cerca. Aunque para ella mis padres son también los suyos. Tenía solo dos años cuando vino a vivir con nosotros. Historias de familia…

—Pues menuda historia…

—Hemos llegado —dice señalando el faro.

Nunca había visto el faro de cerca: me parece enorme, tan blanco y erguido, vigilante desde su altura, pegado a una casita blanca monísima, rodeado de pradera sin apenas árboles. Solo el gran faro, el acantilado, el mar y el horizonte. A lo lejos puedo distinguir el muelle y las casitas de Capitola, pero muy chiquititas. Y una pista de tierra por la que acceden con el coche. Parece la imagen de una postal idílica. Qué suerte vivir en un sitio tan virgen y tan aislado del mundo.

—Me encanta.

—Adelante.

Me invita a pasar mientras abre la puerta y lo que ven mis ojos no tiene nada que ver con la idea que me había hecho. Imaginaba la típica casa de padre soltero llena de trastos, ropa y colada por hacer, juguetes de Sam tirados, qué sé yo... Pero en absoluto. Empezando por la arquitectura, con sus paredes y techos de madera blanca, sus grandes ventanales que dan al mar. Ni los mejores hoteles de lujo con vistas podrían hacerle competencia. La estancia principal es un comedor con cocina diáfana de más de treinta metros, muy grande, la verdad, y perfectamente ordenado. Un sofá, una butaca, una librería con unos veinte libros, una mesa para comer con una figura hecha de barro, por Sam seguro, y la cocina reluciente. Me asombra que este hombre sea tan apañado y tan limpio pasando tan poco tiempo en casa y con una niña. Qué vergüenza haberle enseñado mi casa, tan caótica, llena de papeles y cosas por todas partes.

—Es precioso, Narel. Es todo tan minimalista.

—Sí, Aurora, eso es lo que somos —me confirma entre risas.

—¿Cómo?

—Que nos podrías considerar minimalistas.

—¿Qué quieres decir?

—Que no almacenamos nada que no nos haga felices. —Nota que me sorprende su afirmación—. Solía vivir en pisos pequeños abarrotados de cosas, tablas de surf, conchas, revistas, videojuegos, ropa… Todo era caótico, y con la llegada de Sam se volvió aún más caótico. Cuando empezó a gatear y a andar, era un desastre, me lo tiraba todo, rompía cosas, una vez tuve un susto con una botella de cerveza vacía que no había tirado por pereza. Imagínate. Me sentí el padre más miserable del mundo. Recuerdo que por aquel entonces conocí a un hombre japonés muy sabio que estaba en nuestro pueblo por negocios y un día lo invité a casa a tomar té y nada más entrar se echó las manos a la cabeza.

—¿Tan mal la tenías?

—Qué va. —Se ríe—. Aunque nada que ver con ahora, claro. Tenía todo lo que quería, me ganaba bien la vida y no paraba de comprar los objetos de moda, tecnología de última hora, ropa, juguetes para Sam con los que ni ella jugaba ni yo acababa nunca de ordenar, un desastre. Y lo más gracioso de todo es que me sentía terriblemente infeliz, agotado y agobiado. Pero la visita de ese hombre tan sabio me cambió. Me hizo ver la vida de otro modo. Me recomendó que tirara todas mis pertenencias y empezará de nuevo con solo lo imprescindible.

—¿Y lo hiciste?

—No. —Vuelve a reírse—. Pensé que estaba loco. Pero al día siguiente me llamó para tomar un té en su casa y cuando llegué me quedé fascinado. Vivía solo con lo justo, pero todo en su sitio, limpio, armónico. Su casa transmitía paz. Y ahí mi cerebro hizo un clic. Y empecé a leer sobre este movimiento anticonsumista. Y me di cuenta de que también me ayudaría a consumir el mínimo plástico posible.

Asiento con la cabeza mientras me invita a sentarme

131

en su sofá con vistas al enorme ventanal que da al acantilado.

—Estaba agotado de tener que limpiar cada dos por tres la casa, me sentía solo y con una gran responsabilidad, así que al cabo de unas semanas le propuse a Sam un juego, un juego que también te propongo a ti si te apetece. Le dije que íbamos a tirar todas las cosas que hacía más de un mes que no usábamos o que no nos hacían felices. Empezamos por juguetes viejos, bueno, los donamos; tirar en realidad tiramos poca cosa. Empezamos por donar los que ya no usaba y le encantó la idea de dárselos a los niños que no podían tener juguetes. Estuvo muy contenta en todo el proceso y yo me sentí pletórico. Decidió quedarse con Señorita Ballena y un par de blocs de dibujo, pinturas y dos muñecas. Luego seguí por el comedor. Subasté por un dólar todos los videojuegos, los cedés y las películas que hacía tiempo ni escuchaba ni veía. Me quedé con una colección muy reducida, de cinco en total. Deshacerme de los libros me costó la vida, la verdad; soy un gran lector. Así que se los regalé a mi familia por si algún día los quería releer. Tiramos muebles llenos de revistas y pilas, bombillas, libretas, clips, bolis que no escribían... Ahora solo compramos lo que necesitamos, ya no almacenamos esas cosas. El comedor y la habitación de Sam quedaron impecables y por primera vez limpiarlos era tarea fácil. Regalé la videoconsola, el reproductor de DVD y la tele. Un poco radical, sí. Pero todo lo veíamos en mi ordenador y prácticamente no usábamos la tele. Cuando acabé quise más, así que seguí con la cocina, donde los platos se amontonaban, tanto limpios como sucios, y donde pasaba más tiempo limpiando que disfrutando. Dejé solamente cuatro platos, cuatro vasos y cuatro cubiertos. Para mí, para Sam y por si teníamos invitados. Cuando venía la familia a comer, les pedía que trajeran su vajilla. No sabes cuánto tiempo empecé a ahorrar sin estas tareas. La cocina estaba siempre despejada. Una olla y una sartén, un gran cuchillo y una cuchara sopera. De verdad que no necesitamos tantas cosas. A la hora de la verdad, usamos siempre las mismas. Fue realmente liberador.

Mientras le escucho, recapacito sobre mi vida. Es cierto que me paso la mitad del día recogiendo las cosas que uso. Aun viviendo sola, lo tengo todo lleno de trastos, recuerdos, regalos y ropa... Y me roban mucho tiempo. Hago coladas enormes que luego se amontonan en el cubo de la ropa para planchar y doblar, y lo voy dejando, dejando, y se me acumula y luego me dan ganas de mandarlo todo a la mie... En eso soy como mi madre, no soy la típica persona que siempre está limpiando y además le encanta. Así que, a la vista de la experiencia de Narel, yo debería hacer lo mismo.

Por un momento vuelvo a ser consciente de mi enfermedad y me digo que se acabó el vivir siempre agobiada con tantas cosas que hacer. Si me queda poco tiempo, quiero dedicarlo realmente a lo que me hace sentir llena y feliz, y desde luego, quiero vivir tranquila y en armonía, vaya, que no quiero tampoco dejar de atender mi casa y acabar mis últimos días rodeada de estorbos. Así que le suplico que siga, quiero saber más y más sobre este estilo de vida.

—Si lo piensas, cuando nacemos venimos sin nada material. Somos esencialmente minimalistas por naturaleza. Los objetos empiezan a esclavizarnos a medida que crecemos y nos roban nuestro tiempo, nuestra energía y nuestra libertad. Si te fijas, cuando vamos de vacaciones y entramos en la habitación del hotel, los lugares más minimalistas del mundo, nos sentimos en paz y relajados. Y es por eso, porque son lugares neutros, sin caos ni desorden. Siempre cito una frase de la película *El club de la lucha* que dice: «Lo que posees acabará poseyéndote». Y es que es así. Además, estamos de suerte, la tecnología nos facilita este estilo de vida más cómodo, hoy en día en tu teléfono móvil tienes cámara, televisión, Internet, calculadora, calendario, bloc de notas, email, diario, reproductor de audios, videoconsola, reloj... ¿Qué más podemos pedir?

Tiene tanta razón en todo lo que dice, y yo toda la vida viviendo bajo estrés.

—Me entran ganas de tirarlo todo solo con escucharte.

—Hazlo. Solo es la costumbre y la cultura lo que te lo impide. ¿Sabes por qué estamos constantemente comprando cosas nuevas?

—¿Por capricho?

—Porque nos acostumbramos a las que ya tenemos y dejan de generarnos interés. El vestido que te compraste hace poco o el mueble que tienes tan visto ya no te llenan, ya no te hacen sentir que son nuevos, y necesitas llenar tus ilusiones con otras adquisiciones porque nos venden que eso es bueno, comprar, comprar, comprar... ¿Tienes idea de cómo destruye el planeta todo esto? Las cantidades indecentes de árboles que talan para hacer madera y papel, los kilos y kilos de plástico y, lo que es peor aún, plásticos de un solo uso. Los tintes de las prendas que contaminan los mares, los gases que emiten las fábricas. Todo. Todo destruye el planeta, nos estamos destruyendo sin darnos cuenta pero seguimos comprando y comprando... A mí me aterra.

Nunca había mirado el mundo desde esta perspectiva. Me da miedo solo de pensarlo. Qué equivocado está el ser humano.

—Tienes tanta razón...

—Este consumismo incluso ha llegado a romper nuestras relaciones. Cuando llevamos más de tres años con la misma persona, nos aburre y nos hace pensar que quizá

134

no estamos enamorados. Ya no es algo nuevo y buscamos emociones fuera de la pareja. Cuando en realidad sí que estás enamorado y lo único que te pasa es que esta sociedad te ha enseñado que lo nuevo es bueno y lo viejo no vale. ¿Sabes por qué duraban tanto las relaciones antiguamente? No me taches de antiguo, soy el primero en romper una relación si no me hace feliz o no es lo que busco, pero me refiero al romper por romper, solo porque ya no es lo que era.

—¿Por qué crees que duraban más? —pregunto realmente intrigada.

—Antiguamente, cuando algo se rompía, se arreglaba. Hoy en día lo tiramos y compramos uno nuevo. Lo mismo ocurre con nuestras relaciones.

—Puede ser… Es triste. —Pienso por un segundo en Mark, en que a él le ha pasado exactamente esto conmigo y me ha cambiado por una nueva. Valoro mucho que Narel se esté abriendo así conmigo—. ¿Te es fácil vivir así?

—La verdad es que sí, piensa que nos mudamos cada tres o seis meses, es la manera más fácil y cómoda de hacerlo. Siempre estamos conociendo a gente nueva pero nunca nos quedamos el suficiente tiempo como para tener relaciones, amistades verdaderas, tanto Sam como yo. La verdad es que me sorprende lo que está haciendo contigo. No sé qué ha visto en ti, bueno, sí lo sé. —Me dedica una mirada cómplice—. Pero es muy niña y siempre está pendiente de mí, no suele encariñarse con otras personas.

—Ambos estáis siendo muy especiales y tampoco sé por qué es… Pero así es. Y me da miedo. —Siento que me toca sincerarme a mí y me dejo llevar—. Miedo porque me he prometido vivir cada día como si fuera el último, sintiendo de nuevo, incluso me propuse un juego de tener cinco citas con cinco chicos…

—Espero haber estado en esa lista —me interrumpe.

—Ese es el problema. Que mi idea era tener solo una cita para disfrutar, sin implicar nada de intimidad, solo tomar algo y volver a conectar con alguien. Pero ahora eso ya no me ilusiona ni me apetece. Me paso los días esperando a que me escribas o a que sea lunes para ver a Sam. Y no es justo que esto ocurra, no es justo porque me estoy muriendo y no quiero hacer daño a nadie. —De nuevo me invade la pena y una lágrima se me derrama.

—No elegimos de quién nos enamoramos…

Abro los ojos de par en par.

—¿Estás enamorado?

—No sé lo que estoy, no sé nada. Solo que he vivido los últimos seis años por inercia, sin tener ilusión por nada que no sea Sam y mi trabajo; hace tanto que no sentía a nadie que había perdido la fe y las ganas de encontrar a alguien. Y ahora apareces tú, ganándote el corazón de mi hija de esta manera, compartiendo conmigo tus secretos… Y solo sé que quiero detener el tiempo. Que me la suda Mark y su vida paralela, que no me importa que estés enferma, que solo quiero hacerte feliz. Que esas lágrimas dejen de brotar. Por una vez, después de tantos años, me importa alguien más de verdad y no puedo ni quiero frenarlo.

Sus palabras me hacen sentir especial y protegida. Es tan guapo que duele.

—No quiero contarle nada a Mark, no quiero. Estoy segura de que se siente mal con lo que está haciendo y de que volverá y de que, aunque yo me niegue, no va a separarse de mí, se morirá de pena. Y aunque le diga mil veces que no quiero ni verlo, no me hará caso. Ya no le amo, ni estoy enamorada. Pero se ha portado muy bien conmigo los últimos años. Yo no he sido la novia perfecta que se diga y siento que tampoco tengo mucho que reprocharle. Él está en una situación muy difícil ahora y no quiero que fuerce nada. No quiero que vuelva, por eso no le quiero decir nada.

Narel me interrumpe:

—Te he dicho que me da igual Mark y lo que hagas con él. Solo me importas tú y lo que hagas con nosotros. No te pido que elijas, ni mucho menos. Solo que no te separes de nosotros. Que no te vayas. Tampoco sé cómo afrontar la situación. Pero me gustas…

—Narel… —trato de replicar pero la emoción me invade.

—No juzgaré tus decisiones, solo quiero conocerte, y que Sam siga sintiéndose así. El otro día me pidió que fueras su madre y me costó horrores contarle que eso no puede ser, que no funciona así. Pero ya sabes lo cabezona que es, me desmontó la explicación con varios casos de amigos suyos que no tenían mamá y que sus padres conocieron a otra mujer que ahora es su madre. Es tan lista… No te asustes, ¿eh?, no te estoy pidiendo nada de eso. Solo que no te alejes. Sé que necesitas que alguien te salve, lo que no sabes es que mientras intento hacerlo, tú me estás salvando a mí.

—¿Que no me aleje? Pero si en pocos meses empezaré a enfermar y tú volverás a Australia…

Me pide que no siga y me abraza, nos abrazamos. Ajenos a la realidad. Me seco las lágrimas, que ya han dejado de brotar, y lo beso con dulzura. Con una complicidad como si lleváramos toda una vida. Narel me susurra al oído:

—Necesito que me lo cuentes todo sobre tu enfermedad para saber cómo reaccionar en cada momento.

—Yo… —Dudo antes de negarme.

—Ya es tarde para echarte atrás, ¿no crees? Solo dame la oportunidad de que nos conozcamos —me dice medio sonriendo sin dejar de abrazarme.

137

—Vale, lo quiero intentar.

—¿De verdad?

No sé muy bien de qué estamos hablando, ni si estoy entendiendo bien la conversación. Lo único que quiero decir es que voy a intentar no alejarme por miedo y que quiero seguir dejándome llevar.

—Pero no puedo prometerte nada. Te pido que si algún día quiero que nos dejemos de ver, lo hagas y no me lo pongas difícil. Quiero que nos conozcamos, quiero pasar tiempo con vosotros pero estoy aterrada ante la posibilidad de volver a sentir algo así ahora.

Narel se separa de mí y va a por una libreta que guarda en un cajón.

—Hagamos algo. Voy a intentar tratar con la misma naturalidad que tú la situación y afrontarlo como tú lo has hecho. Según lo que me has contado, no se sabe cuánto tiempo queda, podrían ser años.

—Meses… —le corrijo.

—¿Y quién sabe si me puede pasar a mí antes algo?

—No digas eso. Cállate.

—Cállate no, Aurora, la vida es impredecible, puede que tarde mucho tiempo en vencerte la enfermedad. Pero hagámonos una promesa. Vamos a vivir cada día como si fuera el último sin pensar en el mañana. Y así todos los días.

—Suena tan bien…

—Vamos, atrévete. Salta… —bromea haciendo como esta mañana en la lancha.

—Salto, otra vez. —Logra arrancarme una sonrisa.

—Vale, anota en esta libreta todas las cosas que quieres hacer.

—¿Antes de morir?

—Solamente todo lo que quieres hacer. Y borra esa palabra.

—No será fácil, ¿eh? Esto es muy de película, ¿no? —Trato de bromear, como si quisiera hacer muchas cosas, y empiezo a escribir la lista:

«1. Salvar el planeta».

Narel mira mi primera anotación y se ríe con ganas.

—Ya veo que no será fácil. Pero te ayudaré a llevarlo a cabo.

«2. Ordenar mi vida».

«3. Vencer mis miedos (aunque hoy ya lo he hecho un poco)».

«4. Salvarle la vida a alguien».

«5. Conseguir que alguien me haga cosquillas (nunca nadie lo ha logrado)».

«6. Plantar un árbol».

«7. Crear una obra que emocione a alguien y perdure más allá de mi recuerdo».

«8. No hacer daño a nadie más (difícil, si vamos a hacer esto juntos)».

«9. Viajar a la otra punta del mundo».

—Me gusta que escribas tantas cosas porque eso significa que nos llevará mucho tiempo hacerlas. Empecemos por salvar el planeta, ¿te parece?

—Creí que sería la más difícil.

—Qué va. ¿Me acompañas a la cocina? Tenemos que comer algo, he de ir a por Sam en una hora.

—Claro.

Al entrar me quedo nuevamente asombrada con la belleza de este pequeño lugar. La madera de las paredes es de un color verdoso, entre turquesa y grisáceo. Los muebles son de color marrón claritos y está todo impoluto. Qué envidia. Hay cuatro cestos de mimbre con diferentes verduras y frutas y un mueble con los cuatro platos y demás vajilla. Aunque tiene razón, está casi vacío.

Abre la nevera y puedo ver su contenido bien ordenado y sin ningún envase.

—¿Cómo haces para no tener comida envasada o plásticos?

—Es mucho más fácil de lo que parece. En realidad, fue Sam quien tomó la decisión. Cuando le conté lo que pasaba con los animales me dijo que ella no quería que nosotros fuéramos culpables de ninguna muerte más. Así que compramos siempre la fruta y la verdura en el mercado local que organizan cada semana. Llevamos un par de bolsas de tela y alguna caja y siempre les pido que no me coloquen la fruta y las verduras en bolsas. ¡Qué manía con poner cada tipo de verdura en una bolsa diferente! Si al final las guardamos todas juntas. Por ese lado es sencillo, porque una vez que lo pides te lo hacen encantados. Así que metemos toda nuestra compra en cajas de fruta y bolsas reutilizables. Luego intento comprar cosas envasadas en cristal y, en cuanto al agua, tenemos una pequeña ósmosis, uno de esos aparatos que depuran el agua del grifo para que sea buena para la salud, y la bebemos de ahí. Aunque cocinar no me gusta demasiado, con la peque no me queda otra. Así que no soy de esos padres que compran comida precocinada. Bueno, alguna vez sí, si viene en un envase de cartón. Tampoco creas que soy un bicho raro. —Narel se da cuenta de mi asombro.

—Toda una clase exprés de ecologismo.

—Es que a veces la gente confunde vivir con ética con ser un obsesivo-compulsivo, y no es así. Yo no disfruto haciendo esto. Bueno, en cierto modo sí, pero solo lo hago por ser fiel a mis valores.

—A mí me parece de admirar.

—Gracias. Tampoco hay mucho más que contar. Es más sencillo de lo que parece. Se trata de no comprar cosas que lleven plástico, o al menos intentarlo.

—Pero ¿y el papel de cocina y otras cosas imprescindibles? Siempre vienen en plástico.

—Pues cada vez hay más tiendas especializadas en este estilo de vida que venden esos productos sin embalar. Como si fuera a granel. Puede parecer una locura, pero cada vez están más de moda. Estoy buscando una por la zona. Si todo el mundo viviera así... Se llaman «Zero waste». Seguro que en San Francisco hay.

—¿Zero waste?

—Sí, residuos cero. ¿Qué te apetece comer?

—Cualquier cosa.

141

—Tengo unas hamburguesas de quinoa y zanahoria deliciosas, si quieres hago un poco de arroz y nos las comemos. No es gran cosa pero son caseras.

—¿De veras?

—A Sam le gusta mucho cocinar, ¿qué le vamos a hacer? Nos pasamos los *findes* haciendo recetas que le gustan de Youtube. —Se ríe orgulloso.

Y a mí me da un ataque de ternura.

—Pues me encantaría ayudaros algún día.

—Ella encantada. Cree que soy un desastre.

Nos reímos al unísono.

Comemos sus deliciosas hamburguesas vegetales muertos de hambre después de lo intenso que ha sido el día, y al acabar nos sentamos en el porche. Narel me propone que, a partir de hoy, deje de consumir plástico y que intente darle un uso largo al que ya tengo, táperes y otros recipientes que todos apilamos en nuestros hogares. Justo hoy me toca hacer la compra, así que lo tendré en cuenta. Me presta un par de bolsas de tela y, tras un rato juntos tomando el sol después de comer, volvemos a la lancha para ir al muelle, donde ha dejado el coche.

Apenas tardamos diez minutos en llegar y cuando nos empezamos a despedir ya tengo ganas de verlo de nuevo. Me da un beso cariñoso en la mejilla y añade un «¿Te veo pronto?» que me hace sentir segura.

$\mathcal{H}$oy ha sido uno de los días más intensos de mi vida y me siento con fuerzas para comerme el mundo. Son las 143 cuatro de la tarde. Al llegar a casa lo primero que hago es desnudarme y poner la canción *Broken Together* de Casting Crowns. ¿Qué sería de mí sin música? Esta canción es precisamente lo que necesito escuchar ahora mismo. Habla de dos personas, ambas rotas, que pueden arreglarse y salvarse juntas... De algún modo, Narel también me necesita, tanto como yo a él.

Me recojo el pelo en una coleta alta y empiezo a ordenar mi tediosa casa con la canción de fondo mientras me doy cuenta de cuántas cosas me sobran y me decido a poner orden esta semana. A vaciar, como Narel y Sam hicieron, y liberarme. No quiero perder más tiempo con cosas banales. Enciendo mi portátil y entro en mi correo por curiosidad. Aún está el email de Mark abierto, para mi asombro. Busco en «Ocultos» pero no veo ningún nuevo mensaje. Me digo que basta de torturarme y cierro sesión. Eres libre, Mark. Eres libre. Pienso en las manos de Narel en mi cuerpo y quiero más...

Me dirijo a la cocina y, ante todos los platos sucios del fin de semana, resoplo sin ganas y abro la nevera para ver qué me falta y hacer una lista. Quiero cumplir el reto, así que me digo que solo voy a comprar cosas que no vengan envasadas en plástico. Tras hacer la lista, me doy una ducha rápida y me pongo algo cómodo sin ganas de rebuscar mucho en mi armario y salgo hacia la frutería de Tom, la que tengo enfrente de casa. Sin zapatos, como de costumbre, cojo las bolsas de tela y entro en la acogedora tienda.

—Tom, buenas tardes. Quiero pedirle algo.

—Dime, Aurora, ¿qué tal te va?

—Genial —respondo con ilusión para mi asombro—. Quiero comprar varias cosas pero sin bolsas de plástico. ¿Puedo ponerlo todo en mi bolsa y luego me lo pesas y lo volvemos a poner junto?

—Oh, por supuesto que sí. Estás en tu casa, lo sabes.

Elijo los productos de mi lista y me atrevo con nuevas verduras y frutas ahora que no voy a poder comprar tantos productos envasados. Así pruebo cosas nuevas.

Me doy cuenta de que Tom tiene un mueble repleto de sacos con harinas, cereales y pastas a granel. Nunca me había dado cuenta.

—Tom, perdone que le moleste de nuevo, ¿cómo podría llevarme esos productor de ahí a granel sin bolsa?

Tom me mira tratando de averiguar qué mosca me ha picado.

—Pues se me ocurre que las metas en bolsas de papel, ahí tengo algunas. —Me señala el mueble.

Pero me gustaría generar la mínima basura posible y de repente se me ocurre una brillante idea.

—Y si traigo yo mis potecitos de cristal de la cocina, ¿podría meterlos ahí mismo?

—Si no te importa cargar con ellos, no veo el problema. ¿Va todo bien, Aurora?

144

—Oh, sí sí, es que quiero consumir menos plástico.

—Ostras, pues eso es fantástico. Estás en el lugar adecuado.

—Sí, ya veo. Pues ahora vengo con los potes.

—Pero cálzate, anda, que siempre me haces sufrir.

Tom es un hombre de más de sesenta años que me trata, desde que me instalé, como a una nieta. Es una dulzura. Siempre pienso que él y Esmeralda tendrían que enamorarse. Y hablando del rey de Roma…

—¡Esmeralda, hola! —Veo que va descalza también y me da la risa—. ¡Todo lo malo se pega, ¿eh?! —le digo señalando sus pies.

—Hola, Tom. Hola, Aurora. Ay, sí, qué comodidad por Dios, si está a dos pasos de nuestra casa, del porche hasta aquí no hay nada. Y sí, todo se pega, hija. —Se ríe simpática.

Tom se ha incorporado en cuanto la ha visto llegar, como queriendo parecer más serio. ¿Lo ves?, yo sabía que aquí hay amor.

—Señora Esmeralda, su vecina ahora va a dejar de consumir plástico. Mírela, con bolsas de tela, y ahora vendrá con tarros de cristal para el arroz, otros cereales y las legumbres.

—¿Y eso, bonita?

—Pues es un poco largo de explicar. ¿Te ayudo con la compra, nos tomamos un té en tu porche y te cuento?

—Claro que sí, me vendrá de perlas.

—Yo puedo ayudarla con las bolsas siempre que quiera, Esmeralda.

Qué atento, Tom, a mí no se me ha ofrecido a ayudarme con mis potes de cristal. Qué inocente es.

—Tranquilo, ya me ayuda Aurora, que tú tampoco es que seas un muchachito.

Los dejo ahí con su charla, es admirable el modo en que entabla conversación la gente mayor y acaba hablando horas sin darse cuenta. Contándose sus cosas, sus aventuras, experiencias, aprendizajes… Entro en casa por la puerta trasera que he dejado abierta y rebusco en mis armarios de la cocina todos esos potes de cristal que siempre guardo pensando que algún día utilizaré como botes para lapiceros, floreros o lo que sea. El caso es que soy de esas personas que guarda objetos para luego hacer alguna que otra manualidad. Así que estoy de suerte, cojo unos seis potes de los grandes, en los que antes había conservas, y me dirijo dando saltitos a la tienda. Esmeralda ya está pagando, y cuando va a poner su compra en bolsas, Tom le propone darle una caja de cartón para sus verduras. Me dedica una mirada de complicidad como diciendo que apoya mi causa y Esme, entusiasmada, acepta.

—¡Qué suerte tengo de tener unos vecinos tan guays! —les suelto de corazón.

146

—Voy a casa, Aurora. Iré preparando unas pastas y un café. Te veo ahora. Gracias, Tom, mañana te traeré alguna pasta si no se las acaba Aurora.

—Pues entonces, señor Tom, olvídese. Siempre que voy arraso. Aunque intentaremos guardarle alguna.

Ambos se ríen y yo me dirijo a la sección de productos a granel. Elijo lentejas, arroz, garbanzos, pan rallado para rebozar, harina de maíz sin gluten, almendras y semillas de chía. Después de pagar lo pongo todo en mi nueva bolsa de tela y cojo la caja con las poquitas verduras que ha comprado Esmeralda.

Esta mujer siempre tiene el jardín precioso y verde. Ha preparado un café negro para ella y un té de jengibre y vainilla para mí, junto a un montón de pastitas caseras que le encanta hacer. Nos sentamos a la sombra y disfrutamos de la tarde juntas. Le cuento mis descubrimientos con los envasados y decide probarlo. Dice que la basura le pesa demasiado y que si se ahorra sacarla tan seguido, pues eso que gana.

Me cuenta que ahora que está puesta con la cerámica y la costura, puede coserme bolsas de tela para mis compras y hacerme potes de cerámica para las verduras. Lo propone con tanta emoción que soy incapaz de llevarle la contraria. Pasamos el resto de la tarde relajadas, comiendo y hablando de manualidades.

Empieza a oscurecer y me despido de Esmeralda con cariño. Entro en casa y decido cocinar un poco. Miro los platos, que aún están sucios, resoplo y paso de ellos una vez más. Con mis nuevos ingredientes me preparo una lasaña de soja y berenjena. Con salsa de tomate y cilantro. Diferente y exótica. Decido cenar en el porche trasero, así que saco el libro de segunda mano que tengo a medias y un par de velas. Me siento en mis muebles de mimbre blancos y la tranquilidad me envuelve, casi hay luna llena y la brisa marina me acaricia. Tengo una mezcla de emociones extrañas y me apetece darle gracias a la vida: gracias por un día más. Y por primera vez desde que me mudé aquí, mientras degusto mi deliciosa lasaña, me doy cuenta de que no me siento sola.

13

*S*uena el teléfono a primera hora de la mañana y me arranca de una terrible pesadilla.

—¿Diga? —pronuncio de mal humor.

—¡Despierta! —Oigo la voz de John y me dan ganas de mandarlo a paseo.

—John, no son ni las siete de la mañana.

—Y un cuerno, son las siete y dos minutos, cariño.

—Te mato… ¿Qué? ¿Qué quieres?

—¿Podrías venir hoy a la consulta?

Me huelo lo que pretende, convencerme para hacer algún tratamiento, y me niego.

—No, John, lo siento. —Cuelgo medio dormida.

Vuelve a sonar el teléfono. Descuelgo sin pronunciar palabra.

—Aurora, ¿me has colgado?

—¿Yo? Jamás… —bromeo.

—No voy a insistir, pero este fin de semana nos vemos. Recojo a Cloe y vamos a verte. ¿Nos acoges en tu casa el sábado por la noche?

—¿Y estas ganas repentinas de verme?

—No seas tonta, venga... Imagino que estará Mark. ¿Te apetece?

—Sí sí, la verdad es que lo prefiero. Así no tengo que estar a solas con él.

—Genial, llamo a Cloe. Te quiero, fea, cuídate.

—Yo también, da recuerdos a tu futuro marido.

John rehúye el matrimonio y yo siempre le hago la misma broma.

Después de colgar por segunda vez me desvelo y ya soy incapaz de volver a dormir. Me levanto con ganas de hacer algo de ejercicio, así que me decido a hacer algo de yoga en la playa, pero antes cojo el móvil y busco el contacto de Narel.

Aurora: Que tengáis un bonito día. Un abrazo fuerte. Ayer compré sin bolsas. Primer día superado. 💪

149

Me pongo unos *leggins*, un top y rebusco el reproductor de mp3 por todos mis cajones. Maldita sea, dónde lo habré puesto. Tras media hora y mil papeles por los suelos y más desorden, lo encuentro.

Siempre tuve miedo a envejecer y a la muerte. Pero ahora solo siento esperanza, una nueva oportunidad. Narel tenía razón, nunca sabemos cuánto nos queda. Nadie lo sabe. Es un error vivir dando por sentado que viviremos cincuenta años más y dejando las cosas para mañana. Por primera vez me voy a hacer algo de deporte a la playa porque me apetece, no para adelgazar ni por salud, y asombrosamente, voy más motivada que nunca.

Tengo ganas de ver a mis amigos este fin de semana y que las horas junto a Mark sean las menos posibles. Estamos a principios de junio y pienso saborear cada hora de esta última etapa.

Me como una manzana y un par de galletas de avena con coco y chocolate y antes de salir no puedo evitar mirar el móvil.

Narel: Disfruta de tu día tú también. ¿Te apetece comer conmigo y unos amigos mañana en el faro? Cocino yo.

Aurora: ¿Unos amigos? Y yo que pensaba que era tu única amiga aquí. 🙁. Jeje.

Narel: Lo eres. 🖤. Es que hace años conocí a un tipo en unos seminarios sobre ecologismo en Tennessee y nos hicimos muy amigos. Está de vacaciones por la Costa Oeste con su chica. Ella es de Nueva York y han venido a pasar unos días. Así que los he invitado a navegar y a comer en casa. ¿Te apuntas? Te caerán bien, ella es artista también, hace fotos y tiene un estudio como tú.

¿Me está invitando junto a otra pareja en calidad de amiga? ¿De acompañante, de novia? Sea como sea, me muero de ganas.

Aurora: Cuenta conmigo.

Narel: Los recogeré en el aeropuerto a las nueve, nos vemos a las diez en el muelle.

Aurora: Genial, qué ilusión que hayas pensado en mí.

Narel: Pienso en ti más de lo que quisiera.

Aurora: Jiji. Calla… Un besito.

Narel: Otro para ti.

Sonrío como una tonta mirando la pantalla. Un poco nerviosa por la situación pero con ganas. Cojo mi toalla y salgo enérgica hacia la playa.

Hace un día precioso, el sol brilla como nunca, se nota que ha empezado el verano. La gente empieza a salir a desayunar al porche con vistas al mar de sus casitas en la playa. Igualito que en las típicas postales americanas.

Estiro todo el cuerpo mientras suena mi música favorita en los cascos y me relajo un rato tumbada en la arena. Tras dos horas de yoga, relax y un batido de plátano, manzana, limón y espinacas, recojo mi equipo para ir al estudio un rato. Tengo que empezar a arreglar varios asuntos aunque me niegue a hacerlo.

Hay ciertas gestiones que quiero dejar cerradas y solucionadas antes de que la enfermedad asome con los primeros síntomas. Intento no ponerme triste pero es inevitable. Me parece terriblemente injusto que me tenga que morir, nadie debería pasar por esto tan joven. Pero me ha tocado a mí. Cojo mi famoso bloc de notas y empiezo a apuntar.

—Estudio de pintura: Ponerlo en venta con una inmobiliaria.

—Mis cuadros: contactar con empresa de subastas. (Espero que quien los compre los sepa valorar).

—Mi casa: avisar a mi casero de mi situación.

La verdad es que familia no tengo mucha, una tía a la que hace años que no veo y sus hijos con los que nunca nos llevamos muy bien. Problemas entre mi madre y ella. Mis abuelos fallecieron hace ya algunos años y por parte de mi padre, ni idea. Así que por ese lado no tengo mucho de que preocuparme. A veces me pregunto cómo hubiera sido crecer en una familia normal, de las que se reúnen para comer todos los domingos, las Navidades, Acción de

Gracias… Siempre anhelé tener algo así y estaba convencida de que yo crearía mi propia familia con muchos hijos y muchas comidas familiares. Injusto.

Me pregunto si vale la pena preparar mi vida para el día en que yo falte o si es mejor pasar y que se espabilen los que se quedan. Siempre he sido muy pasota en este aspecto, pero de algún modo me gustaría hacer las cosas bien hechas por esta vez. Por última vez. Todo el positivismo de esta mañana se desvanece con estos pensamientos y me digo que he de acostumbrarme a estos cambios de humor de ahora en adelante. Trato de no ponerme más triste y decido dejar los papeleos para más adelante.

Paso el resto del día dibujando un poco en el estudio y pensando inevitablemente en mañana. Me da un poco de vergüenza conocer a los amigos de Narel, pero tengo muchas ganas de volver a navegar con él.

Llego a casa muy tarde y sin ganas de cenar. *Yogui* se pasea por el jardín como un gato salvaje. En cuanto me detecta, corre a frotarse contra mis piernas. Lo cojo en brazos y entramos.

Me he dejado el móvil en casa y veo dos llamadas perdidas de Mark. Le devuelvo la llamada y así aprovecho para contarle el plan con Cloe y John este fin de semana. Descuelga al primer tono.

—Buenas noches, cariño.

—Buenas noches, perdona, no me he llevado el móvil. ¿Qué tal el día?

—Cansado.

—Bueno, eso está bien…

—Sí, supongo. —Se ríe forzado y se nota que no tiene mucho que decir.

—¿Tú qué tal?

—Pues muy bien. Creando una nueva colección y con ganas de acostarme también. Por cierto, te quería contar

152

que este fin de semana vienen John y Cloe a casa. Espero que no te importe.

—Ah, tranquila. Tengo ganas de hablar contigo y contarte cosas.

Se me hace un nudo en el estómago y me invade un pánico atroz a que me cuente la verdad. No quiero saber más. Solo quiero olvidarlo.

—¿Estás bien?

—No mucho, la verdad… Y hace mucho que no hablamos —me dice.

—Hablamos casi cada día y cada fin de semana, Mark.

—Me refiero de nuestros sentimientos.

—Entiendo… —contesto sin ganas—. Bueno, pues seguro que encontramos un hueco este fin de semana, ¿vale? —Trato de zanjar el tema porque lo que menos me apetece es que me lo suelte por teléfono.

—Sí, descansa, ¿vale? Te quiero mucho.

—Yo también te quiero. Buenas noches.

Cuelgo antes de que pueda contestar y tomo aire despacio. Está claro que le quiero, si no, no estaría haciendo lo que hago, no me aguantaría los mil reproches que me vienen a la cabeza cada vez que lo veo, escucho o leo lo que me dice. Trato de reafirmar mi decisión del primer día y me dirijo a la cocina. No tengo hambre, así que como un poco de melón y pienso en qué puedo ponerme mañana. Suena el WhatsApp.

Narel: Tengo ganas de verte. Mañana a las diez en el muelle.

Sonrío como una tonta y me olvido de Mark.

Aurora: Yo también. Muchas.

14

Suena el despertador a las ocho en punto y me levanto

de un salto de la cama. Me miro en el espejo; sin ánimo de obsesionarme, examino detenidamente mi piel. De momento sigo sin síntomas, así que respiro aliviada y me convenzo de que no tengo que hacer esto todas las mañanas. Aunque es inevitable. Me ducho rápido y me pongo una falda de crochet blanco larga con un top de color cámel. Elijo un par de collares de piedras turquesa y añado mis anillos. Vuelvo a mirarme en el espejo y decido darme un poco de máscara de pestañas y colorete. Me veo bien y me siento segura.

Desayuno un poco de pan con aguacate y tomate y salgo hacia el garaje a por mi bicicleta. Así me da un poco el aire. Paso a saludar a la señora Esmeralda, que está tomando limonada en su jardín mientras arregla unos rosales.

—Ten buen día, Esmeralda.

—Estas guapísima, Aurora, pareces una sirena con esa falda. ¡Me encanta!

Sonrío y le lanzo un beso mientras empiezo a pedalear hacia el muelle. Adoro hacer este camino por la calle principal de este precioso pueblo. La verdad es que me enamoró desde el primer día. Las casitas parecen casas de muñecas, tan bien cuidadas, y la gente es adorable. Hace un sol increíble y el muelle está lleno de gente. Parece que ha llegado un barco de turistas. Los dueños de los puestecitos estarán contentos.

Además, hoy es día de mercado local. Como llego antes de la hora, son las nueve y cuarto, aparco la bicicleta y doy una vuelta por los puestos. Son muy peculiares. Están montados en casetas de madera y ofrecen un poco de todo. Frutas y verduras de la zona, antigüedades, cerámica, ropa *hippie* hecha a mano, bikinis de crochet, pamelas de paja, otro puestecito de conservas naturales artesanales. La verdad es que siempre me ha gustado mucho este surtido, igual que el mercadillo de segunda mano de los martes.

155

Encuentro un sombrero de paja que me quedaría genial con el conjunto que llevo hoy y no lo dudo. Lo compro y le dejo algo de propina a la amable señora que los teje. Con él ya en mi cabeza, sigo paseando por el muelle. Me pido un zumo de naranja y papaya recién exprimido y me siento al final, en la mismísima punta, con los pies colgando, casi tocando el agua, a beber mi zumo mientras espero a que lleguen. Ya son las diez menos cinco, así que deben estar a punto.

Diviso el cuatro por cuatro de Narel y no puedo evitar ponerme nerviosa. Me levanto y camino hacia el aparcamiento. Me tiemblan las piernas ligeramente de los nervios y trato de disimularlo, después de todo lo que pasó la última vez y todas las cosas bonitas que nos dijimos.

Narel ya se baja del coche y sus amigos también. Va guapísimo, lleva una camisa de lino blanca muy informal y unos tejanos cortos desgastados. Según me voy acercando los saludo con la mano con alegría.

—Buenos días, Aurora. —Narel me da un abrazo y un beso en la mejilla y rápidamente me presenta a Jake y a Flor.

—Hola, encantada —contesto algo tímida, aunque no lo soy en absoluto.

—Bueno, Flor aún no es de Tennessee, pero pronto lo será —le dice Narel a ella bromeando.

Ella me da dos besos, parece muy simpática y sonriente. Es guapísima, podría ser modelo sin problema. Luce una melena castaña espectacular y una mirada muy noble. Los *shorts* tejanos y una camiseta de punto blanco de tirantes le quedan genial.

—Yo soy Jake, claro.

Él también me besa y presiento que son una pareja especial. Él es superatractivo también. Moreno, con la barba bastante más larga que Narel y con una mirada muy fuerte. Me recuerda a un leñador de las típicas películas canadienses.

—Encantada de conoceros. ¿Es la primera vez que visitáis la Costa Oeste?

—Yo sí —contesta Flor sonriente mientras coje la mano de Jake. Se la ve tan enamorada.

Tiene un acento raro, parece latina o española.

—Pues yo, aunque me dé vergüenza admitirlo, no he salido del estado de Tennessee más que un par de veces —asegura Jake.

—Mentira, cariño, llevas casi un año viajando a Nueva York cada mes —le corrige Flor con tanta dulzura que podría derretirme.

Él la mira y le planta un beso en los labios.

—Bueno, pero eso no cuenta. Lo hago por amor.

Nos reímos todos al unísono.

Narel me explica:

—Conocí a Jake, ya te lo conté, hace un par de años en un congreso que hacían en su Santuario y nos hicimos grandes amigos. Con vuestro permiso, chicos —le dice a la pareja—. Flor y Jake han tenido una emotiva historia de amor. Aunque difícil. —Mira a su amigo con complicidad, como si hubiera sido partícipe de ella—. Pero el amor siempre vence.

Flor mira a Jake a los ojos un segundo antes de contarme:

—Sí, llevamos solo un año juntos. Pero como si fuera una vida. —Siguen cogidos de la mano—. Vivo en Nueva York por trabajo y él en Tennessee, pero nos vemos a menudo. Nos ha contado Narel que eres pintora.

—Sí, bueno soy ilustradora, en realidad, pero amo la pintura.

—Qué bien, pues yo tengo muchos contactos en galerías de arte de Nueva York. Si algún día necesitas algo, cuenta conmigo —me dice con una sonrisa de oreja a oreja.

—Oh, sería genial. —Pienso en la subasta de mi última obra. Podría ser una opción.

—Vamos hacia la lancha, chicos, que hace un día muy bonito —nos interrumpe Narel.

Embarcamos los cuatro y me fijo en el modo de tratarse que tiene esta pareja, tan atentos; él no deja de estar pendiente de ella, la ayuda a subir, la abraza, la coge de la mano. La mira de un modo que hace que incluso los que estamos cerca sintamos envidia. Y ella parece estar en un cuento de hadas. Qué aura tan bonita tienen. Narel para el motor y se sienta a mi lado cuando ya estamos en alta mar.

—El otro día Aurora nadó con las ballenas.

—¿En serio? —pregunta Flor asombrada—. Qué suerte y qué impresión.

—Fue precioso.

—¿Podemos bañarnos? —le pregunta Jake a su amigo.

—Por supuesto. ¿Os animáis, señoritas? —Narel nos señala el agua.

—Yo por ahora creo que me quedaré aquí —contesto.

—Y yo creo que le haré compañía —dice Flor mientras Jake y Narel se quitan las camisetas y se preparan para saltar.

—Estos hombres…

Flor me hace sentir cómoda y nos quedamos hablando en cubierta mientras ellos nadan en medio del océano. En el primer silencio, Flor suspira.

—Perdona, estoy un poco sensible… —se disculpa ante su emotividad.

—Yo también —le confieso como si fuéramos amigas.

—Ha sido todo tan difícil, y ahora es tan bonito… que aunque hayan pasado meses, aún no me lo creo.

—Se os ve muy bien juntos. Hacéis tan buena pareja…

—Gracias. —Se sonroja levemente—. La verdad es que no hemos venido por casualidad. Tengo una gran noticia que darle a Jake y quería hacerlo en un viaje especial. Él siempre habla maravillas de Narel y como sé que tenía ganas de volverlo a ver, le convencí para venir a pasar unas vacaciones. Luego en la comida se lo diré…

—¡Ay! Qué intriga, ahora me vas a dejar con las ganas.

Se ríe y me parece tan bonita…

—No me digas eso, que me pongo nerviosa. ¿Alguna vez te ha pasado que conoces a alguien y sabes que todo en tu vida tiene sentido a partir de ese instante?

—Pues… —Pienso en el otro día en el agua con Narel—. Me temo que me está pasando. —Me sincero para mostrarle la misma confianza que ella a mí.

—¿Sois novios?

—Uy. —Me río—. Nos acabamos de conocer, y no es sencillo.

—¡Anda ya! Nos ha hablado tan bien de ti... Y créeme, seguro que es más sencillo de lo que fue lo nuestro.

—No creo...

—Seguro que sí. Yo era la fotógrafa de su boda.

Me deja con la boca abierta de par en par.

—¡Nooo!

—¡Sí!

Estallamos a reír como dos tontas y Jake y Narel vuelven las cabezas a lo lejos y nos saludan.

—Es evidente que no se casó —digo mientras Flor se sigue riendo.

—Bueno... Es una larga historia.

—¿Hubo boda?

—Boda como tal, sí hubo. Aunque las cosas tomaron un aire bastante complejo.

—Madre mía. El amor siempre nos empuja a cometer grandes locuras.

—No hace falta que lo jures. —Sonríe Flor mirando a su chico.

Jake ha nadado de vuelta hasta la lancha y le pide a Flor que salte. Ella me mira y empieza a quitarse la ropa para bañarse.

—¡Vamos, Aurora, tú también! —me anima ella—. ¿Está fría?

Jake la salpica jugando y ella chilla mientras salta encima de él a modo de venganza y, en cuanto asoma a la superficie, Jake la abraza y le planta un beso apasionado. Narel me mira a cierta distancia. Yo también me quedo mirándolo sin hacer nada. Sé que quiere que me bañe, y antes de que me lo pida, mientras Jake y Flor juegan en el agua, me quito la falda y salto por la borda sin miedo. Valiente. Buceo hasta él y cuando llego a su altura, le doy un

159

beso suave en los labios. Narel me coge para no separarnos. Estamos en medio del océano pero hacemos pie. Hay
una isla cerca y en esa zona el fondo está a muy poca profundidad.

—No te acerques mucho, que es peligroso —me susurra muy flojito al oído mientras me mira de arriba abajo
travieso y me da un beso en el cuello.

Jake y Flor están abrazados cerca de la lancha y nosotros un poco más lejos empezamos a bucear. Esta vez sin
ballenas.

—Qué tranquilo está hoy el mar, a diferencia del otro
día —le digo.

—No me lo digas dos veces, que saco la armónica.

—Síííí, hazlo, hazlo —lo animo.

—No, hoy no están por la zona.

En cuanto me sonríe, me muero de ganas de volverlo a
besar, de hacerle el amor, de darle las gracias por rega-
larme esta oportunidad.

—Me ha contado Flor que tiene una noticia que darle a
Jake —le susurro al oído.

—Sí… —admite Narel—. Lo que no sabe Flor es que él
tiene otra que contarle a ella. Hoy va a ser un día intenso.
—Me da un pequeño mordisco en el labio antes de hundirse y desaparecer.

Grito su nombre para que no haga eso y empiezo a nadar con todas mi fuerzas hasta alcanzarlo.

—Ya te vale, ¡serás malo! —le digo cuando por fin lo
alcanzo, y sin dudarlo, lo empujo hacia el fondo del mar
jugando a ahogarlo.

—Como vuelvas a hacer eso, me veré obligado a tirarte
a los tiburones —me dice antes de agarrarme y empezar a
hacerme cosquillas.

Me entra la risa tonta, ahí en medio del océano de
nuevo, no puedo parar de reír. Jake y Flor nos miran un

momento, ellos también están riéndose de sus cosas y nadando juntos.

—Narel, ¡lo has logrado! —le digo muerta de risa y sin dar crédito.

—¿El qué? —me pregunta confuso mientras sigue pellizcándome por todo el cuerpo.

—¡Para, porfa, para! —le suplico entre carcajadas—. Que nunca nadie había podido hacerme cosquillas, lo escribí en tu libreta, ¿te acuerdas?

Narel se detiene por un momento e intenta recordar.

—Ostras, es verdad, —Ahora es él quien ríe—. Dos cosas tachadas de la lista.

—¿Dos?

—Sí, porque imagino que has dejado de consumir plástico, ¿verdad, señorita?

—Sí, claro —le contesto sincera.

—Pues ya hemos logrado dos. Hacer del mundo un lugar mejor y que tengas cosquillas. ¡Felicidades!

Tras corresponder a su beso en los labios, volvemos nadando hasta la lancha.

Pasamos el resto de la mañana hablando sobre Tennessee y el Santuario que tiene Jake con su familia, en el que salvan animales destinados a la industria cárnica, y a mí me parece de admirar. Hace muchos años que no como animales, así que entiendo a la perfección su filosofía de vida. Qué suerte que haya gente así en el mundo. Hacen sentir que hay esperanza. Que aún estamos a tiempo de cambiar. Seguimos hablando de cómo se conocieron y lo complicado que fue todo.

—¿Sabéis que pensé la primera vez que vi a Flor? —se sincera Jake—. Y esto, cariño, nunca te lo he contado —le confiesa a su novia.

—¿Que era una pija de ciudad?

—Bueno, eso fue lo segundo, en realidad.

—¡Qué malo eres! —Le da un empujoncito cariñoso.

—Pensé que eras la chica más guapa que había visto en toda mi vida. Me quedé embobado. De esas que ni de lejos se fijarían en mí.

Todos nos reímos y Flor lo mira con cara de asombro.

—Vaya vaya, y yo pensando que pensaste que era lo peor...

—Eso fue lo tercero. —Vuelve a reírse Jake—. Pero lo primero fue eso. ¿Cómo podías ser tan bonita? —Le da un beso en los labios dulcemente y Narel se ríe mientras me dedica una mirada de las suyas.

Le tiendo la mano y me la acaricia mientras seguimos comentando su apasionante historia y también de las aventuras de Narel en el mar. No hablamos mucho de mí, noto cómo Narel trata de esquivar temas que me hagan sentir incómoda o triste. Agradezco que sea tan atento.

162 Tras tres horas navegando nos dirigimos al faro para comer. Jake decide ayudar a Narel a cocinar y preparan un delicioso pastel de hojaldre, patata y berenjena para chuparse los dedos.

Comemos tranquilamente y cuando empezamos a degustar el postre, una macedonia con toda clase de frutas, Flor se pone en pie y alza su copa de agua. Todos estamos tomando vino, menos ella, que no ha querido.

—Quiero proponer un brindis por el amor.

Todos levantamos nuestras copas y Jake la mira extrañado, como si en cierto modo supiera que algo va a pasar.

—Antes de nada, gracias, Narel, por este precioso día. Y a ti, Aurora, por acompañarnos. Jake, hace días que busco el modo de contarte algo pero no sabía cómo hacerlo...

—Flor, me estás asustando... —le confiesa Jake extrañado.

—No te asustes. —Narel le da un codazo a Jake.

—Gracias por todos estos meses, los más maravillosos de mi vida. Gracias por enseñarme y demostrarme que existe el verdadero amor, la bondad, la paz, y lo más importante de todo, la pasión por lo que nos hace felices. Gracias por atreverte a dar un giro de 360 grados a tu vida por mí. Por ser capaz de plantearte la idea de dejar Tennessee y mudarte a Nueva York conmigo por un tiempo, para que pueda seguir con mi carrera. Gracias.

»Ese día me di cuenta, aún más si cabe, de que eras el hombre más bueno que he conocido jamás. Siento haberte dicho que no TE MUDARAS POR MÍ, LO HICE, porque yo también te amo y jamás permitiría que dejaras tu encomiable labor por mí. Gracias una vez más, aunque te lo digo a diario, por elegirme, por caminar a mi lado y por seguir enseñándome día tras día el verdadero sentido de la vida. Gracias por cada beso, caricia, abrazo, por estar siempre pendiente de mí, de mis necesidades, de lo que me hace feliz… —Su voz se entrecorta y se le escapan un par de lágrimas—. Disculpad, jolines, parece una boda… Jake, tengo algo que decirte y quería que fuera en un día especial. Hace una semana vendí mi estudio en Nueva York y si tú quieres, siempre y cuando quieras, estoy lista para dejar la ciudad y mudarme a Wears Valley junto a ti. Nada me haría más feliz que eso.

Jake se ha quedado mudo. Yo no lo aguanto y también me pongo a llorar. Narel me dedica una mirada, con sus ojos también brillantes.

—Cariño, yo… —Jake está tan emocionado que le cuesta seguir—: No sé cómo agradecértelo. No me lo esperaba.

—No tienes nada que agradecer, sabes que pertenezco a ese lugar desde el día que me recogiste en el aeropuerto la primera vez. Pero aún hay algo más…

—¿Quieres matarme hoy o qué?

—Estoy embarazada.

Todos la miramos con los ojos como platos.

—Por eso el agua —nos dice señalando nuestras copas de vino.

Con una lágrima ya recorriendo su mejilla, Jake se levanta y la abraza de un modo que no he visto nunca hacer a nadie jamás. Como si todo su mundo dependiera de ese abrazo. Flor llora de emoción, y Narel y yo volvemos a mirarnos, afortunados de formar parte de un momento tan especial.

—Sé que es muy pronto y que todo ha pasado muy deprisa… —reconoce Flor.

Jake la interrumpe:

—De pronto nada, Flor, tengo treinta y tres años y llevo toda la vida esperándote, me muero por ser el padre de tus hijos. ¡No me lo puedo creer! ¡Narel, tío, ya te vale!

Narel se levanta contento y abraza a Jake y yo, que llevo todo el rato que ha durado el discurso de Flor reprimiendo las lágrimas, no puedo más y me hundo. Lloro por todo lo que yo jamás viviré. Por todos los sueños que jamás cumpliré y por no poder ofrecerle a Narel algo igual. La pareja cree que lloro de emoción y Flor me da un fuerte abrazo. Narel apoya su mano en mi pierna, por debajo de la mesa, y me la aprieta para infundirme tranquilidad. Le doy la mano y me la besa con cariño. Me susurra: «Todo saldrá bien» y percibo que su mirada, por un segundo, se tiñe de tristeza. Jake y Flor siguen abrazados susurrándose cosas bonitas y Narel me da un beso suave en los labios.

—Yo también tengo algo que decir —dice Jake alzando su copa imitando a su novia—. ¿Recuerdas la casa en la que vivió tu abuela al lado de Wears Valley?

—Sí, claro, esa preciosa casa detrás del lago. La visité con mi abuela hace unos meses. Me enteré de que la habían vendido hace poco. ¡Una pena!

—Sí, sería una pena... —contesta Jake—. A no ser que quien la ha comprado esté sentado en esta mesa...

Flor pone cara de no entender nada.

—¿Cómo?

—Pues que la he comprado yo, cariño... Que sé lo importante que es para ti ese lugar, lo mucho que te gusta. Y cuando me dijiste medio bromeando que sería precioso ver crecer a tus hijos ahí, no lo dudé.

—¿En serio? —Flor se levanta con los ojos llenos de lágrimas y yo creo que voy a llorar de nuevo. Narel los mira primero a ellos con cara de orgullo, y luego me dedica una mirada cómplice.

—Sí, en serio. Es toda nuestra. Si quieres, claro.

—¡Claro que sí! No me lo puedo creer...

Qué bonito, por favor, me entra una pena terrible de nuevo al pensar que yo no podré hacer nada de eso. Ni comprar una bonita casa, ni quedarme embarazada, ni tener la vida que siempre soñé. Y la vida me parece injusta y cruel, pero es un momento tan dulce que me olvido de mí y me alegro por ellos. Me alegro de verdad. Me disculpo y voy al baño, estoy algo abrumada.

Me encierro por un segundo en el lavabo y miro a la chica que hay en el espejo. Como si no fuera yo. Los ojos enrojecidos y la mirada triste. Me lavo un poco la cara y trato de coger aire. Me digo que no debo autocompadecerme, pero es inevitable. Unos toquecitos en la puerta me sobresaltan.

—Aurora, soy yo... ¿Estás bien?

—Sí sí —miento.

—¿Puedo pasar?

Casi no me da tiempo de responder. Narel abre la puerta muy despacito y me encuentra ahí frente al espejo, sin fuerzas para salir.

—Lo siento… Quizá no ha sido buena idea.

—No, al contrario. Me encanta estar aquí, ellos son tan…, no sé, perfectos. Tan enamorados, tan uno para el otro y todo es tan bonito. Me siento afortunada de poder presenciarlo y emocionarme con ellos. Pero por otro lado, no puedo evitar… —Noto que la voz se me entrecorta.

—No sigas —me suplica Narel a la vez que me abraza.

—No, Narel, es la realidad… y no puedo negármela. Ya no tengo miedo, solo es rabia. Pena. Yo también quiero comprarme una casa con el amor de mi vida y también quiero tener hijos y hacer planes, ser feliz, disfrutar toda una vida. Y no voy a poder hacer ni una sola de esas cosas.

Narel me seca las lágrimas y me sujeta por ambos lados de la cara. Luego se acerca tanto a mí que una bandada de mariposas me invade el estómago.

—Estás aquí, ahora. Y estás conmigo. Te prometo, por lo que más amo, que serás feliz, que comprarás una casa y que tendrás hijos…

—Narel, por favor, no digas eso.

—Confías en mí, ¿verdad?

—Sí…

—Vale, pues hazme un favor, deja de pensar en eso. Como si no existiera, como si no fuera real.

Otra lágrima me corre mejilla abajo y Narel me besa los labios con cariño. Lo abrazo con fuerza y le susurro un «gracias» sincero y de corazón.

—¿Quieres que les diga que te encuentras mal?

—No, en absoluto, ya estoy mucho mejor. Déjame que me despeje un poco y voy. Lo estoy pasando en grande y presenciar cosas tan bonitas, aunque me dé pena por mí, me hace tremendamente feliz a la vez. Contradictorio, lo sé.

Nos reímos de mis complicaciones y me da otro beso, esta vez más pasional. Como por arte de magia, me siento mucho mejor. Le pido que me espere y volvemos juntos a la mesa.

Pasamos el resto de la tarde comentando curiosidades de los Estados Unidos, y Flor nos cuenta cosas típicas de España que nos sorprenden a todos. Siento mucha alegría por esta dulce pareja y les deseo lo mejor. Ha sido un verdadero placer conocerlos y que me hayan hecho partícipe de algo así. Nos cuentan que van a seguir su viaje hacia México y luego volverán a Nueva York para preparar la mudanza de Flor.

—Estáis invitados cuando queráis a pasar unos días en casa —nos dice Jake refiriéndose a su nuevo hogar.

—¡Oh, sí! Te encantará, Aurora, y me encantaría que me dibujaras cuando tenga más barriguita. ¿Te apetecería?

—Sí, claro. Me encantaría.

167

Y el mundo me parece precioso. Con o sin mí en él.

15

Ya es viernes, me dedico a arreglar varios asuntos puramente burocráticos como hablar con mi casero, cerrar un par de cuentas que tengo en el banco y hace meses que no uso. Buscarme un buen abogado para temas más complicados, poner en venta mi estudio y mi coche y trabajar en mis dibujos.

Decido hacer una pequeña colección de sentimientos. En honor a mi madre, que siempre me pedía que dibujara lo que sentía. Así que voy a pintar lo que me transmiten las cosas que me emocionan. Me pasaré la próxima semana en la playa dibujando lo que me inspire el océano. Un océano nuevo que estoy descubriendo, un lugar que me aterraba y ahora me llama, me arrastra, me pide que me hunda en él, que me sumerja, que lo descubra.

Mañana llegan Cloe y John, me apetece mucho presentarles a Narel, pero con Mark aquí será complicado. No paro de dar vueltas a la idea de sugerirle a Mark que no hace falta que venga este fin de semana y cada vez me parece mejor idea. Pero por otro lado, me da rabia que lo pase con Thais. No me entiendo ni a mí misma, no entiendo cómo funciona mi cabeza, si yo a estas alturas estoy haciendo lo mismo con Narel.

Finalmente decido pensar solo en mí y dejar mi ego aparte. Olvidarme de con quién pasará Mark el fin de semana. Así que sin darle más vueltas lo llamo:

—Hola, cielo —contesta al segundo tono.

—Hola, Mark, ¿qué tal?

—A tope de trabajo y estresado. Con ganas de tener fiesta, la verdad.

Le noto agobiado, pero no me echo atrás.

—He estado pensando que, como este fin de semana vienen mis amigos, me gustaría pasar el máximo tiempo con ellos. Hace mucho que no los veo y me sentaría mal que vinieras y no hacerte mucho caso.

—Mmm... —Mark duda—. ¿Prefieres que me quede?

—Bueno, la verdad, como prefieras. Es solo que no quiero estar incómoda ni sintiéndome mal por dejarlos de lado a ratos para estar contigo, o al revés.

—No sé, cielo, tenía ganas de hablar contigo...

—Ya, pero con ellos aquí tampoco es plan, ¿no?

—Ya..., también es verdad. ¿Necesitas estar con ellos a solas y desconectar?

—No te lo tomes a mal, pero la verdad es que sí.

—Entiendo.

Lo noto raro, como disgustado. ¡Encima!

—No te enfadas, ¿no?

—No no, tranquila. Nos vemos la próxima semana, ya de aquí a nada, en un mes, tengo vacaciones y ya veremos cómo lo montamos. Tendremos mucho tiempo.

—Es verdad, no me acordaba. —Maldigo por dentro esos planes. No tengo ningunas ganas de pasar con él tres semanas. Pero bueno, aún queda un mes para eso—. ¿Pues nos vemos la próxima semana?

169

—Vale, cariño, pásalo bien. ¿Podemos hacer Skype esta noche al menos?

—Claro. Hablamos luego.

—Un beso, cariño.

—Adiós —le respondo seca y cuelgo de golpe.

Menudo peso me he sacado de encima. Resoplo y me siento aliviada. Sé que a Narel también le alegrará la noticia aunque él nunca me pediría nada similar. Me apetece que conozca a mis amigos como yo hice con los suyos.

Decido darle una sorpresa a Sam e ir a buscarla al colegio sin avisar. Llego antes que Narel, que tampoco sabe que voy, y me siento a esperar. Empiezan a aparecer los niños y distingo a Sam, que sale con su profesora. Me acerco a ellas.

—¡¡¡Chica triste!!! —grita Sam desde el otro lado del patio del colegio y corre a mis brazos como de costumbre. Trepa por mis piernas y me abraza plantándome un beso en la mejilla.

—Buenas tardes, soy Aurora, una amiga —le cuento a la profesora.

—Hola, encantada. Sam no para de hablar de ti.

—¿De veras? —le digo mirando a la pequeña.

—Lo siento, pero sin el consentimiento del padre no podemos dejar que se vaya con nadie.

—Oh, no, tranquila, espero a que llegue su padre. Solo quería saludarla.

—Genial. Lo siento, normas de seguridad —se disculpa amable.

Nos sentamos en los columpios a esperar y en menos de cinco minutos vemos llegar el cuatro por cuatro. Narel pone cara de sorpresa cuando se apea y nos da un abrazo a las dos a la vez. Y a mí, un beso en los labios por primera vez en público, cuando Sam no mira. Me quedo algo extrañada, pero me gusta. Le ha salido sin pensar, de modo automático. Se nota. Desde el día que nadamos con ballenas no hemos vuelto a estar a solas, ni hemos vuelto a tener un hueco de intimidad. Me entran unas ganas infinitas de pasar más ratos como aquel.

—He pensado que, si os apetece, podríais ayudarme a hacer una cosita hoy en casa. ¿Tenéis la tarde libre? —les propongo.

—¡Sí, papi, sí! —suelta Sam dando saltitos cogiéndome de la mano y mirando a su padre.

—Pues verás, pequeña, tu papi me contó que estaría más contenta si tirara cosas, trastos de mi casa que no uso y que solo me quitan tiempo, y he pensado que sería genial si os apetece ayudarme.

Narel entorna la mirada, entre asombrado y orgulloso, y yo le guiño un ojo a modo de complicidad.

—¡¡Sííí, genial!! Porque tu casa está llena de caca que hay que tirar.

—¡¡Sam!! No se habla así de las cosas de las personas —la corrige su padre.

—Mira, papá, me lo he estado callando todo este tiempo para que no me riñeras. —Alucino con esta niña—. Pero ya que se ha dado cuenta, pues hay que decir la verdad, siempre lo dices.

—Dios mío, esta niña me va a dejar sin amistades... —se disculpa Narel.

—No, si tiene razón. Gracias, Sam.

—Aurora. —Sam mira a Narel al pronunciar mi nombre en vez de «Chica triste» y nos reímos—. Tienes muchas cosas que podríamos donar a otras personas que las necesiten.

—Lo sé, por eso quiero que me ayudes. ¿Vamos?

—¡Sí! —vuelve a contestar entusiasmada.

Nos dirigimos a mi casa, totalmente decidida a dejar atrás todos esos objetos que en unos meses no servirán para nada y quedarme solo lo esencial para vivir el tiempo que me queda. Aunque Sam no lo entiende, sé que Narel sí, y aunque lo noto contento de que me una a su modo de vida, una parte de él está triste y se le entrevé en la mirada.

—¿Por dónde empezamos? —le pregunto con los brazos en jarras.

—Mmm… —Narel piensa—. ¿Qué es lo que más te agobia de la casa?

—La cocina, sin duda. Pero es que la tengo fatal, con platos acumulados de toda la semana.

—¡Pues manos a la obra!

Nos dirigimos a la cocina y Sam se muestra alucinada ante tal desastre. Como si fuera una ama de casa adulta. De las de antes.

—Papi, ¿podemos hacer como hicimos en casa?

—Hay que preguntar primero a Aurora qué quiere hacer con la vajilla.

—¿Qué queréis decir?

—Bueno, nosotros teníamos mucha vajilla, casi tanta como tú, y no teníamos a nadie a quien dársela, así que eso sí que lo tiramos.

—Oh, tirémosla. Es vieja, está picada y en mal estado.

—Genial. —Sam se frota las manos y se arremanga la camiseta—. ¿Bolsas para la basura, Chica triste?

Le extiendo un saco de cien litros, de los más grandes, y Sam me pide que se lo abra y lo sujete. Narel se apoya en el marco de la puerta un segundo a contemplar la escena.

—No sé si necesitaréis mi ayuda, os veo a las dos muy decididas. —Se ríe y me parece la persona más interesante que he conocido jamás.

Ahí, en mi cocina, tan inteligente, tan sexi, tan amigo…

—¿Por qué no has lavado estos platos aún? —me pregunta la pequeña.

—Pues por pereza y porque tengo limpios en el armario, la verdad. —Y para mis adentros me digo: «Y porque ahora mismo me importan un bledo la limpieza, la casa...».

—¡¡Pues a la basura!! —Eufórica, Sam coge todos los platos sucios y los lanza dentro del saco de basura, haciéndolos pedazos.

Alucino. Me parece la manera más rápida de deshacerme de la suciedad, las obligaciones innecesarias y el agobio.

Narel se tapa los ojos con la mano y se ríe a carcajadas. Yo ayudo a Sam. Nos deshacemos de todo. Esos platos, vasos y cubiertos sucios desaparecen, y en menos de un minuto la cocina queda despejada. No me duele en absoluto. De hecho, prefiero hacerlo yo a que lo hagan otros el día que ya no esté.

—¿Cuánta gente suele venir a tu casa a comer? —Narel se acerca a ayudarnos.

—Mmm, vosotros y un par de amigos como mucho.

—Entonces, haz como nosotros, cuatro cosas de cada. Cuatro vasos, cuatro platos y cuatro juegos de cubiertos.

—¡Guau! —respondo sorprendida.

Abro el armario donde guardo el menaje. Y me doy cuenta del poco valor que tienen las cosas materiales. Platos que siempre he odiado limpiar y que se me acumulaban en el fregadero por pereza, cada vez que tenía invitados. Todas las veces que me agobié viendo esa pila de vajilla y, ahora ante mis ojos, la liberación para siempre. Narel alucina con la cantidad de piezas que he acumulado.

—¿Preparada? —me pregunta Narel—. Ahora no te quedará otra que limpiar siempre el plato que uses porque no tendrás más para ir cogiendo.

—¡Estupendo!

173

Empezamos a tirarlo todo entre risas. Y me doy cuenta de que solo son objetos, de que no duelen, de que no los echaré de menos. Seguimos con las ollas, dejo solo una sartén y una olla para hervir. Los demás recipientes de mil medidas diferentes, a la basura. Lo mismo con todos los cucharones de madera y cuchillos, dejo los dos que son los únicos que uso y con todo lo demás llenamos tres sacos grandes de basura.

Miro mi nueva cocina, preciosa ahora, con cuatro utensilios ordenados y el fregadero libre de suciedad. Me siento como si me acabara de sacar otro peso de encima. Abro el agua para enjuagar una taza sucia que es la única que me he quedado porque me la regalo mamá y con la espuma le mancho la nariz a Sam, que como venganza pone las manos en el grifo y al apretar sale el agua en forma de aspersor a toda potencia contra mí y Narel, dejándonos empapados. Y así empezamos una guerra de agua salpicándonos y manchándonos con jabón como si fuéramos los tres de la edad de Sam, que no para de reírse, más feliz que nunca y superexcitada. Narel me abraza a modo de tregua porque nos hemos puesto las dos contra él y acabamos tirados en el suelo empapados los tres, retorciéndonos de risa un buen rato.

—¿Seguimos, señoritos? —les digo tratando de levantarme.

—Sí, señora —responde Narel contento.

Nos dirigimos a la habitación para cambiarnos de ropa y aprovechamos para empezar con mi armario. Le dejo a Sam una camiseta que le sirve de vestido mientras se seca su ropa. Yo me cambio también, elijo una camiseta holgada de tirantes y unas braguitas de bañador. Por si acaso. Narel se queda sin camiseta y con los tejanos.

—Vale, esto me va a costar, chicos —les aviso al contemplar mi ropa, los vestidos y accesorios que tanto me gustan.

—Es sencillo, elige lo que siempre usas. Imagínate que tienes que irte de viaje dos meses. ¿Qué cogerías?

Miro mi armario y empiezo a sacar mi ropa interior favorita, mis mejores vestidos y mis accesorios imprescindibles. Todo cabe en una pequeña maleta y al instante lo comprendo. Todo lo demás no lo necesito en absoluto. Sam se prueba un vestido de encaje corto que tengo, de noche, y unos tacones y juega a imitarme. Está hecha un bicho. Le pongo mis anillos para hacerle un *look* total y empieza a caminar arriba y abajo en plan sexi, o eso cree ella. Se para enfrente del caballete que tengo junto a la ventana, con el lienzo aún en blanco, y se pone a dibujar con las acuarelas sin pedir permiso.

Narel se acerca para pedirle que pare, pero le agarro la mano y lo freno con un gesto de «déjala», y nos quedamos al lado del armario viendo cómo la pequeña empieza a pintar con toda la mano llena de anillos que le bailan, los tacones y mi ropa. Nos quedamos embobados.

—Aurora, yo de mayor quiero ser como tú. —Sam nos sorprende con lágrimas en los ojos y me acerco rápidamente y me arrodillo a su lado.

—¿Por qué lloras, pequeña?

—Porque te voy a echar mucho de menos…

Miro a Narel buscando una explicación, sin dar crédito a la idea de que se lo haya contado. Pero Narel tiene la misma cara de asombro.

—¿Por qué dices eso?

—Porque las ballenas pronto volverán a irse. Y tendremos que irnos con ellas. Son nuestra familia, ¿verdad, papi?

Su papi se queda sin palabras y yo me siento aliviada. Por primera vez entiendo que esa va a ser mi gran excusa para separarnos sin tener que mentirle. Sencillamente, no le diremos nada, y ella creerá que es por las ballenas.

—Pero no pienses en eso ahora, pasémoslo bien... —Es lo único que puedo decir, y esta vez Narel no me ayuda.

—Pero para mí ahora también eres nuestra familia —me dice ella con lágrimas en los ojos y no puedo evitar emocionarme.

Le doy un fuerte abrazo y veo que Narel se da la vuelta y sale al pasillo. Imagino que emocionado también. Recuerdo lo que haría mi madre en un momento como este y decido tomar ejemplo.

—Y para mí también sois la mía. ¿Sabes qué? Mi madre, siempre que estaba triste, me hacía poner música alegre y bailar, decía que así se me olvidarían las penas. ¿Por qué no te quitas esos tacones, los tiramos a la basura, que son superincómodos y bailamos?

—Vale, ¡quiero bailar, papá!

Narel ha vuelto a la habitación, le sonríe y asiente.

Rebusco entre mis vinilos algo que pueda gustarles y me decido por *Fix my eyes* de For King & Country. La pongo a todo volumen y le tiendo la mano a Sam para que me siga. Las primeras notas empiezan a sonar y, al ritmo de la música, empezamos a bailar las dos, haciendo el tonto, tirándonos en la cama, y poco a poco le va cambiando la cara y acaba riendo como una posesa. Qué fácil es hacer feliz a un niño. Narel nos mira con una cara que solo un padre podría poner. Acabamos exhaustas. Saltando y bailando encima de la cama un buen rato.

—¿Ya podemos seguir con la limpieza? —nos pregunta él con cariño.

—Manos a la obra. —Sam le choca la mano a su papi y empezamos a poner la ropa que vamos a donar bien doblada en sacos grandes.

Nunca hubiera imaginado que me sentaría tan bien deshacerme de todas estas prendas, algunas aún sin estrenar. Sam me ruega quedarse con un pijama de Minnie

Mouse que iba a tirar y Narel bromea diciendo que no puedo tirarlo hasta que él no me vea con él puesto. Se lo queda Sam muy contenta y nosotros acabamos llenando dos sacos y medio grandes más. Muertos del cansancio, decidimos parar un rato. Tengo la sensación de que mi casa quedará vacía, pero qué va. Aún hay miles de trastos por el medio. Aprovecho que Sam está merendando en el porche para contarle a Narel:

—Este fin de semana vienen mis mejores amigos de San Francisco y me encantaría presentártelos. Son las otras dos personas que saben lo de mi enfermedad.

—Oh... —Vuelve a aparecer su faceta reservada—. Pues me encantará. —Se nota que lo hace por mí, pero sé que le gusta que yo quiera que lo conozcan.

—Le he pedido a Mark que no venga. Nunca hablamos del tema, pero...

—Puedes hablarme de él siempre que quieras. Si en algún momento me siento mal o me molesta, te lo diré seguro.

El modo que tiene de tratarme sigue sorprendiéndome y agradezco de todo corazón que me lo ponga tan fácil.

—Pero antes quiero presentaros a alguien muy especial también.

—¿A quién?

—Ven.

Lo cojo de la mano y lo arrastro hasta el porche, le pido a Sam que venga también y nos dirigimos al precioso jardín lleno de flores de Esmeralda. Llamo a la puerta y en menos de medio minuto ahí está ella. Con su preciosa pamela de paja enorme, saliendo por la puerta.

—Menuda sorpresa, Aurora, ¿quién es esta niña tan pequeñita?

Sam no puede morderse la lengua y salta.

—Señora, igual que su gorro no es pequeño, yo tampoco. —Una vez más me deja sin habla y Narel resopla.

A Esmeralda le encanta.

—Vaya vaya, una jovencita muy inteligente. Perdona, que ya veo que eres mayorcita. ¿Me das un abrazo fuerte? Me llamo Esmeralda.

Sam se lanza con delicadeza a sus brazos.

—Te quería presentar a su padre, Narel. —Él le da dos besos con educación—. Y a la pequeña Sam. Son nuevos en el pueblo, él es el nuevo guardafauna. Están siguiendo a unas ballenas que vienen de Australia.

—Sé de dónde vienen las ballenas, jovencita. Llevo toda una vida aquí, viviendo cerca de ellas y observándolas.

Me doy cuenta de que Esmeralda y yo nunca antes habíamos hablado de ballenas, ni de animales, ni del océano, y me sorprende pensar el mundo interior tan grande que tiene cada persona. Y la cantidad de facetas con las que te puede sorprender.

—Me encantan —continúa mi vecina—. De hecho, decidí comprar esta casa porque se ven a lo lejos cuando migran.

—¿De veras? —pregunto extrañada porque nunca las he visto.

—Sí, la señora tiene razón —comenta Narel.

—¡De señora nada, guaperas! —le suelta Esmeralda divertida—. Llámame Esmeralda, si eres tan amable.

—Por supuesto, Esmeralda.

Sam coge la mano de Esmeralda y le pide si puede darle unas galletas, que tiene hambre. Tiene un morro que se lo pisa, aunque debo admitir que el olor a galletas recién horneadas de la señora Esmeralda tienta a cualquiera.

—Adelante, adelante, os traeré un poquito de limonada y unas galletas.

Hay tanta confianza que no voy a negarme por educación. Así que entramos y disfrutamos con ella de una breve charla sobre su niñez en la bahía de Monterrey.

Nos cuenta que una vez de pequeña estaba en alta mar con su familia y que su barca volcó por culpa de unas olas, y hasta que no lograron ponerla de nuevo bien, estuvo ahí flotando con varios delfines alrededor. Y afirma que fue el momento más intenso que ha vivido.

—¿Y su marido? —se interesa Sam.

—Pues verás...

Narel la interrumpe:

—Sam, cielo, no se pueden hacer preguntas tan personales a la gente.

—Papá, tú siempre me has enseñado que si no sé algo, debo investigar.

Su padre pone los ojos en blanco y yo me meo de la risa.

—Vale, hija, lo que tú digas.

—Deja a la niña, me gusta mucho que me pregunten por él. Se fue al cielo hace cinco años y ahora es como mi ángel de la guarda. Cada día hablo con él.

De nuevo algo que no sabía, jamás he sacado el tema de su marido en los cuatro meses que hace que somos vecinas.

—¿Y lo puede ver? —vuelve a la carga Sam.

Rezo para que no le mienta y le cree un mundo de fantasías, pero Esmeralda es muy lista.

—No, cielo, solo está en mis recuerdos.

—Oh, pues puede hablarle a una foto suya, si quiere.

—¡Qué buena idea! Eso haré a partir de ahora. Gracias, bonita.

—Y eso de ahí ¿qué es? —Sam, no hay quien la detenga, señala la mesa con el material para hacer figuras de cerámica y barro, y a Esmeralda le cambia la cara.

Cómo se nota que le ha dado fuerte ahora con la escultura.

—¿Te gustaría probar? Tengo que hacer un pote para Aurora, ¿me ayudarías?

179

—Papi, ¿puedo?

—Si no es molestia para Esmeralda...

—Vamos, vamos, te enseñaré cómo se hace.

Sam y Esmeralda se sientan a la mesa de trabajo y, con el cariño de una abuela, Esmeralda le empieza a explicar a Sam cómo se trabaja el barro, le moja las manos y empiezan a modelar un bloque. La niña está emocionada y se olvida de nosotros, incluso de hablar. Narel y yo las contemplamos sorprendidos del buen equipo que han hecho en apenas media hora.

—Si queréis, id a casa, tranquilos. Cuando acabemos, la llevo.

—Sí, papá, quiero quedarme a hacer figuritas.

Narel me mira buscando mi aprobación.

—Cómo queráis. Esmeralda es una abuela estupenda. Tiene dos nietos preciosos —le digo tratando de transmitirle confianza a Narel—. Lo pasarán genial. Nosotros podemos seguir con la misión de hacer de mi hogar un hogar habitable —bromeo.

—De acuerdo, pequeña, para cualquier cosa estoy en casa de Aurora, ¿vale?

—Vale, Capitán Ballena —contesta Sam sin hacernos mucho caso.

16

Volvemos a la habitación para bajar las bolsas de ropa al salón cuando Narel me sorprende. Coge mi mano entre las suyas y me la acaricia. Hace días que no tenemos un momento de intimidad y me moría de ganas. Le doy un fuerte abrazo sincero y él me acaricia la melena. Lo guío hacia el tocadiscos, quiero hacerle el amor por fin. Aún no lo hemos hecho nunca, aunque en el océano estuvimos a punto. Voy a hacer que suene música de fondo. No es que sea ñoña, es que quiero que sea especial. Como él.

Elijo *Drowning shadows* de Sam Smith. Una canción preciosa y superromántica. Tiro de él hacia mi cama y me siento. Él, de pie frente a mí, me mira a los ojos. Después de nuestro arrebato acuático se ha controlado mucho y ha sido siempre muy dulce. Pero me apetece desatar toda la pasión que él me provoca y no tengo miedo a nada. No tengo miedo a que me juzgue, ni a que me malinterprete. Solo quiero sentirlo. Sentirlo intensamente. Así que le subo un poco la camiseta en una súplica para que se la quite. Mi mirada queda a la altura de su abdomen. Miro hacia arriba en busca de sus ojos.

Sentada en la cama, con las piernas entreabiertas, y él con su torso ya desnudo entre ellas. Empiezo a acariciar su cuerpo musculado: su piel, su tacto, su olor, esa mezcla a fresco y salado, y no puedo evitar recorrer su abdomen a besos. Narel echa la cabeza hacia atrás tratando de controlar las ganas, se agacha un poco para quitarme la camiseta y yo le desabrocho los pantalones y lo ayudo a que se deslicen hasta acabar en el suelo.

Nunca en mi vida había visto un cuerpo tan perfecto, sin exceso de musculación, se nota que es por la natación. Beso su piel bronceada y me entran ganas de recorrerlo entero a besos. Sigo, cada vez con más intensidad, pasando mis labios por sus caderas, por su pecho, y con un mezcla de curiosidad y confianza, poso mi mano encima de sus calzoncillos y siento su erección bajo la tela. Lo acaricio suavemente, como hizo él en el mar, y Narel suspira fuerte mientras me enreda el cabello. Su caricia se convierte en una súplica para que siga. Agarra con más fuerza mi melena, me da un pequeño tirón que me excita y sin apenas esfuerzo se agacha y me coge para levantarme y sentarme en sus caderas mientras lo rodeo con las piernas. Él de pie y yo en su regazo, aprieta con más fuerza y me besa, con toda la pasión reprimida de estos días. Siento cómo presiona su cuerpo contra mí y está tan duro que me entran unas ganas locas de hacerle mío.

Nos besamos durante unos segundos más antes de tumbarnos de un salto en la cama, todo se acelera, empieza a besarme el cuello, el pecho, las caderas, me lame, todo a la vez, y cada vez más y más excitada le suplico que lo haga, que me haga suya. Narel se muerde el labio y yo no puedo parar de sentir sacudidas de placer. Me desnuda con fuerza tirando mi ropa interior al suelo y poniéndome encima de él sin apenas darme cuenta. «Mandas tú», me susurra. Me excita y empiezo a besarle con más pasión mientras con su mano me recorre los pechos y baja, despacio, hacia mi entrepierna y acaricia mi zona más íntima. Cuando lo hace siento que voy a dejarme ir. Y entonces le quito los calzoncillos, aún encima de él, y me tumbo sobre su cuerpo para sentir ese calor que irradia su piel. Su miembro erecto en mi vientre me hace desearlo aún más. Me mira a los ojos por un momento y me susurra: «Eres increíble, me encantas». Yo no puedo más que temblar pero reúno energías para volver a sentarme encima de él, y en un acto de pasión siento cómo entra en mi interior y me sorprende su embestida, suave pero intensa. Y ya no puedo evitarlo, me empiezo a mover con suavidad sintiendo tanto placer que no me cabe en el cuerpo.

Narel me agarra de las caderas y me ayuda a moverme arriba y abajo al ritmo que él desea y creo que voy a enloquecer. Lo siento tan dentro de mí que por un instante incluso duele, pero es ese dolor/placer que te obliga a seguir y a pedir más.

Con un movimiento limpio, se da la vuelta quedando encima de mí. Para de moverse por un segundo y suspira: «Aurora…». Le tapo la boca para que no hable. Por miedo. Por no estar a la altura de sus palabras. Por lo que sea. Y le pido que siga.

Narel vuelve a moverse, esta vez al ritmo de la música, como si esta estuviera ahí para hacer nuestro acto más perfecto si cabe. Más armónico. Es tan profundo lo que siento que me doy cuenta de que nunca había deseado a nadie así en mi vida. En cada embestida me besa. Me acaricia. Su respiración se mezcla con la mía, jadeo sin poder evitarlo, jadeamos al unísono, como si intercambiáramos aliento. Gimo flojito mientras me muerde el cuello con delicadeza. Escalofríos. Orgasmo. Me pide que me deje ir, que disfrute. Es tanta mi excitación que, solo de oírlo, solo el roce de su aliento en mi oreja hace estallar una ola de placer que me lleva al orgasmo junto a sus palabras, por segunda vez. Justo al instante, él se estremece y llega al orgasmo conmigo. Casi a la vez. Y ambos jadeamos y reímos. Enamorados, empapados y agotados. Lo abrazo, aún desnuda debajo de él, mientras me besa el cuello. Plenitud. Fuegos artificiales y calma.

—No tienes ni idea de lo que significas para mí...

Le tapo la boca con la mano de nuevo y me la besa como si fueran mis labios. No quiero que diga nada, no quiero llorar ahora, necesito seguir aquí abrazada a él para siempre. En silencio. Respiro hondo y le contesto:

—Tú para mí también...

Ahí nos quedamos, abrazados durante diez minutos mientras con sus dedos dibuja mil formas en mi espalda.

—Bendita vecina tienes —bromea al recordar que Sam está con ella.

Nos reímos como dos chiquitos que acaban de cometer una travesura y nos empezamos a incorporar por si llegan Esmeralda y Sam. Antes de acabar de vestirnos, me dice:

—De verdad, Aurora, que eres una pasada. En todos los sentidos. ¡Eres única!

—¡Anda ya! Será que estás enamorado —me atrevo a soltarle en broma.

—Hasta los huesos —me contesta honesta y directamente.

Y no puedo evitar dar un salto de nuevo a sus brazos y trepar hasta sus caderas volviendo a quedarme sentada en su cintura, y lo beso con tanto cariño como si fuéramos una pareja. ¿Acaso eso es lo que empezamos a ser?

—Creo que no eres el único... —le confieso algo temerosa entre beso y beso.

Y ahí estamos. Tontos, abrazados, entre besos y enamorados.

Siempre he pensado que el enamoramiento puede surgir en un encuentro de diez minutos, en el primer segundo de una conversación o al año de estar con alguien. Así como el amor sí que tarda, el enamoramiento, esa pasión, puede surgir en el momento menos esperado. No hay tiempos, no necesitas conocer a la persona. Sencillamente se siente. Lo sabes. Amar, sin embargo, sí conlleva tiempo, convivencia, y no siempre viene precedido por la pasión del enamoramiento. Tantas personas que se aman pero nunca han estado enamoradas. Curioso esto del amor. A veces sucede tan deprisa, y a veces pasan años y nunca logras sentir un ápice de pasión.

Nos vestimos sin prisa y con más complicidad que antes si cabe.

Preparo algo para cenar, ya son las ocho de la tarde, mientras Narel me ayuda a bajar bolsas y cargarlas en mi coche. Sam debe estar al caer, aunque conociendo a Esmeralda y lo mucho que echa de menos a sus nietos, que viven lejos y vienen poco, le habrá hecho ya la cena seguro. Me juego el cuello.

—¿Estará bien Sam? —me pregunta él sin mucha preocupación.

—¡Bien es poco! Pero vamos a buscarla ya.

Nos dirigimos a casa de Esmeralda y, como me temía, Sam está frente a la tele comiendo empanadas de champiñones y bebiendo zumo de naranja. Nos cuentan lo bien que lo han pasado juntas. Sam se levanta y me trae un paquete envuelto. Me sorprende con un precioso pote de cerámica que aún está algo húmedo, de color verde y amarillo. Lo cojo con cuidado. Es precioso.

Le damos las gracias a Esmeralda y volvemos a casa.

Él y yo cenamos algo rápido en el porche mientras Sam

nos cuenta las técnicas de la cerámica. Ya son las doce de la noche y de repente me viene a la mente que es la hora a la que suele llegar Mark, y aunque le pedí que no viniera, me entra inseguridad por si decide presentarse por sorpresa. La incomodidad se apodera de mí y tras cinco minutos ausente, dándole vueltas, Narel me pilla.

—¿Te encuentras bien?

—Sí sí… Es que a esta hora suele llegar Mark cada semana.

—Ya entiendo —me interrumpe pensando que quizá lo echo de menos.

—No, Narel, para nada es lo que piensas, es solo que he pensado que podría venir por sorpresa y me he sentido un poco incómoda…

—Cierto, sería algo difícil de explicar si nos encuentra aquí. Pero no quiero separarme de ti aún… ¿Te apetece venir al faro? Y tomamos un copa de vino o algo frente al acantilado.

La idea me encanta.

—Sí, mejor. Estaré más cómoda.

Voy a la habitación a cambiarme de ropa; es lo que tiene la costa, por la noche hace frío. Cojo el móvil y veo que tengo cinco perdidas y dos llamadas de Skype. Son de Mark. «Mierda, se me ha olvidado su Skype». No quiero que se preocupe y le mando un wasap.

> Aurora: Me he quedado dormida en el sofá viendo una serie. Perdona por no haber podido hacer Skype. Te llamo mañana. Buenas noches.

Mentirosa, fría y distante. Por más que él me mienta, yo no estoy acostumbrada a hacerlo y no me gusta. Pero intento no pensar en ello. Meto el móvil en el bolso y bajo rápidamente junto a Sam y Narel, que ya están en el cuatro por cuatro esperándome.

Nos dirigimos al faro por la carretera que recorre la costa. Hoy hace una noche preciosa. La brisa es fresca pero suave y el mar está en calma. Descubro que hay luna llena y disfruto del corto trayecto asomada por la ventanilla. Sam duerme en el asiento trasero y Narel no pronuncia palabra. Suena *Incomplete* de James Bay en la radio mientras cada uno estamos inmersos en nuestros pensamientos.

No tardamos en llegar, acostamos a Sam en su cuarto y Narel me invita a tomar una copa de vino sobre el acantilado, frente al faro, con un par de cojines para estar más cómodos y algo para hacer un poco de fuego para alumbrarnos y dar un poco de calor. La noche sigue tranquila. Enciende una pequeña hoguera en menos de un minuto y nos sentamos a contemplar el mar y el precioso dibujo de luz que traza la luna en su superficie.

—¿Sabías que en sueco existe una palabra, *mangata*, que significa «río de luz que la luna proyecta sobre el mar»? —digo señalando el que tenemos frente a nosotros.

—No lo sabía —contesta Narel mientras me rodea con sus brazos, sentado a mi lado.

—Y solo existe en ese idioma.

—Es como tú.

—¿Qué? —lo miro extrañada.

—Que también eres intraducible en una sola palabra. —Y me besa.

—Qué panorámica tan maravillosa...

Con los pies casi colgando del gran acantilado, completamente a oscuras salvo por el débil reflejo del fuego y con el faro a unos cincuenta metros a nuestras espaldas, con el océano ante nosotros y un cielo tan despejado que las estrellas parecen poderse tocar, le hablo sobre mi infancia:

—Si de algo sé, es del cielo. De pequeña siempre íbamos al lago a mirar las estrellas y su reflejo en el agua.

—Tu madre debía ser muy especial.

—Lo era. —Me emociono un poco al recordarla—. Me enseñó tanto del cielo... No me llamo Aurora por casualidad.

—Nunca he visto una aurora boreal —confiesa Narel.

—Pues tenemos que verla juntos —le propongo abrazándome a él—. Apúntalo en tu lista.

—Apuntado. —Sus ojos brillan en la oscuridad—. ¿Sabías que los cetáceos siempre han ejercido una inexplicable atracción sobre los humanos y desde hace ya varios años, los testimonios de curaciones y cambios en las personas que se han acercado a ellos son múltiples? Tienes suerte de vivir cerca de ellos.

—No creo que ellos puedan salvarme.

—Pues yo sí. —Ahora detecto inocencia en sus ojos—. ¿Te atreverías a nadar? —me dice señalando la playa.

—¿Ahora? —le contesto—. ¡Estás loco!

La luna llena ilumina el mar, y parece que haya luces ahí abajo. Es muy mágico. Y están cerca hoy.

—¿Nadar como la otra vez?

—No, solo nadar a su lado sin bajar al fondo con ellas. Vamos —me dice mientras se incorpora.

—Narel...

—No tengas miedo.

Me dejo llevar, una vez más. El miedo desaparece cuando me tiende la mano. Sam duerme plácidamente. Coge una especie de *walkie-talkie* con el que poderse comunicar con Sam si despierta. Apagamos el fuego y bajamos iluminados solo por la luz de la gran luna. Es increíble cómo, cuando estás lejos de la civilización, alumbra tanto. Tocamos el agua con los pies cuando Narel me sorprende:

—Desnúdate...

—¿En serio?

—Totalmente. El frío solo durará unos instantes.

Entorno los ojos dudando, pero enseguida le hago caso. Me apetece cometer locuras con este hombre.

El frío me sacude un instante al salpicarme una ola y se me eriza la piel de todo el cuerpo. Lo siento desnudo, a oscuras, solo iluminado por el reflejo plateado. Él también se quita la ropa. Y aquí estamos, desnudos, expuestos, con el alma entre las manos entregándonos al océano.

Vuelve a cogerme de la mano y da un paso hacia el agua. Nadar de noche es algo que no he hecho en mi vida, ni pensé que haría jamás, pero de su mano, me atrevo a todo. Empezamos a adentrarnos en el mar y descubro que el fondo se ve con claridad gracias a la luna de hoy. En menos de veinte segundos el agua nos llega casi hasta el cuello y le aprieto fuerte la mano. Me abraza y vuelvo a enredarme en su cintura. Nos abrazamos y nos hundimos un momento para mojarnos el pelo. Tirito, pero enseguida me acostumbro a la temperatura del agua y dejo de tener frío. Abrazada a él, echo la cabeza hacia atrás, mirando al cielo.

Las estrellas brillan tan bonitas... Puedo ver varias constelaciones que conozco bien y me siento fuera de este mundo. Como si estuviera en uno paralelo en el que las cosas feas y tristes quedan lejos. Nos besamos mientras damos vueltas despacio sobre nosotros mismos, acompañados por el movimiento de la marea. Nuestros cuerpos desnudos en el agua, mis pechos firmes por el frío. En medio de este océano inmenso, rodeados por acantilados, ballenas y el cielo más estrellado que he visto jamás. Sobran las palabras, y de pronto Narel da unos golpecitos en el agua con la mano, al principio no entiendo nada pero, al verlo cómo mira hacia el horizonte, entiendo que está llamando a las ballenas. Me cuelgo de su cuello y pego al máximo mi cuerpo desnudo al suyo. Sintiéndome completa. Narel se separa de mí muy lentamente. Me deja sola y me susurra:

189

—Esto te va a gustar, confía en mí.

Y una vez más ahí estoy, fuera de mí, confiando en este hombre. Empieza a nadar mar adentro.

—Sígueme.

Nado sin pensar en nada más que en mi piel en contacto con el agua salada, sin perder de vista a Narel. Casi a oscuras. Ya no se ve nada del fondo por la profundidad, no hago pie, nos estamos adentrando mucho y me entra un poco de miedo, de inseguridad. Respeto lo desconocido. Pero los perfiles aún se distinguen perfectamente. Empezamos a bucear en el oscuro océano y me permito por primera vez sentirlo por mí sola. Sin Narel agarrándome, me veo poderosa, me siento valiente, flotando en este inmenso lugar. Hace rato que no toco fondo y solo floto, buceo, sigo a Narel. Sé que está buscando a la ballena del otro día, pero parece que no viene.

190 Pasamos varios minutos más nadando y adentrándonos cada vez más y más. Me olvido de todo el mundo y cada vez veo la costa más y más lejos. Nos hemos adentrado bastante. Narel nada delante y de repente, a lo lejos, detecto una sombra inmensa que se acerca hacia nosotros. No lo esperaba en absoluto, no así, apenas distingo lo que es. Estamos tan lejos de la costa que, si es algún animal peligroso, no podremos volver a tiempo. Es el primer pensamiento que me viene a la mente.

Narel se sumerge hacia el fondo y la enorme ballena, ahora ya puedo distinguirla, se acerca a mí. Pierdo a Narel de vista. La majestuosidad en los movimientos del bello animal me hipnotiza. Me quedo paralizada, viendo cómo se acerca. Cada vez más cerca. Más rápido. Mi instinto de supervivencia se alerta y retrocedo despacio. El corazón me sube a la boca y por un instante creo que me está mirando directamente. Busco el único ojo que alcanzo a verle desde mi posición, levita a mi lado sin apenas moverse. Sigue mirándome con su enorme ojo. Oscuro. Pero con esta luz brilla de un modo único.

Me estremezco con un escalofrío. Me olvido hasta de Narel. Estar en el punto de mira de un titán así no es algo que te deje indiferente. Aún con algo de miedo, hay una extraña conexión que me invita a establecer una especie de danza marina con ella. Cojo aire y empiezo a nadar hacia la ballena. Se mueve a mi lado, como si lo entendiera, como si quisiera nadar conmigo, y ahí estamos, meciéndonos con las corrientes acuáticas y los rayos de la luna llena. Con cientos de burbujas que nos envuelven. Me dejo llevar por este mágico baile. Todos mis sentidos están conectados a este lugar. Al océano. A esta criatura majestuosa.

Entonces me doy cuenta de que la pequeña cría está al otro lado de su cuerpo, pegada a ella. Es Apanie de nuevo. Decido hacer lo mismo que le vi hacer a Narel. Levito y dejo que se pegue a mí y me lleve, por un instante yo y su cría somos una, y casi sin tocarnos, solo con la fricción de nuestros cuerpos, nos deslizamos juntas por el agua. Me siento renacer, como si fuera un embrión en el vientre materno, tan protegido, tan arropado, envuelto en líquido amniótico, y entiendo de un modo revelador el amor que siente Narel por esta criatura.

Busco su mirada de nuevo y ahí está. Implacable. Es como si toda la energía del océano me mirara directamente a los ojos. Y no puedo más que emocionarme. Me siento diminuta. Imprescindible. Insignificante y miserable. Miserable por no tener ni idea de cómo mi día a día afecta al mar. A los océanos, al aire, al planeta Tierra. ¿Cómo podemos ser tan egoístas y tan egocéntricos? No te das cuenta de esto hasta que el océano te mira a los ojos. Como lo está haciendo conmigo a través de esta preciosa ballena. He entrado en otra dimensión, no solo de conciencia, también de modo de vida. Ojalá hubiera aprendido todo esto antes. Y tuviera más tiempo para vivir en coherencia con la naturaleza.

Veo a Narel aparecer desde el fondo del océano. Junto a otra ballena, está nadando con ella por el fondo y me ha dejado aquí para que pudiera hacer la conexión. Se acerca, ve mis lágrimas y le aseguro que son de emoción. Me agarra la mano y aquí, a flote, soy parte del universo. Una más, en igualdad de condiciones, con todas las criaturas que habitan el planeta. Igual de frágil e indefensa, pero a la vez, igual de poderosa. Y deseo ser pez en otra vida, tiburón, delfín, ballena, orca. Sigo maravillada por el modo en que este enorme animal me ha mirado y todo lo que me ha transmitido. Su amor por su cría, su hábitat. Todo. Grandioso. Indescriptible y, como bien dijo Narel, acojonante.

192 —Siempre que vuelvas a nadar sentirás que ella está ahí, vigilándote desde las profundidades, cuidando de ti. Eso decía mi abuelo que pasa cuando conectas con una ballena.

—Ojalá así sea —le contesto aún emocionada.

—Volvamos.

El grupo de ballenas ya se aleja y estoy segura de que Apanie formará parte de mí toda la vida, como si fuéramos amigas, como quien ama a su perro. Trato de imaginar las emociones de Narel, que lleva nadando a su lado durante tantos años, tanto cariño y tanta conexión. Aún no asimilo lo que acaba de pasar.

Narel me pide que me apoye en sus hombros para no cansarme y nadamos juntos hacia la orilla. Coge rápidamente el *walkie-talkie* para comprobar que no hay ningún mensaje y que Sam duerme plácidamente. Apenas hemos estado veinte minutos, pero para mi sorpresa, ha sido como si el tiempo se detuviera por primera vez en mi vida. Y me parece una paradoja del destino que mi enfermedad, la que va a acabar conmigo, tenga síntomas similares a la deshidratación. Cuando lo que acabo de hacer es fundirme en el agua. Hidratarme. Pienso que la vida tiene maneras extrañas de manifestarse, de ocurrir y de fluir. Y por un segundo, la idea de que el océano pueda salvarme, se cruza entre mis pensamientos. «Ojalá», pienso incrédula.

Nos vestimos con el cuerpo aún húmedo y volvemos al faro de la mano, casi en silencio. No puedo dejar de sonreír. Mi larga cabellera pelirroja me empapa la espalda y comprendo que la vida tiene sentido gracias a momentos como este. Porque hay momentos que encierran más vida que muchos años juntos.

—Gracias.

—No me las des —contesta Narel.

—Sí, sí te las doy. Y hoy por hoy, eres lo único que me hace estar viva.

Aprieta mi mano a modo de respuesta y entramos en casa. 193

Mientras va a comprobar que Sam esté dormida me quedo en el comedor, reflexionando en que nunca he sido la clase de persona que cree que se necesita una pareja para ser feliz, ni que mi vida dependa de un chico, o del amor. Siempre he sido independiente y autosuficiente. Y no es que ahora haya dejado de serlo y dependa de él, de que esté a mi lado, me llame o nos veamos. Es solo que he descubierto que estar al lado de la persona adecuada, no es que te complete, porque uno puede estar completo estando solo, pero sí suma. Te suma. Y eso enriquece siempre. Ayuda a que tu propia felicidad se multiplique. No porque él sea el causante, sino porque las dos felicidades se unen. Y las emociones parecen más grandes. Más fuertes.

—¿Te apetece quedarte a dormir? —me pregunta con cuidado para no importunarme mientras aparece con un vaso de agua y me lo ofrece.

—Me encantaría… ¿Podemos tumbarnos un ratito más fuera?

—Podemos dormir fuera si quieres. Cuando hace calor, Sam y yo lo hacemos. Los sofás del porche son grandes. ¿Te apetece?

—Sí —contesto entusiasmada.

Nos tumbamos enfrente del faro contemplando las estrellas, y una vez más el paisaje virgen me abruma. Me apoyo en su pecho tan emocionada que apenas puedo pronunciar palabra mientras Narel me acaricia el pelo húmedo y enredado. Entre beso y beso nos quedamos dormidos.

17

*L*os primeros rayos de sol del día me molestan en la cara y con gran esfuerzo logro abrir los ojos, hay demasiada luz. Recuerdo que anoche decidimos dormir fuera y caigo en la cuenta de que debe ser muy temprano. Miro a mi alrededor y veo a Narel aún dormido apoyado en mi regazo, me muevo con mucha delicadeza para no despertarlo y decido entrar al baño y echar un vistazo a Sam. No tengo ni idea de qué hora debe ser pero dudo que sean ni siquiera las siete de la mañana.

Entro de puntillas y me sorprende la imagen de Sam en la cocina preparando unos panecillos con mermelada. La miro con asombro mientras me saluda enérgica:

—Buenos días, Chica ya no tan triste.

—Pero bueno, ¿qué haces despierta a estas horas? ¿Y es ese mi nuevo nombre?

—Sí, es ese, porque ya no te veo yo tan triste. Te dije que las ballenas curaban.

Me río mientras me acerco para cogerla y darle un beso de buenos días.

—Mmmm, y esto tan delicioso, pequeña, ¿qué es?

—Os he pillado que te has quedado a dormir y os habéis escondido fuera. Pero os he visto y quería daros una sorpresa con el desayuno.

—Vaya, te he estropeado la sorpresa.

—Pues sí, Chica ya no tan triste, sí... —me contesta con cara de fastidio.

—Vale, disculpe, disculpe. ¿Puedo ir al baño y vuelvo a hacerme la dormida?

—Pero rapidito, ¿eh?, que la mermelada se estropea.

—Sí, señora. —Le hago un saludo con la mano como si fuera una teniente y corro hacia el baño.

Narel aún duerme a pesar del sol en su cara. «Qué suerte tienen algunos», me digo, aunque imagino que estará acostumbrado a dormir así. Me tumbo a su lado y le doy un beso suave para despertarlo. Abre los ojos con pereza pero se incorpora de inmediato para ir a ver a Sam.

—¡Espera! —le digo mientras tiro de su brazo—. Sam ha preparado una sorpresa para nosotros. Hazte el dormido.

—¿Ya está despierta? ¿Qué hora es?

—Pues son las siete y diez de la mañana.

—¿Y a qué hora llegan tus amigos?

—Ostras, me he olvidado por completo. ¡Tengo que escribirles!

—Pues ahora hazte la dormida, que está Sam en la puerta espiando a ver si estamos despiertos.

Nos reímos y nos tumbamos para disimular. Narel me abraza y me da cobijo. Oímos la puerta detrás de nosotros.

—¡¡¡Buenos díaaaaaaas!!! —grita la pequeña con un plato lleno de tostadas con mermeladas de colores, la mitad rotas y con todos los bordes pringados.

Pobrecita. Con tanta ilusión que lo ha hecho.

—¡¡¡Ooohh!!! Sami, ¿qué es esto? —se hace el

sorprendido Narel desperezándose como si acabara de despertarse.

—Un desayuno sorpresa para los tramposos que no me avisaron de que podíamos dormir fuera —le reprocha Sam a su padre. Qué tierna—. Pero estoy contenta de que esté aquí la Chica ya no tan triste, así que por esta vez, te lo paso, papi —replica imitando las palabras de un adulto.

—Qué buena pinta, pequeñaja —le dice su padre contento.

—¡Mmmm, sí! —le digo y engullo una tostada sin pedir permiso—. Si me disculpáis voy a llamar a mis amigos, a ver a qué hora llegan.

Entro en la casa para escribir a John y Cloe pero antes contemplo la imagen de los dos desde el ventanal y me quedo perpleja. Me siento ilusionada y asustada. Tengo ganas de que lleguen John y Cloe y presentarles a Narel y a la peque. Cojo el teléfono y veo un wasap de Mark de hace diez minutos:

Mark: Te echo de menos, no estoy pasando por una buena racha. Pásalo bien este fin de semana.

En un primer momento siento tristeza, porque cada vez tengo más claro que lo mío con Mark ha llegado a su final. Ya apenas me apetece hablarle. No sé cómo voy a aguantar sin contarle nada. Pero por otro lado, una parte de mí recuerda todos los buenos momentos, todos sus detalles, y me obligo a pensar que es humano. Que quién soy yo para cuestionar sus sentimientos. Miro a Narel, está tan guapo cuando juega con Sam, y me doy cuenta de que no soy tan diferente a Mark como creía.

Aurora: Imagino que estarás agobiado. Tranquilo. Hablamos

pronto. Escríbeme si lo necesitas. Un abrazo, yo tampoco estoy pasando el mejor de mis momentos. Bueno, un besito…

Miro la pantalla y pienso que el tiempo es sabio y pone cada cosa en su lugar, no tiene mucho sentido que le dé más vueltas. Este fin de semana es para mí. Para nosotros. Veo que John me ha enviado un wasap avisándome que llegan a las diez de la mañana, así que quedo con ellos en casa para que dejen sus cosas.

Salgo junto a mi pareja favorita y sigo desayunando con ellos un ratito antes de irme. Ha sido una noche genial. Quedamos en vernos luego y comer todos juntos en el muelle y pasar la tarde en una playa que Narel conoce y que está deshabitada.

Llego a casa pasadas las nueve y media y con el desayuno aún en la boca del estómago. Al entrar me sorprende el nuevo estilo de mi hogar, por un momento había olvidado la limpieza y cambio que le dimos. Y antes de cerrar la puerta lo contemplo con calma. Todo está despejado, aunque en la puerta hay más de cinco cajas y diez bolsas XL más lo que cargamos en el coche. Pero se respira un aura diferente de paz y armonía. Decido arreglar un poquito todo lo que queda por el medio y limpiar rápidamente.

Tras media horita exhaustiva de limpieza, pongo incienso y un par de velas de mis favoritas. Oigo un coche aparcando en la puerta. Deben de ser ellos. Salgo descalza y aún sin haberme cambiado, con la ropa de ayer y el pelo enredado en un moño mal hecho.

—¡¡Chicos!! —saludo eufórica.

—Auroriii —me llama Cloe mientras John acaba de aparcar.

—¡Vaya viajecito me ha dado tu amiga! —refunfuña John.

Cloe hace un gesto de «No le hagas caso».

—¿Qué os ha pasado? —le pregunto intrigada. ¡Vaya par!

—Pues todo el viajecito con una música horrible... Pero de verdad, ¿eh?

—¡Anda ya! Tú, que eres un aburrido.

—Sí, será eso, reina... Hola, cariño. —John me da un abrazo fuerte y me doy cuenta de lo mucho que los he echado de menos. Siempre hemos estado muy unidos.

Cloe me sorprende con un ramo de margaritas blancas, mis favoritas. Siempre tan detallista.

—Gracias, amor, no hacía falta.

—Sí hacía falta, quedan preciosas en tu cocina, toda blanquita.

—Adelante y no os asustéis —les adelanto para que no les pille por sorpresa.

John, al entrar, se queda parado y Cloe está encantada mirando a todos lados.

—Pero ¿dónde está tu casa, Aurora? ¿Te han entrado a robar? —bromea John.

—Me encanta, menudo cambio. —Cloe le da un codazo para que se calle.

—Sí, lo necesitaba.

—Pero esto no será una despedida, ¿no?

—¡Nooo! —Como me temía, John imagina que he tirado cosas porque me voy a morir. Y aunque suene crudo y así sea, nada tiene que ver—. Para nada, John, cuando me muera, me encantará dejarte todas mis cosas para que te vuelvas loco recogiéndolas —bromeo para quitar hierro al asunto.

—¿Te has vuelto minimalista? —pregunta Cloe, muy enterada ella, remirando mis bolsas de basura y cajas.

—¿Vas a quedarte con algo? Quería esperar a tirarlo por si querías ropa o lo que sea.

—Pues no. Voy a hacerme minimalista yo también.

Estallo a reír.

—Tú ya lo eres, cielo, no te hace falta —le digo con cariño, pues siempre lo tiene todo perfecto—. La verdad es que Narel y Sam me han ayudado.

—Los vamos a conocer, ¿no?

—Si os apetece, podemos comer con ellos y luego ir a la playa. Me haría mucha ilusión.

—Sería genial —dice Cloe y John asiente.

Soso. Hombres.

—¿Él ya sabe…?

—Sí, todo. Lo de Mark, lo de la enfermedad…

—Buf… —John resopla, imagino que se pone en su piel y no es fácil.

—Porfa, ¿podemos disfrutar sin pensar en lo mío? De verdad que os lo agradecería mucho.

—Claro, cariño. ¿Nos encargamos antes de estas cosas? —dice Cloe señalando las bolsas de la entrada.

—Pues me haríais un favor.

—Manos a la obra —dice John dejando su equipaje en el sofá.

Tomamos un poco de zumo antes de empezar a cargar el coche y nos ponemos a ello. La ropa la dono toda a Cáritas, los objetos viejos y de poco valor los dejo en cajas al lado de un contenedor por si alguien quiere rebuscar y descubrir antiguas reliquias, y los muebles los llevamos a un gran almacén que se encarga de donarlos a familias con pocos recursos. La vajilla se la regalo a Esmeralda, que sé que le encanta.

Volvemos a casa pasada la una del mediodía y al entrar, ahora sí, sin bolsas ni cajas en la entrada y con el gran ramo de margaritas coronando la mesa del comedor/cocina americana, me parece más bonita que nunca. Sin nada por medio y con la cocina sin trastos al fondo. Impecable, sin un vaso ni plato fuera de sitio.

Me acaba de llamar Narel diciéndome que iban al muelle a pasear y que nos esperan ahí. Nos duchamos y cambiamos de ropa los tres y salimos hacia la playa. Vamos andando para desconectar de tanto coche. Hace un día soleado plenamente veraniego. Cloe está nerviosa por conocer al «famoso Narel», como ella le llama. Al adentrarnos en el muelle los veo sentados en el borde al final del todo y los señalo para que mis amigos sepan quiénes son.

—¡Hola! —les saludo tocando el hombro de Sam.

—¡Papiii, ya están aquí! —Sam, como si no me hubiera visto en días, me abraza por las piernas mientras me enseña unas patatas fritas que se está comiendo.

Narel se levanta para saludar educadamente con su preciosa sonrisa. Estrecha la mano de John y le da dos besos a Cloe. Tras un segundo de duda, lo saludo con un beso en los labios que deja a todos, incluido Narel, sorprendidos.

201

—¿Os apetece comer ya?

—Por nosotros, como queráis —responde Narel con gesto de agradecimiento por el detalle del beso.

—Sí, yo me muero de hambre después de la maratón de esta mañana —confiesa Cloe algo tímida.

—Sí, ya hemos tirado todas las cosas —le explico a Narel.

Me fijo en lo callada que está Sam y recuerdo las palabras de su padre cuando me dijo que ella no solía ser conmigo como es con el resto de gente. La miro y le guiño un ojo. Sam me saca la lengua y suelta la mano de su padre para coger la mía. Entramos en un chiringuito que hacen unos arroces de verduras deliciosos y nos sentamos al lado de la barandilla de madera que da a la playa.

—Aurora nos ha hablado mucho de ti —suelta Cloe para romper el hielo.

—¡Qué miedo!

—Oh, no no. Todo bueno.

Pedimos la comida y empezamos a contarle a Narel mil anécdotas de nuestra amistad. Como la de que John nunca recuperó a su exnovio pero, a cambio, ganó una amiga estupenda, o sea yo, para toda la vida. Y que Cloe es mi consejera sentimental.

Narel comenta con mis amigos detalles de su trabajo y yo explico la aventura en alta mar con las ballenas anoche. Ellos no dan crédito, como si no me conocieran. Me siento completa teniendo a mi lado a las personas más importantes en mi vida hoy por hoy. Y la verdad, se nos pasa la comida volando.

Vamos en la lancha a la playa desierta que conoce Narel, preciosa por cierto. Pequeñita pero con grandes rocas y un agua tan cristalina que parece el Caribe. Me siento afortunada. Sam juega a hacer castillos en la arena y nosotros tomamos limonada casera de la que me prepara Esmeralda, mientras debatimos sobre arte. Yo siempre llevo la contraria en todo, pero qué le vamos a hacer. Soy de gustos peculiares. John, Narel y Sam se van a bañar, Cloe y yo nos quedamos solas en las toallas.

—Nena…, ¡es increíble!

—¿El qué?

—Todo, cómo te mira, cómo sonríes, cómo te brillan los ojos, lo detallista que es, se le nota que quiere cuidarte, se le ve culto e inteligente. Y guapísimo. Pero guapo de los de verdad.

—O sea, ¿que hay guapos de mentira? —le pregunto muerta de risa.

—Ya me entiendes… John es guapo, pero guapo de mono. Narel es guapo de los de revista, de modelo.

—La verdad es que ni yo me creo nada de esto. Hace ya casi un mes que nos conocemos pero parece mucho más tiempo, hemos pasado tantos momentos…

—Qué fuerte lo de las ballenas... Eres otra, estás diferente.

—Pero ¿mejor?

—¡Por supuesto! Tenía un poco de miedo, te lo admito. No sé, pensé que podía ser un capricho, una ilusión... Algo a lo que aferrarte con todo lo que estás pasando. Pero es real.

—Sí, asusta, pero lo es. Anoche fue tan fuerte, tan increíble, tan... Me vi sola, en medio del mar, desnuda, nadando con seres grandiosos, con la única luz de la luna, suena a cuento, pero fue así, me sentí renacer, invencible... Más fuerte que nunca.

—No sabes cuánto me alegro. Os escuchaba contarlo y se me ponían los pelos de punta. Y la pequeña Sam, está contigo que es una pasada. Me alegro muchísimo. —Cloe me da un abrazo y al separarnos veo cómo se le cae una lágrima.

—Cloe... —le suplico para que pare.

—Es que estoy muy cabreada con la vida. Lo siento, no quiero sacar el tema, pero es una puta mierda todo esto. Es injusto y no quiero.

Nos volvemos a abrazar y trato de calmarla.

—Pase lo que pase, estoy feliz. Estoy viviendo al máximo y si te soy sincera, cada mañana me prometo vivir el día como si fuera el último. Porque uno lo será... ¿Sabes qué? Cuando me enteré de lo de Mark, quise morirme en ese mismo instante para no tener que afrontarlo. Pero ahora creo que fue una señal, un punto de partida, una experiencia puesta ahí para que abriera de una vez los ojos, para darme la oportunidad de sentir. Para darme cuenta de que ya no estoy enamorada de él. Tenía que enterarme de su infidelidad para salir, para querer cometer todas esas locuras que nunca he cometido y, de repente, ahí estaba Narel, como caído del cielo, para brindarme la ilusión de vivir mi última aventura. Mi último viaje...

203

Cloe no lo puede evitar y llora en silencio, sin aspavientos, conteniendo la emoción.

—Sé que será duro, especialmente con Sam por medio. Pero me es tan difícil frenarlo... Me he enamorado —le confieso un poco avergonzada por lo rápido que ha sucedido todo—. Ahora es como si cada emoción la viviera más intensamente. Como si fuera la última vez. Llevo veintiséis años viviendo sin darme cuenta. Un día más. Ahora, sin embargo, cada día es único y especial. Y sí, es una puta mierda, una putada, hablando mal. Pero jamás había saboreado tanto los momentos, los minutos, las personas. Y ¿sabes qué? Es lo que le prometí a mi madre. Sé que desde donde esté, ella me ha enviado esta oportunidad. Narel no es un tío cualquiera. Es especial. Y me siento agradecida.

»Aunque aún no sé cuándo, empezaré a empeorar pronto. Pero me he prometido que mientras no lo haga, voy a vivir. Así que no estés triste por mí, por favor. Solo alégrate, y disfruta conmigo. Ya vendrá el día de ponerse triste. Pero aún no. —Consuelo a mi amiga como si fuera ella quien tiene el problema y la veo sonreír un poquito—. Hazme un favor. Te quiero, y quiero que vivas cada día saboreándolo, como yo ahora, que esta «putada mía» sirva de algo, que te enseñe algo, que te haga un poquito más feliz. Que te haga afrontar la vida de otro modo. Prométemelo.

—Te lo prometo. —Se seca las lágrimas.

Descubro a John detrás de nosotras escuchándolo todo, emocionado. Me acaricia la mejilla y vuelve al agua para no interrumpir nuestra conversación, que retoma Cloe, más calmada.

—En realidad, estoy feliz por cómo lo estás llevando, me siento tranquila con lo bien que te trata Narel. Y si pienso en positivo, dadas las circunstancias, tienes razón. Eres afortunada por tener a tu lado a alguien que parece tan maravilloso y que no se asusta, que te tiende la mano.

Me emociono una vez más y veo a Narel venir hacia nosotras mientras Sam juega con John en el agua, subida a sus hombros e intentando ahogarlo. Suspiro y me siento en paz. Contenta por estar todos juntos pasándolo bien. Cloe me tiende la mano y me la aprieta en señal de cariño.

—¿Llego en mal momento? —pregunta Narel ante nuestra congoja tan evidente.

—No, para nada. —Cloe se levanta—. Os dejo un ratito a solas. —Y empieza a correr hacia la orilla como una cría.

Cuando llega hasta donde juegan John y Sam, le pide a gritos a la pequeña que la ayude a hacerle ahogadillas a John. Los contemplo a los tres en el agua y sé que esto valdrá la pena. Que sacarán algo bueno de haberse conocido. De mi enfermedad, de mi partida cuando llegue el día. Lo sé. Tiene que ser así. Narel me sonríe con cariño y se abraza a mí tendido en mi toalla. Y solo ruego que para él también sea eso, un aprendizaje.

—¿Por qué eres tan bonita? —me dice mientras me da un bocado cariñoso en el hombro.

—Porque tú me miras...

—Ooohhh —bromea como si Cupido le hubiera disparado y mira a Sam con cara de tranquilidad y plenitud—. Para mí todo esto es nuevo, y para ella también. Siempre vamos para arriba y para abajo, y aquí nos estamos sintiendo muy a gusto.

Nos besamos y olvidamos el lugar y la gente. Hoy es un día especial, cada día lo es desde que lo conocí. Nos relajamos oyendo de fondo a John, Cloe y Sam jugar como si tuvieran la misma edad. Y entiendo lo mucho que Narel necesitaba tiempo para ser él. Para ser el hombre que es y no solo el padre de Sam. Que alguien se quede con ella aunque sea un rato, que él pueda descansar sin estar pendiente. Se lo tiene tan merecido... Me abrazo fuerte a su cuerpo y lo vuelvo a besar. Tras un minuto de arrumacos, Sam se me tira a la espalda empapada y fría y grito por la impresión.

—¡¡La Chica triste está besando a papiiiii!! —grita ella tras descubrir por primera vez algo más que un simple pico entre su padre y yo—. ¡¡Bieeeen, bieeeenn!!

Narel estalla a reír y la coge para tumbarla entre nosotros y empieza a darle besos por todo el cuerpo y yo me uno a la guerra. La guerra del amor.

Pasamos el resto de la tarde tumbados descansando, hablando y dándonos baños. Sam me pide si puedo bañarme con ella a solas y, cómo no, sus deseos son órdenes. Nos damos la mano y corremos hacia el agua.

—Aurora…, papi no va a irse contigo y dejarme sola, ¿verdad? —me pregunta abrazada a mi cuello en el agua.

206

—No, cariño. ¿Cómo puedes pensar eso?

—Es que a veces los papás conocen a una chica y se van. Y como no quisiste ser mi mamá, pues…

La interrumpo de inmediato:

—Papi es tuyo y siempre lo será, yo solo soy vuestra amiga. Y Sam, cariño, me encantaría ser tu mami, siempre. De verdad, te lo prometo. Pero los mayores somos complicados y a veces es difícil. Pero confía en mí. Seremos el mejor equipo del mundo los tres juntos hasta que os vayáis. —Apenas puedo pronunciar las palabras, le estoy mintiendo, la que se va a ir voy a ser yo, pero esa es la excusa perfecta para que ella no sufra.

—Vale. —Me da un beso tan fuerte que me duele, y luego intenta ahogarme.

—¡Vaya, vaya! Ahora quieres ahogarme para que no me quede con Capitán Ballena —bromeo tirándole agua.

Se ríe sin parar y jugamos un largo rato las dos juntas. La ayudo a hacer el muerto, tumbada boca arriba.

—Confía en mí… Te doy un paseo, tú no muevas nada, cierra los ojos y solo respira tranquila.

Y la desplazo por la superficie sujetándola solo con una mano en el centro de su espalda, cada vez con menos presión, hasta que casi flota sola. Sam cierra los ojos, es la niña más acuática que conozco, y con motivo. Desvío la atención a la orilla, desde la que Narel nos vigila sonriendo mientras habla con Cloe y John. Y entonces me doy cuenta de que Sam ha abierto los ojos y me está mirando.

—Aurora…, yo te quiero.

Sus palabras me congelan el corazón.

—Yo te quiero mil millones de veces más. —La incorporo lentamente y la abrazo muy fuerte, y nos quedamos ahí abrazadas por lo menos diez minutos, trazando círculos como si bailáramos con las olas, con los ojos cerrados, y pierdo la noción del tiempo. Noto a alguien rozándome la espalda y cuando abro los ojos veo a Sam acariciando el hocico de un delfín. Me doy un susto de muerte y me paralizo. Sin Narel cerca, no soy tan valiente.

—No tengas miedo, es mi amiga.

—Sam, será mejor que volvamos. Podría haber tiburones.

—Noooo, si hubiera tiburones, el delfín no estaría aquí. No tengas miedo, Aurora.

Cojo aire y suelto a Sam para que pueda tocar al delfín libremente. Por fin me atrevo y le acaricio el hocico como ella. Con la otra mano le hago un gesto a Narel para que venga y llega hasta nosotras enseguida.

—Vaya vaya, tenéis compañía.

—Es mi delfín, papi.

—Sí, cariño. —Coge a Sam y me abraza por detrás—. Volvamos a la arena y dejemos que vuelva con su familia, chicas —nos dice Narel después de acariciarlo él también.

Mientras nadamos hacia la orilla, que queda lejos, me

explica que no es bueno tener mucho contacto con ellos, puesto que cuanto más salvajes y más miedo tengan a los humanos, más posibilidades de vivir tendrán. Más difícil será que caigan en las trampas de la captura furtiva o que acaben en ningún acuario. Haciendo *shows* ridículos que mutilan su voluntad y su libertad.

—Normalmente los delfines salvajes no se acercan con tanta confianza. Son listos. Saben que no traemos nada bueno.

—Y yo que siempre había visto con simpatía los espectáculos con delfines… —me avergüenzo.

—Es lo peor, es uno de los cautiverios más crueles y que más muertes provoca. ¿A ti te gustaría que te encarcelaran y solo te dieran comida a cambio de que dieras saltitos y volteretas? ¿En una habitación diminuta, lejos de tu familia? Obligada día y noche a hacer piruetas, si no, no comes. Es atroz.

—Sí, ahora lo entiendo.

Llegamos junto a mis amigos y Narel sigue explicando:

—A los delfines, las orcas y los leones marinos cautivos los meten en pequeñas piscinas en grupos muy pequeños. En la naturaleza viven en grandes familias. Eso les provoca mucho estrés, pueden volverse agresivos, también les causa numerosos problemas de salud y disminuye sus expectativas de vida. Lo más fuerte es que algunos parques acuáticos continúan llevando a cabo capturas de animales salvajes. A menudo para alegar que sus animales no han sido capturados de la naturaleza, los parques recurren a lugares «de paso» durante sus migraciones y luego declaran que provienen de otro parque. Pero en realidad son salvajes, capturados furtiva e ilegalmente. —Niega con la cabeza—. Bueno, no quiero aburriros con el tema, es que es el pan mío de cada día.

—No, tío, si es superinteresante. Son cosas que la

gente no sabemos —le dice John realmente interesado.

—Es que la situación actual de los animales es muy cruel. Sea como sea, nunca les dejamos ser felices. Con los cetáceos, que son los que yo mejor conozco, los métodos de captura son invasivos y potencialmente letales. Se persigue y acosa a las manadas con lanchas y se pueden usar incluso bombas para asustar a los animales y dirigirlos hasta un punto concreto. Durante la captura, algunos pueden morir de fallos cardíacos provocados por el estrés o el *shock*, o ahogados al quedar atrapados en cuerdas y redes mientras tratan de escapar o de acudir en auxilio de otros. Es devastador.

Me aterro con cada palabra que pronuncia, y creo que en John y Cloe causa el mismo efecto.

—Y no os olvidéis que las ballenas, los delfines, las focas y muchos otros grandes animales marinos son mamíferos. A veces, las hembras preñadas pueden abortar y algunas madres pueden dejar de lactar, lo que provoca que mueran sus crías. Otros mueren a consecuencia de traumatismos provocados durante la captura. El estrés que supone capturarlos, separarlos de sus grupos y meterlos en pequeños tanques los deprime y debilita. Lo he visto en estudios e investigaciones. Es tan cruel... Además muchos mueren durante los primeros días de cautiverio. Sobre todo, porque son animales sociales, que viven en manadas. Así que la captura de otros miembros del grupo también afecta a los que quedan en libertad, porque se altera su núcleo familiar y son capaces de echar en falta a los que ya no están. Lo siento si me pongo muy pesado, pero es que las consecuencias son tan extensas... Incluso afecta a la supervivencia de los no capturados, ya que no pueden cooperar para pescar como cuando están en manada ni defenderse de depredadores.

—Somos lo peor —logro pronunciar con rabia—. Me-

209

nos mal que existen personas como tú, que luchan contra estas cosas, Narel.

—No es suficiente. La gente tiene que concienciarse y dejar de acudir a los espectáculos con animales de cualquier tipo. No es diversión ni cultura. Es tortura.

—Joder, es que nos han educado tan mal... —suelta John desde el alma.

Cloe abraza a Sam.

—La parte positiva es que cada vez hay personas más concienciadas.

—Eso es verdad —digo—. El otro día leí que en Costa Rica están prohibidos los zoos y la caza deportiva. Y en muchos países han prohibido los delfinarios y circos con animales. Poco a poco, el mundo se va dando cuenta. ¡Menos mal!

—Sí... —Narel asiente, pero en el fondo de su corazón sabe que sigue siendo insuficiente.

210 Sacamos otros temas más alegres, como los rescates que Narel ha llevado a cabo y las operaciones que John ha realizado con éxito. Ambos salvan vidas. Y son de admirar. En ningún momento tocamos el asunto de mi enfermedad y lo agradezco.

18

*L*legamos a casa pasadas las nueve de la noche y estamos agotados. Narel y Sam se han ido a su casita del faro. A mí me apetece encargar comida a domicilio pero justo antes de hacerles la propuesta a mis amigos pienso en los potes de plástico y bolsas que vamos a gastar y recuerdo todo lo que he aprendido. Así que enciendo un par de varitas de incienso Nag Shampa, mi favorito, me dirijo a la cocina, y abro la nevera a ver si me inspiro.

Está llena de frutas y verduras, aparte de mis tarros con conservas, pasta y legumbres, así que me decido por unos burritos de frijoles, cebolla, pimiento y berenjena. Con mi salsa favorita, tikka masala. Una receta india que aprendí chafardeando por YouTube.

Corto todos los ingredientes bien finitos y los pongo en la sartén con bastante aceite, los dejo que se doren un poco y añado un poco de ajo, jengibre, salsa de tomate, curri y un preparado de especias de la India que lleva cúrcuma, comino, cilantro, cebolla en polvo y algo más para dar ese toque delicioso a mi salsa. Cloe me ayuda calentando la masa para las fajitas y en poco más de media hora lo tenemos todo preparado.

Vamos a cenar en el porche y se me ocurre invitar a Esmeralda, que se niega cuando le explico que el menú es algo picante, asegurando que a su edad no le conviene.

—Te lo digo de verdad, me gusta este chico para ti —dice John de sopetón.

Me sonrojo como una adolescente.

—A mí también y Sam es un bomboncito —apoya Cloe.

—Gracias, chicos, la verdad es que me estoy enamorando y me vienen tantos pensamientos contradictorios.

—¿Cómo te encuentras? ¿Algún síntoma? —John no puede evitar sacar su faceta médica.

—Ni uno, te lo prometo.

—Genial. —Suspira aliviado—. Y con Mark, ¿cómo está el tema?

—Pfff… —Resoplo porque realmente estoy hecha un lío—. Pues la verdad es que no lo sé, quiero decir, lo estoy evitando, me da la sensación que quiere confesarme lo suyo. O para dejarme o para sentirse mejor. Si creyera que es para dejarme, pues casi que me haría un favor, pero me huelo que no. Me escribe continuamente, me llama, me cuenta que está pasando una mala racha… Y yo, pues no tengo ganas, ni de verlo, ni de hablarle… Pero me niego a pasar por una ruptura.

—Pero, Aurora, cielo, ¿no crees que sería lo mejor? —Cloe trata de ayudarme.

—Cloe, tú sabes lo que es una ruptura, es una mierda, es pasarlo mal, duelo, aunque lo nuestro esté acabado, quizá es comodidad, miedo a sufrir… A que él cambie, luche por lo nuestro y tenga que contárselo todo, sinceramente ya no sé qué es lo correcto. Quizá soy egoísta, todo empezó como algo altruista para que él no sufriera cuando yo no esté, pero ahora ya no tengo tan claro lo que es…

—Pues pídele un tiempo sin veros. Que estás agobiada, qué sé yo —propone John.

—Pues sí, lo había pensado… Conozco mucho a Mark, es leal, o solía serlo. Por más que esté enamorado de ella, no me dejará. O eso creo, vaya… Tampoco tengo fuerzas ni interés para hablarlo. Si las cosas fueran diferentes, afrontaría la verdad. Pero no me apetece. No quiero tener malos rollos en mis últimas semanas. Entendedme, por favor —les ruego ante sus caras confundidas.

—Yo te entiendo. —Me tiende la mano Cloe.

—Si tuviera toda una vida por delante, ya habríamos hablado, pero me niego a pasar ni un solo día mal, triste… Por más que ya no esté enamorada, ¡es Mark! Son muchos años, recuerdos, convivencia… Me importa y le quiero… Es difícil. Y claro, me duele su traición. No quiero afrontarla. No puedo ahora.

—Es difícil. Porque, aunque luego estarías mejor, es verdad que una ruptura es siempre dura y eso te haría estar mal unas semanas. Pero luego…

—No tengo unas semanas y un luego —interrumpo a John.

—Vale, Au, debes hacer lo que te haga feliz. Sé egoísta, es tu vida —me dice John empatizando conmigo.

Pasamos el resto de la noche hablando de mi doble relación con Narel y Mark y mientras lo expreso en voz alta, con total confianza, creo que la normalizo, me parece menos extraña, menos cruel, menos fea. Nos acostamos muy muy tarde con un par de copas de más y mil recuerdos revividos.

213

19

El domingo amanece nublado y nos quedamos toda la mañana en casa sin hacer nada. A veces, junto a las personas adecuadas, es el mejor plan.

Pero según avanzan las horas me voy sintiendo más animada y me entran ganas de quemar adrenalina, así que les propongo pasar el día en el parque de atracciones que hay al lado de la playa en Santa Cruz Beach, que está relativamente cerca. Les parece una idea genial y me animan a que llame a Narel y Sam. Sam se pone como loca y Narel propone ir en su coche. Así que nos vamos sin comer siquiera; Narel nos recoge en media hora.

El camino hasta Santa Cruz por la costa es muy bonito y aunque durante el trayecto John y Narel no paran de hablar con Sam de las atracciones, yo me quedo embobada con la cabeza apoyada en la ventanilla contemplando el océano mientras el aire me despeina la melena.

Desconecto y reflexiono en lo mucho que ahora mismo sintonizo con el mar. Como si fuera un descubrimiento, como si nunca le hubiera dado el valor que tiene.

Y me muero de ganas de volver a nadar con las ballenas, le pediré a Narel que me lleve pronto. Es extraño cómo ciertas personas aparecen en tu vida y ponen en primerísimo plano cosas a las que antes no prestabas la mínima atención. Para mí, el mar era poco más que un decorado de fondo. Yo siempre he sido del cielo, de quedarme prendada mirando hacia arriba y descubriendo nuevas constelaciones, la Vía Láctea, las auroras boreales, y ahora descubro que hay algo similar e igual de grandioso que el cosmos debajo del agua. Y que el océano me llama. Me atrae.

El parque está a tope de gente, es lo que tiene que sea domingo. Pero lo pasamos en grande subiendo a la montaña rusa, comiendo algodón de azúcar y jugando en diferentes puestecitos de tiro para conseguir un unicornio rosa del que se ha enamorado Sam. Es genial lo bien que se han acoplado mis amigos a Narel y a la pequeña, y la verdad es que me olvido de todo y disfruto del día sin pensar en nada más.

A última hora de la tarde toca un grupo en vivo y nos quedamos a escucharlo. Son las fiestas de Santa Cruz y el ambiente veraniego ya se palpa en el aire. Bailamos y cantamos hasta acabar rendidos.

Llegamos a casa agotados un día más. Comparado con los fines de semana de relax con Mark, este ha sido intenso y superdivertido. Mis amigos recogen el equipaje de su visita breve, me despido de ellos y espero de corazón verlos pronto. John me suplica una vez más que me pase por la consulta esta próxima semana. Pero como no tengo síntomas ni ninguna molestia insisto en que no hace falta, si me encuentro mal, ya lo avisaré.

Son las once de la noche cuando me quedo sola en casa, en mi nueva casa, porque desde luego no parece la misma. Cojo el móvil para mandarle un mensaje a Narel:

Aurora: Ha sido genial este fin de semana, bueno, con vosotros es genial siempre. Me encantáis. Buenas noches, Capitán Ballena. 😃

Al momento contesta:

Narel: Buenas noches, Chica ya no tan triste. 😑 Te vemos mañana en la clase de pintura. Besitos muy fuertes de parte de los dos.

Aurora: 🖤

Se me escurre entre los labios un «Os quiero», pero no me atrevo a escribirlo. Aunque estoy segura de que les quiero, como personas, como amigos, como pareja, aunque no lo seamos oficialmente, y como a una hija, la hija que nunca tendré.

Me doy una ducha rapidita y me pongo un camisón lencero muy viejo que me encanta. Apago todas las luces de la casa y dejo encendida una lamparita de sal naranja que proyecta una luz cálida y suave ideal para conciliar el sueño. Me tumbo en la cama y, como ritual, me unto el cuerpo con mi crema de manteca de karité. Enciendo una vela de canela que tengo en la mesita de noche y cojo mi bloc de notas. Lo abro y sin dudarlo tacho la lista de posibles citas. No necesito más. Todo lo que podría sentir con esas citas lo estoy sintiendo con él y me es más que suficiente, es con quien quiero compartir mis últimos días.

20

El siguiente mes y medio pasa volando. Finalmente le he pedido tiempo a Mark con la excusa de estar concentrada en mi próxima obra. Mi última gran obra en la que he estado trabajando todo este mes. También me he excusado por no llevar bien nuestra relación a distancia. Al principio se lo tomó bien, al cabo de unos días insistió en venir y hablarlo, pero le pedí que respetara mi decisión. Después de casi nueve años, un mes y medio no es nada.

He pasado todas las mañanas cuidando a Sam ahora que ya no tiene clase y que Narel trabaja de forma intensiva en su estudio sobre las ballenas. Nos hemos hecho cada vez más y más íntimas y, aunque he luchado por evitarlo, intuyo que Sam me ve como esa madre que nunca ha tenido. Damos paseos por la playa, nadamos, la llevo a ferias de antigüedades para enseñarle a valorar tesoros. Pintamos y pintamos sin parar, de hecho, me está ayudando con mi última obra. Bailamos por el estudio, descalzas y con vestidos de playa llenos de arena, cocinamos recetas que copiamos de YouTube y nos hacemos mil peinados y maquillajes locos.

La quiero de un modo que no he querido nunca a nadie y es muy difícil para mí, a ratos, sobrellevar la situación. Tengo momentos de bajón en los que se me escapa alguna lágrima cuando ella no me ve, pero es que el solo hecho de pensar que no puedo seguir en su vida me parte el alma. No poder verla crecer, no poder ver cómo se gradúa, cómo encuentra su vocación, cómo tiene sus primeros amores, sus primeras rupturas, y estar ahí, como amiga aunque sea, para aconsejarla. No poder estar en sus Navidades, cumpleaños o fechas importantes. Faltarle, al fin y al cabo. Ahora que por fin encuentra a alguien en quien confiar casi tanto como en su padre. Trato de que no se me note cuando me vienen estos pensamientos a la cabeza, mientras la veo dormir en mi sofá, tan a gusto y tan a salvo.

Con Narel la relación ha ido creciendo, cada vez más real y fuerte. Con más sentimientos y más verdadera. Él siempre se muestra empático ante cada situación difícil a la que me enfrento y en general evita el tema, como si la nuestra fuera una relación normal. Le he mostrado todas mis obras y se ha declarado mi fan número uno. Siempre me pide que le deje mirar mientras pinto. Y pasamos tardes juntos pintando, bueno él mirando y yo creando. Aunque me cuesta concentrarme con él cerca y con su mirada clavada en mi lienzo. Esmeralda se ha quedado varias noches con la pequeña para que él y yo podamos disfrutar de cenas bajo la luz de la luna y de las velas en el faro, de tiempo solo para los dos. Le conté que me había separado de Mark y mi vecina no hizo más preguntas. Apuntó que Narel le gustaba más y sonrió como solo ella sabe.

Hicimos una escapada los dos solos a San Francisco para visitar una galería de arte que me encanta, y luego un viaje exprés los tres a Tennessee para conocer la nueva casa de Jake y Flor. Pasamos un fin de semana junto a sus animalitos, al lado del lago. Sam quería que nos quedáramos a vivir con ellos. Incluso le pidió a su padre que cambiara su estudio sobre las ballenas por uno sobre ovejas tras enamorarse de dos corderitos mellizos recién nacidos, Tobby y Poppy. Fue genial y a Flor ya se le empieza a notar la barriguita.

Están ya casi instalados del todo en esa casa en la que había vivido la abuela de ella, muy bonita por cierto, en medio del bosque y con el porche con vistas al lago. Imagino la maravillosa familia que formarán cuando nazca el pequeño en medio de tantos animales y naturaleza. Flor y yo hemos cogido bastante confianza, tenemos muchas cosas en común y me siento a gusto con ella.

La verdad es que estos dos últimos meses han sido más bonitos e intensos que todos los momentos amorosos de mi vida juntos. Siento algo muy fuerte por Narel pero nunca logro olvidar lo que está a punto de pasar. Ya hace dos meses que John me diagnosticó la enfermedad y, por la fase en la que decían los informes que me encontraba, debo de estar al límite. Ya he dejado todos mis asuntos burocráticos arreglados, testamento, local casi vendido y poco más. He hecho todas estas gestiones sin decir nada a nadie y, aunque no ha sido fácil, me siento orgullosa de haber podido dejarlo todo atado antes de…

Es cierto que, algunos días, he logrado olvidar mi situación, pero desde hace un par de noches me cuesta dormir. Empiezo a dar vueltas preguntándome si mañana será el día en que los primeros síntomas afloren. Me planteo cuál es la finalidad de la vida, de nuestras vidas, de la humanidad en sí. Y doy vueltas y vueltas pensando en temas absurdos y abstractos ante los que no puedo hacer nada. Como en qué hay más allá de la muerte, si existirá la reencarnación y otros temas esotéricos con los que siempre he flirteado.

El verano también avanza hacia su fin, ya estamos a

219

mediados de agosto y muy pronto las ballenas empezarán a migrar hacia el sur. Lo curioso es que aún no lo hemos hablado, pero Narel ya debería empezar a prepararlo todo para volver a Australia. Quiero sacar el tema un día de estos y tratar de normalizar la situación, ambos sabemos que se acerca la despedida pero no nos atrevemos ni a pronunciarlo. Solo rezo para que se vayan antes de que yo enferme, para que no tengan que verlo ni padecerlo. Que tengamos una despedida digna y feliz. Y que una vez que se vayan, ocurra rápido y se acabó.

Ahora mismo ellos son todas mis ganas de vivir y, aunque daría lo que fuera, me he hecho tanto a la idea que he dejado de pensar en el futuro de un modo casi asombroso. He sido capaz de pensar solo en el hoy y olvidarme del mañana. Se puede decir que lo he logrado.

Quiero subastar toda mi nueva/última obra en Nueva York. Flor me va a ayudar a exponer en una galería en la que ella colgó sus fotografías el año pasado y todo lo recaudado será donado al Hospital General de San Francisco para la investigación de enfermedades raras como la mía. Aunque una pequeña parte será para Sam. Para que cuando sea mayor pueda gastarlo en lo que más desee. Quizá para sus estudios, para alquilar una casa o para lo que necesite. Me hace feliz que se acuerde de mí cuando pasen los años, pero con una excusa feliz, no triste.

Hoy Sam va a quedarse a hacer cerámica en casa de Esmeralda todo el día. Y a mí me apetece acompañar a Narel al océano en sus rutinas diarias, quizá sea un buen momento para sacar el tema. Averiguar cuándo se van y prepararme para nuestra despedida.

Me visto con lo primero que pillo, una camiseta básica gris y una falda larga de punto blanca. Me dirijo al muelle, donde hemos quedado. Lo veo esperándome, apoyado en su coche con una camiseta negra que hace que sus ojos sean cien veces más azules que de costumbre. Al verme corre hacia mí y me levanta dándome una vuelta. Nos besamos apasionadamente y hace una broma como buscando a Sam y alegrándose de poder pasar otro día los dos tranquilos. Ella se lo pasa en grande con Esmeralda, la llama «tita Esme» y a ella le encanta.

Nos dirigimos a la barca de la mano.

—¿Por qué siempre te pones tan guapa?

—¿Yo? ¡Anda ya!

—Te pongas lo que te pongas… estás irresistible —me dice mientras me coloca delante de él frente al timón y me da un mordisco en el cuello.

Me doy la vuelta y dejo que tripule él y mientras nos alejamos de la costa empiezo a besarle el cuello, el lóbulo de la oreja y le doy un leve mordisco en los labios. Un escalofrío le recorre el cuerpo.

—Te estás ganando un buen castigo —me dice pícaro mientras me devuelve el beso y el mordisco.

—Qué miedo me das… —bromeo dulcemente.

—Tú sí que me das miedo…

—¿Yo? —Me hago la inocente para seguirle el juego y le planto otro beso, esta vez más largo, más intenso y con lengua.

El muelle queda ya muy lejos. Narel me agarra de la cintura y me levanta para sentarme al lado del timón. Se coloca entre mis piernas y me besa con pasión. La barca está parada y se bambolea un poco. Lo abrazo con fuerza y nos fundimos en otro beso. Tras unos minutos de besos y abrazos Narel me baja con cariño y me posa en el suelo. Me tumbo en la cálida madera del barco mientras se quita la camiseta. Me quito la mía y acto seguido se tumba encima de mí, me besa de arriba abajo cada vez con más pasión, cada vez con más ganas, mientras las gaviotas planean sobre nuestras cabezas. Siento cómo me humedezco y cómo deseo que me haga suya. Desde que lo conozco el sexo ya no es sexo. Es otra cosa. No solo es hacer el amor, también es conectar. Reconectar. Descubrir. Experimentar. Levitar… Cada vez que encontramos un rato para nosotros, siempre es más íntimo, especial y espectacular que el anterior. Nunca había deseado tanto fundirme en la piel de nadie, poseerlo, sentirlo, ser suya. Es muy fuerte que, en tan poco tiempo, todo sea tan fuerte, tan real y tan maravilloso.

Mientras Narel me recorre despacio a besos el vientre hasta acabar entre mis piernas, yo deliro pensando en lo increíble que es hacer el amor con este hombre. Loca de deseo, lo agarro por la cintura apretándolo contra mí para notar su miembro, lo necesito dentro y se lo ruego: «Quiero sentirte». Como si de una orden se tratara, me quita la falda y las braguitas. Lo noto dentro de mí, tan fuerte que no me aguanto los gemidos, me muerdo la mano para evitar gritar y Narel se ríe mientras me hace suya con fuerza. Ahí mismo, una vez más en medio del océano, bajo la dura luz del sol. Sin miedos. Sin prejuicios ni complejos, salvajes y entregados. Sexo en estado puro.

«Nunca había sentido lo que siento al estar dentro de ti», me susurra entre gemidos casi cerrando los ojos, sometido al placer. Entonces una oleada nace entre mis piernas y muere en la boca de mi estómago. Las ganas de soltarle un «te quiero» me pueden, pero lo retengo. Y una vez más me lo callo, aunque él ya lo sabe. «Me encantas», le digo entre gemidos yo también. Y de repente se incorpora y me pone encima de él, sentada a horcajadas para que me mueva a mi gusto. En menos de cinco minutos estalla un orgasmo increíble que no puedo callar ni disimular. Pocos instantes después acaba Narel, exhausto y guapo a doler. Nos abrazamos y nos quedamos así durante unos minutos.

Cuando se nos pasa un poco la ñoñería, nos sentamos al borde de la proa y dejamos colgar los pies en el agua. Me temo que ha llegado el momento de afrontar el tema que tratamos de evitar.

—No quiero estropear el día pero… ya casi se acaba el verano —le digo tratando de que él me ayude.

—Sí. Hace una semana empezaron a migrar los delfines y esta semana deberían empezar a hacerlo las ballenas. —Traga saliva.

—¿Cuándo os vais? —le pregunto mirando el azul del agua por no mirar el de sus ojos.

—Pues… —Le cuesta hablar—. No puedo, es que no puedo dejarte aquí.

—Narel… —trato de reñirle.

—Deberíamos irnos en cuanto las ballenas abandonen la bahía…, entre esta semana y la próxima.

Se me hace un nudo en la garganta que no puedo soportar.

—Pero no quiero irme, no quiero.

Le sonrío tratando de abandonar la pena y le doy un suave beso en los labios.

—Te entiendo y saberlo me hace sentir bien pero… te pedí que lo hiciéramos a mi manera. No quiero que os quedéis. Llevas muchos años con tu proyecto, con tu estudio. No puedes tirarlo todo por la borda por mí, no sé cuánto me queda.

—Pero, joder. Aurora, no puedo dejar que pases por esto sola. Me niego. Sé que te dije que haría siempre lo que tú desearas. Pero no puedes pedirme esto.

—Pues te lo pido y para mí es importante. Ya que no puedo elegir cuándo moriré, quiero elegir cómo lo haré.

—Pero mírate, estás genial. ¿Quién sabe? Quizá nos queda mucho tiempo. —La cara de Narel ha perdido su peculiar sonrisa.

223

—No funciona así y lo sabes… Te lo he contado, sabes cómo funciona, por favor, Na..

—Aurora, ¿quién va a estar a tu lado?, ¿quién te va a acompañar cuando estés en el hospital o donde sea? ¿Piensas estar sola? ¿Vendrán John y Cloe? ¿O cuentas con Mark?

Por primera vez intuyo un indicio de celos.

—Por favor, no me hagas esto… —Una lágrima se me derrama y a Narel le cambia la cara.

—No llores, por favor, lo siento. Me prometí que haría lo que fuera por ti, menos hacerte llorar.

—Estos dos meses han sido los mejores de mi vida. Me he despertado cada día con tanta ilusión, con tanta esperanza, con tanto amor, sintiéndome tan amada, cuidada y deseada…, más que nunca en mi vida. Quizá te parezca una exageración, pero es así.

—En absoluto.

—Quiero irme con este recuerdo. Es lo que más deseo. Deseo que os vayáis. Que volváis a Australia. Que nos despidamos como si fuéramos a vernos pronto, como si nada de esto fuera real. Que tu última imagen de mí sea a lo lejos de la cola de embarque del aeropuerto, preciosa vestida y moviendo la mano deseándoos buen viaje. No quiero que sea yo postrada en la cama, llena de llagas por todo el cuerpo, pálida, con fallos respiratorios y moribunda. Y mucho menos quiero que vea eso Sam.

Agacha la mirada y veo cómo se le escapa una lágrima que trata de retener apretando los labios.

—De verdad, me siento afortunada. Creo que debió ser cosa del destino que vinierais aquí. Que Sam se acercara a mí. Me siento afortunada de haber conocido lo que es el amor de este modo. De haber podido vivirlo tan intensamente. Hemos hecho mil cosas juntos, y las hemos hecho porque sabíamos que no había mañana. Hemos viajado, hemos compartido, hemos cocinado, bailado, nadado, corrido, paseado, pintado, comido hasta no poder más, vivido... Todo el resto de mi vida se ha concentrado en estos dos meses. Y de verdad que me iré feliz y completa. —Lloro en silencio mientras él sigue con la mirada fija en el agua.

—Ayer... —La voz le falla—. Ayer me llamó mi jefe de Australia y me pidió que volviera esta misma semana. Que se habían complicado las cosas allí y me necesitaban. Fui incapaz de confirmarle nada. Le dije que aún tenía trabajo aquí pero me insistió que la semana que viene, como mucho, me espera. No tenía ni idea de cómo decírtelo. Vente con nosotros. Déjame cuidarte. Te juro que cuando empieces a enfermar, haremos lo que haga falta para que Sam no se entere. Pero yo no quiero que mi última imagen tuya seas tú guapísima sacudiendo el brazo en el aeropuerto. ¡No! Lo que yo quiero es que mi última imagen tuya sea abrazada a mi pecho, guapa como siempre, porque eso nunca cambiará, y que te sientas en casa, que te sientas amada, acompañada y que puedas... Y que te vayas de este mundo sabiendo que eres tan amada que me iría detrás de ti si no fuera porque hay otra vida que depende de mí.

Lloro sin remedio y justo cuando voy a darle un abrazo, la radio del barco nos interrumpe:

—¡Atención! ¡Atención! Alerta trece a dos millas del rompeolas de Monterrey. Narel, ¿me recibes?

Esa voz robótica me aleja de mis penas. Él frunce el ceño.

—Perdona, Aurora, es importante, si no, no...

—Tranquilo, atiéndelo, estoy bien. —Le toco la mano en señal de apoyo al ver cómo de repente se ha puesto pálido.

—Aquí Narel. ¿Qué ocurre?

225

—Ve cagando hostias al arrecife del rompeolas, dos ballenas se han quedado encalladas y está todo el mundo alarmado. Nos han llamado hace un minuto.

—Aurora, siéntate y no te levantes ahora.

Antes de que le pueda preguntar nada, la lancha arranca con tanta fuerza que creo que hemos pasado de parados a ir como un cohete en menos de diez segundos. Parece grave, Narel parece otro. Nunca lo había visto en acción y desearía no tener que hacerlo.

Me entra miedo por lo que sea que esté pasando. Se da la vuelta para decirme algo y tiene que gritar para que lo oiga:

—Aurora, necesito que hagas lo que te diga una vez que lleguemos. Y pase lo que pase, no tomes decisiones por tu cuenta.

No entiendo muy bien a qué viene eso, ni tengo idea de la gravedad que puede tener el asunto pero empiezo a preocuparme. Tras veinte minutos navegando lo más rápido posible divisamos Monterrey. Distingo a lo lejos una cola de ballena sacudiéndose con fuerza. El estómago se me revuelve y abro bien los ojos a la vez que me tapo la boca para no decir nada. Dios mío, es impresionante. Es tan grande y tiene espasmos tan fuertes que el agua se mueve de un modo brutal.

Narel entorna los ojos para tratar de identificarla y en cuanto lo hace, se queda congelado. No me dice nada. Se acerca el máximo posible, tanto que da miedo, con cada sacudida de la cola la barca se mueve terriblemente. Coge unas tijeras muy grandes, tipo tenazas, y salta por la borda. A un agua que forma parte de un océano con un oleaje feroz por los espasmos del animal. Me pongo de pie tratando de ver a Narel y cuando por fin compruebo que sale a flote, pierdo el equilibrio y caigo al suelo.

—Pide refuerzos, por favor —me grita.

Sin darme más indicaciones, empieza a nadar hacia…
¡Oh, dios mío!, hay una cría al lado de la grande y, como
en el peor de los casos podría pasar, entiendo que es Apanie, la ballena junto a la que hemos nadado, la ballena que
tiene tanta relación con Narel y con la que conecté aquella
noche en la playa del acantilado. Sin perder tiempo, corro
hacia la radio y grito perdiendo el control:

—Ayuda, ayuda, necesitamos refuerzos.

Apenas dos segundos después contestan:

—Imposible, no tenemos a nadie cerca. ¿Necesitáis
atención médica?

—¡Sí! —grito sin saber por qué y entro en pánico.

Vuelvo corriendo a la popa para ver qué pasa. Allí está:
un plástico largo, muy grande, debe ser de uso industrial o
de embalaje. La ballena no para de emerger a la superficie
para respirar y puedo ver cómo a la altura de su cuello el
plástico le está haciendo tanta presión que parece que se
vaya a ahogar. Es aterrador. La pequeña ha quedado enredada en varias partes de su cuerpo al intentar nadar cerca
de su madre. La imagen es horrible y apenas me tengo en
pie con tanto oleaje. Narel se ha agarrado al plástico mientras Apanie se sacude pero son tan fuertes sus movimientos que creo que en cualquier momento podría aplastarlo.
Me pongo cada vez más nerviosa y la impotencia empieza
a apoderarse de mí.

Narel empieza a cortar el plástico, pero cada vez que
logra avanzar, Apanie pega un coletazo más fuerte y Narel
sale disparado. Nada rápido de vuelta hacia ella y lo veo
tan concentrado en salvar a la madre que pienso que quizá
no se ha dado cuenta de que, justo al otro lado, está la pequeña, que por culpa de los golpes de su madre cada vez
está más enredada. Los chillidos de las dos ballenas son
tan fuertes que creo que tienen que oírlos desde la costa.
Corro hacia la radio y grito:

—Que manden a alguien, a quien sea, ¡yaaaa! Necesitamos ayuda.

Los gritos son ahora más agudos y flojos e intuyo que la cosa va a peor. Narel lucha como un loco contra las corrientes de agua que este majestuoso animal crea con su cola. No sé cómo puede respirar con tanta agua. La pequeña deja de moverse y noto un nudo en la garganta. Empiezo a gritar a Narel desesperadamente:

—¡¡Nareeel, la cría!!

Ni me oye ni me ve.

—¡Sálvala, no se mueve! ¡¡Nareel!!

Entonces la pequeña empieza a flotar, como si estuviera muerta, y tras gritar tres veces más sin conseguir captar la atención de Narel, que por fin ha logrado terminar de cortar el plástico, exploro la embarcación sin ser dueña de mis actos y descubro una caja de auxilios. Dentro hay unas grandes tijeras, me quito la falda, agarro con fuerza las tijeras y salto al agua.

La adrenalina se apodera de mi cuerpo y me siento más fuerte, rápida y segura que nunca. Alcanzo a la cría de ballena, que mide unos cuatro metros, y compruebo que aún abre los ojos y echa agua. La madre sigue sacudiéndose, presa del pánico. La pequeña sigue como flotando, agotada por el estrés. Eso facilita mi trabajo. El plástico no la está estrangulando como a la madre y pienso que lo fácil es cortar el trozo que la une a ella para que al menos pueda separarse. Es muy difícil aguantarse a flote entre los dos cuerpos enormes y el movimiento del mar. Tras varios intentos, logro cortar el trozo de plástico que las une, y la pequeña, que estaba siendo arrastrada por la madre, al dejar de sentir la tensión pega un golpe con la cola y empieza a nadar libre, muy despacio, alejándose de la escena por un instante. La madre deja de sacudirse y su mirada se congela. Veo su ojo, una vez más, ese ojo que me miró esa noche de luna llena, esta vez sin brillo, sin vida... Y chillo, chillo sin poder evitarlo:

—¡¡Noooo, nooooo!!. ¡¡Nareeel, paraaa!!

Él está golpeando a Apanie con tanta fuerza para que despierte que creo que si está viva la matará. Intuyo que intenta reanimarla, pero el enorme animal flota con los ojos abiertos, opacos y vacíos. Esos ojos que encerraban tanta vida, tanto amor y tanta magia. Muero por dentro y me quedo en *shock*. Narel abre los ojos de par en par al verme. La pequeña ballena se acerca a él con el plástico aún en torno a su cuerpo y le señalo con el brazo para que la ayude.

Narel nada hasta alcanzarla, se coge de su aleta y en menos de dos minutos puede soltarla. La pequeña nada hacia su madre y se frota contra su vientre como siempre hacía para nadar junto a ella. Pero al ver que Apanie no reacciona, empieza a golpearla con el hocico, como haría cualquier hijo si su madre no le hiciera caso, y el mundo se me cae encima. Narel grita y sigue golpeando el pecho de Apanie tratando de reanimarla, pero ahora que está quieta, es fácil comprender que el plástico la ha estrangulado. Le aprieta tanto el cuello que ha perdido el color grisáceo de su cabeza. Diviso a lo lejos un barco de auxilio. Imagino que son ambulancias acuáticas con algún veterinario o médico.

La pequeña ballena no se separa del cuerpo muerto de su madre emitiendo chillidos agudos, desgarradores. Narel llora abrazado a Apanie. La imagen me parte el corazón y decido nadar de vuelta hacia la barca para dejarlo a solas. Braceo sin fuerzas, destrozada, hecha polvo y muy preocupada por él. Por la conexión que tenía con ella desde hace tantos años, el modo en que me ha hablado siempre de Apanie, y ahora, haber presenciado esta escena me deja fuera de juego. Sin nada que poder hacer para ayudarlo.

Un barco de auxilio se acerca a la escena y la pequeña cría se asusta y se va. Narel parece despedirse de ella cuando le lanzan un flotador enorme y lo arrastran hacia ellos. Lo sacan del mar agotado, con toda la espalda sangrando, y me asusto. No me había dado cuenta, hago señas para que me vengan a buscar, quiero estar junto a él, y como no hay manera de que se fijen en mí, me lanzo de nuevo al agua y nado hacia el barco. Me lanzan el mismo flotador que a él y me suben a cubierta. Corro hacia Narel, que está llorando mientras le curan la espalda, y me arrodillo frente a él en la camilla.

—Narel, por favor, dime que estás bien, cariño, por favor. —Le acaricio la cara tratando de que reaccione.

En el mar aún flota el precioso cuerpo de Apanie a nuestras espaldas y cierro los ojos con fuerza.

—No he podido hacer nada, ¡no he podido! —Está tan agitado que no lo reconozco.

—Has hecho lo que has podido, tranquilo, mi amor, por favor. —Le cojo las manos con cariño tratando de calmarlo. Tiemblo.

—Ni siquiera te había visto, te dije que no hicieras nada. Podías haber muerto aplastada, Aurora.

—¡Y tú, Narel! Pero he podido soltar a la pequeña.

—¿Cómo?

—Que la cría estaba atrapada también, me he puesto nerviosa porque se había quedado inmóvil y tú no me oías y no podía quedarme sin hacer nada.

—¿La has liberado tú? No la había visto. Joder, ¡no la había visto! Pensaba que no estaba.

—Sí, estaba justo al otro lado. Pero está bien, la hemos salvado.

—La has salvado. ¡Gracias! —Con lágrimas en los ojos aprieta los labios para contener la emoción.

El enfermero que le está atendiendo le dice que ya está.

En una de las sacudidas de Apanie hacia el fondo ha chocado contra una enorme roca, podría haberle roto la columna. El enfermero dice que ha tenido suerte y me pregunta si estoy bien. Le digo que sí y nos dan unas toallas mientras el capitán del barco le acerca a Narel una emisora de radio portátil. Narel se levanta y se aleja un poco para hablar a través de ella. Apenas oigo la conversación pero Narel está muy enfadado. Grita y gesticula con los brazos.

—¡No hay derecho! ¡Te juro que los mato!

Me preocupa la situación pero confío plenamente en él.

—¿Cómo puede ser que haya un banco de treinta ballenas y esté yo solo? Luego os lamentáis, pero esto es vuestra culpa.

Entonces le devuelve la radio al capitán dejando a medias al que habla al otro lado y se dirige hacia mí:

—¿Te encuentras bien? —Su tono se relaja al verme temblar y llorar.

—Sí…

—Llevadnos hasta mi lancha, por favor.

Sin rechistar, nos ayudan a cambiar de embarcación. Narel le da las gracias al enfermero por su atención. El barco de auxilio se va y nos quedamos ahí unos instantes más. El cuerpo de Apanie se ha alejado y Narel busca a la cría. Aún temblando por el susto, me siento y dejo que Narel haga lo que tenga que hacer. Tras un minuto en silencio, se acerca.

—Siento haberte puesto en peligro.

—No me has puesto en peligro.

—Sí, lo he hecho. Menos mal que no te ha pasado nada. ¿Cómo se te ha ocurrido saltar?

—Tú me lo enseñaste —trato de hacerle sonreír, aunque sea solo un poco, y casi lo logro.

—¡Qué idiota soy! Pero la has salvado, Aurora. Has salvado a la pequeña —repite sin acabar de creerlo.

Le sonrío con una mezcla de pena y orgullo. Cojo aire y recobro el ritmo respiratorio y cardíaco normal. Él se da la vuelta y arranca la lancha.

—No es justo, no es justo que mueran por nuestra puta culpa.

Trago saliva mientras le escucho.

—Has hecho lo que has podido…

—Somos lo peor, ¡damos asco! —Necesita desahogarse, sacarlo. Sigue muy enfadado—. Estaba tan llena de vida, le quedaba tanto por vivir.

Por un momento lo imagino pronunciando las mismas palabras por mí y me entra un escalofrío.

—Pero ¿qué ha pasado?, ¿qué era eso?

—Eso eran los desperdicios de un barco de mercancías que transporta papel de embalaje para aeropuertos. Los plásticos con los que embalan las maletas y demás. Esos rollos tan grandes. Pues a los muy inútiles anoche se les perdió un cargamento de diez bobinas por culpa del oleaje. Y han llegado hasta aquí. Y esto es solo el inicio. Ya verás….

Prefiero no decir nada. Su tristeza se ha convertido en ira. Impotencia. Desesperación. Y yo me siento terriblemente triste.

Seguimos rumbo al embarcadero y Narel no vuelve a pronunciar palabra. Pegado al timón con la mirada fija en el vacío.

Al llegar me tiende la mano para desembarcar y le doy un fuerte abrazo.

—Este es mi trabajo… Por desgracia, pasa muchísimas veces, pero ella era…, bueno, ya lo sabes.

Sí, lo sé sin duda, y eso que solo conocía a Apanie desde hace unas semanas. Me separo de sus brazos y nos dirigimos hacia la casa de Esmeralda para recoger a la pequeña Sam. Decido dejarle espacio esta noche.

—¡¡Papiiiii!! —Salta Sam a sus brazos nada más verlo.

—¿Cómo ha ido, pequeña?

—Chachiiii. Hemos estado plantando semillas y bebiendo batido de chocolate.

—¡Qué suerte! Gracias, señora, siempre es un placer.

—Nada, muchacho, si me lo paso yo mejor que ella —le contesta Esmeralda realmente entusiasmada.

Narel disimula para que Sam no se dé cuenta de lo alterado que está.

—Chicos, yo hoy me quedaré en casa si no os importa, ¿de acuerdo?

—¡Qué rollo! Ya has fastidiado el día —me dice Sam mientras me da un abrazo muy fuerte y un montón de besos—. Te vemos mañana, Chica ya no tan triste.

—Sí, hasta mañana, amores. Cenad y descansad.

Le doy un suave beso en los labios a Narel.

—Te llamo en un rato, ¿vale? —le susurro al oído.   233

—Hoy has hecho un gran trabajo —me contesta con un poco de luz en la mirada.

Se dirigen hacia el coche mientras me despido con la mano desde el porche de Esmeralda. Los quiero con locura, pero hoy prefiero que Narel esté tranquilo y pueda asimilar lo que ha pasado. A pesar de la confianza que tenemos ahora, él sigue siendo reservado con algunas cosas y me gusta respetar eso de él. Además, si no necesitara un poco de espacio, me habría dicho que fuera con ellos. Sé que en cierto modo me lo agradece.

Miro a Esmeralda, que los está despidiendo con una gran sonrisa, y la abrazo por la espalda.

—Eres increíble, vecina.

—¡Anda, hija! ¿Te apetece cenar?

—Pues la verdad es que estoy muy cansada y me apetece darme un baño y tumbarme en el sofá.

—Como quieras.

—Pero quisiera comentarle algo…

—Claro. Dime, querida.

—Le gusta *Yogui*, ¿verdad? —Saco el tema de mi gatito, al que tanto cariño le tiene.

—¿Ese vejestorio dulzón? —dice con cariño.

—Sí… Si me tuviera que mudar lejos y no pudiera llevármelo, ¿usted podría acogerlo? —Sé que me dirá que sí sin lugar a dudas porque lo adora.

—Por supuesto. ¿Estás pensando en irte con ellos a Australia?

Parece que Sam ha hablado de más y le miento.

—No lo sé, quizá. ¿Usted se lo quedaría? —Necesito saber que cuando me muera él tendrá un hogar.

—Sí, cariño, sabes que me encanta.

—Gracias, ya hablaremos y le cuento, ahora necesito descansar.

Me despido con un beso en su arrugada mejilla y me siento como si tuviera a mi madre al lado.

21

*D*ejo los zapatos tirados y me dirijo directa al baño a tomar una ducha. *Yogui* se tumba en la encimera del lavabo
a mirarme mientras me aseo, como siempre. Pienso en mi
madre cada día más a menudo. Debe ser el miedo a que se
acerque la hora. Llevo unas semanas de ensueño, pero
debo admitir que hay momentos en los que pienso en
Mark y me siento mal.

Ha estado enviándome mensajes a los que he contes-
tado siempre muy seca y distante. Hace días que me llama
y no le cojo el teléfono, cada día con una excusa diferente.
No se cómo alargar más esta situación sin que sospeche
que algo extraño pasa. Me pregunto cómo puede una pareja empezar tan enamorada y acabar de este modo. Qué
extraño es el amor.

Justo entonces suena el teléfono en el salón y me temo
que vuelve a ser Mark. Cojo aire, salgo del baño y voy a
buscarlo.

Efectivamente, es Mark.

—Hola… —respondo pausadamente.

—¡Gracias a Dios! Au…, ¿estás bien? —Su voz, cálida y familiar, me recuerda nuestros primeros años.

—No mucho…

—Lo sabía. ¿Qué ocurre?

Suena tanta culpabilidad en su voz… Y miedo, miedo de que lo haya pillado. Sé que se teme que lo sé.

—Nada en concreto… de verdad.

—Aurora…, por favor —me suplica.

Y por un segundo pienso que seguro que prefiere que lo sepa, así ya no tendría que contármelo él.

—De verdad, Mark, es solo que nuestro cambio de vida me ha afectado más de lo que me temía y no me he sentido muy bien últimamente. Solo necesito tiempo para encontrar mi espacio aquí. Sin ti… —Miento y me siento fatal.

—Quiero que volvamos a estar juntos.

—¿Cómo? —«Mierda, mierda, mierda». Sus palabras me sobresaltan el corazón. «¡De ningún modo!», me prometo.

—Pues que quiero volver a casa…

—No entiendo, Mark. ¿Pretendes dejar el trabajo?

—Lo que haga falta. Si tú no quieres venir, voy yo.

Empiezo a idear mil teorías. Se ha cansado de Thais, Thais lo ha plantado. Se siente un cabrón. Se ha dado cuenta de lo que está perdiendo. Thais ha muerto. La ha matado. En fin, lo que sea. Me niego, me niego a que haga como si nada, a que se salga con la suya. Además, yo estoy genial con Narel y no me apetece nada pasar por esto ahora. Me da igual ser egoísta. No me da la gana ceder.

—No, Mark… No funciona así. Me ha costado muchísimo hacer mi vida aquí sola y ahora que empiezo a sentirme bien, no voy a irme.

—Te he dicho que vuelvo yo… De hecho, estoy enfrente de tu casa.

—¿Qué? —Doy un salto hacia la ventana y veo el coche de Mark en la puerta. «¡Joder!»—. Te pedí un tiempo, Mark. Cuando tú pides cosas, yo las hago —le digo muy enfadada.

—Vaya..., pensé que valorarías la sorpresa... ¿Puedo entrar al menos?

—Pues las cosas no funcionan así —le suelto desconcertada sin dejar de mirar su coche desde la ventana.

—Aurora, que soy yo...

Le cuelgo y me dirijo hacia la puerta. Por suerte, no trae maletas. Porque eso sí sería el colmo.

—Buenas noches. —Me da un beso en los labios que no me espero.

Después de un mes y medio sin verlo, es como si ya no fuéramos los mismos. Sé que es por Narel. «¡Mierda, le dije que lo llamaría!».

—Hola —respondo seca y molesta.

—No pensé que fueras a enfadarte.

—No es eso. Te pedí un tiempo porque lo necesitaba y te presentas aquí... ¿Qué ocurre? —le suelto con ganas de que me lo cuente todo. ¡Que le den al plan!

—A mí no me ocurre nada. Eres tú, te siento distante y me da miedo perderte.

«Será cabrón». Encima, es incapaz de confesarme que se siente mal porque me ha estado engañando con otra y queriéndose mucho por ahí con ella. Y quién sabe, quizá hasta viven o han vivido juntos. Siento asco por él por primera vez.

—Mark, ha sido un cambio muy radical y de verdad que estoy rara. No tengo ganas de nada... No sé explicarte. Por eso necesitaba unos días.

—Ha pasado un mes y medio...

—Bueno, pues no sé... —me excuso sin tener ni idea de que más decir.

—Tranquila, salgo mañana a primera hora para el aeropuerto, tengo una reunión en Washington, pero antes quería pasarme por aquí.

—¿Washington? ¡Guau, Mark! —digo y en realidad estoy alucinando de que en tan poco tiempo sea tan desconocido para mí, tan extraño.

—Sí...

—¿Has cenado? —Me tranquiliza saber que se marcha a primera hora y me relajo.

—No tengo hambre.

—Yo tampoco. —Las emociones del día me tienen abatida—. He tenido muy mal día hoy. Ha habido un accidente en la bahía con una ballena, ha sido muy desagradable. Pensaba acostarme temprano.

Miro el reloj, ya son las nueve de la noche y la verdad es que no tengo ganas de nada con Mark aquí.

—Vamos a la cama si quieres. Yo también estoy cansadísimo y mañana madrugo.

—Vale, ahora mismo voy. Estaba duchándome cuando has llegado.

Cojo el móvil y vuelvo al baño. *Yogui* sigue en el mismo sitio, inmóvil. Le doy un beso en la cabecita y deseo ser un gato en mi próxima vida. Ellos sí que viven bien.

Me miro al espejo y me pregunto cómo se supone que debo actuar. Es la situación más extraña en la que me he visto en la vida. A pesar de la rabia que me da todo, siento cariño por Mark y jamás le desearía nada malo. Y menos ahora. Me temo que mi distanciamiento le ha hecho darse cuenta del estúpido error que ha cometido y por eso todo este numerito de dejarlo todo. Pero no cuela. Ya no. Con la nueva Aurora no.

Escribo un mensaje a Narel.

Aurora: Buenas noches a los dos. Me voy a la cama, que estoy agotada y sin mucho ánimo. Sigo pensando en lo de hoy y te mando todo mi amor, Narel, de verdad. Has estado increíble. Mañana me paso a desayunar con vosotros, si me invitáis, claro. 😛 Os quiero.

Primera vez que escribo o pronuncio la palabra «querer» dirigida a Narel. Pero ahora mismo es lo que siento. Y al ser en plural, parece menos fuerte.

Apago el teléfono y me voy a la cama. Mark está tumbado mirando el teléfono también y me pregunto si habrá bloqueado a Thais para que no nos sorprenda una llamada o mensaje a media noche. Me tumbo a su lado sin ganas. Mañana le contaré a Narel la visita inesperada de Mark, pero ahora no quiero preocuparle después del disgusto de hoy.

—Buenas noches, Mark. No me encuentro muy bien. —Le doy un beso en la mejilla y le doy la espalda.

Oigo cómo toma aire con paciencia y se acurruca detrás de mí. Me abraza por detrás y me besa levemente el cuello. Rezo para que no intente nada más porque no me apetece en absoluto tener que rechazarlo y montar un drama. Por suerte, capta mis ondas negativas y ni lo intenta. Cierro los ojos y, por un momento, su abrazo me resulta familiar de nuevo. Es Mark y eso no lo cambia nada. Tantas noches durmiendo en sus brazos que ni queriendo podría parecerme extraño. Toda la rabia se desvanece y decido que esta será nuestra despedida. Me acomodo contra su pecho buscando que me abrace más fuerte, mientras en silencio en mi cabeza retumba: «Gracias, Mark, por los años felices. Ojalá tengas una vida larga y llena de cosas bonitas». No puedo reprimir que se me escape una lágrima y disfruto de mi despedida de Mark, que es solo mía, quedándome dormida plácidamente en sus brazos.

Me desvelo a las cuatro de la mañana y veo la luz del baño encendida. Casi pronuncio el nombre de Narel cuando recuerdo que estoy durmiendo con Mark.

—¿Te he despertado? Perdona, cielo —me dice al verme desperezarme en la cama.

—Tranquilo... —Le sonrío, mucho más tranquila que ayer.

Se dirige hacia mí medio vestido, se sienta a mi lado y me acaricia el pelo mientras me besa la frente.

—Vuelvo de Washington en dos semanas y ya cojo vacaciones. Prométeme que las pasaremos juntos. Te echo de menos. —Sigue acariciándome el pelo.

—Vamos hablando estos días, ¿vale?

—¿Eso es un sí?

—No me presiones, porfi, Mark —le digo tan dulcemente que se lo toma como un sí.

—Te veo en dos semanas, cariño.

Le noto el miedo a que lo haya descubierto y por eso no pregunta demasiado qué me ocurre, ni si estoy bien. Es listo.

Acaba de vestirse y se prepara para marchar. Se acerca a darme un beso, y para esquivarlo, lo abrazo y le beso la mejilla.

—Ve con cuidado. Y disfruta en Washington.

Me pasa por la cabeza la idea de que podría ser la última vez que lo veo y no puedo evitar sentir pena. Lo abrazo con más fuerza y, justo cuando sale por la puerta, se me escapa:

—Te quiero, Mark. Disfruta. —«De la vida» termino la frase para mí misma y de verdad es lo que siento. Un cariño tremendo y ganas de que sea muy feliz.

—Yo más. Te veo pronto. Vuelve a dormirte.

Sale por la puerta y le oigo bajar las escaleras. No sé si duraré dos semanas más. Pero deseo que este sea nuestro último encuentro. Suspiro y me emociono al pensar de nuevo en Mark. Hemos sido un gran equipo durante años y ahora se ha acabado. Una vez más me dan ganas de llorar pero respiro hondo y me doy la vuelta para seguir durmiendo. *Yogui* sube a la cama de un salto, se tumba en mi cojín y empieza a ronronear. Me abrazo a él y recuerdo el abrazo cálido de esta noche y tantas otras. «Hasta siempre, Mark».

22

*L*as diez y cuarto de la mañana. Es jueves. Y yo sin ganas de salir de la cama. Enciendo el móvil y veo dos wasaps de Narel, el de respuesta anoche y otro de hace un par de horas:

Narel: Descansa, nosotros te queremos más.

Narel: Buenos días, preciosa. ¿Nos vemos mejor para cenar? Tengo reunión con mi jefe al mediodía y no sé cuánto se alargará. Tenemos que ir hasta la ciudad. Me llevo a Sam. Ya te echo de menos.

Con ganas de que llegue la cena, me visto rápido con una camiseta básica de color gris tan grande que me sirve de vestido, me calzo unas sandalias de playa y voy al estudio.

Me siento inspirada y tiendo varios lienzos por el suelo. Los más grandes que tengo. Deben medir por lo menos tres metros de ancho por dos de alto todos. Cojo los pinceles, dejo sonar la canción de *The Safety Dance* del grupo Sleeping At Last y me dejo llevar por la música, una vez más.

Cojo las pinturas y empiezo a dar brochazos, sin sentido, al menos aparente, aunque para mí tienen todo el significado del mundo. Es todo lo que siento. Empiezo a llenar de violetas, verdes y azules el lienzo, una enorme y voraz aurora boreal bajo mis pies, me mancho entera porque utilizo mis pies para dibujar formas, me ayudo con las manos y acabo con las rodillas llenas de pintura, arrodillada ante el arte.

Pinto poseída mientras canto a plena voz. *We can daaance.* Y bailo, pinto, canto… Todo sobre este enorme lienzo, danzo serpenteante como la aurora que estoy dibujando y, sin darme cuenta, me paso más de media hora recreándome en la pintura. Este método de expresión que tanto me ha dado durante toda mi vida. Que tanto me ha ayudado. Siempre he pensado que si la gente tuviera más pasiones, más *hobbies*, el mundo iría mejor. La gente sería más feliz. Al menos, para mí es así.

Contemplo el resultado y me emociono al recordar aquella noche en Canadá en la cabaña del bosque. La vida es bonita si nos centramos en los buenos momentos. Y me siento orgullosa de haber elegido vivir estos últimos meses en vez de hundirme, encerrarme y marchitarme. Sigo contemplando la preciosa aurora que he dibujado y decido ponerle de título «Mamá». Me la imagino colgando en algún gran hotel importante o en casa de algún rico de la élite de Nueva York y pienso en cómo nuestras vidas pueden entrelazarse con las de otros. Con desconocidos, sin tener ni idea de ello.

Como cuando llamas por error a un teléfono equivocado. Yo soy de las que pienso: ¿Y quién será esa persona? ¿Dónde vivirá? ¿Será feliz? ¿Qué hace con su vida, tiene

243

hijos, está enamorado…? Me gusta imaginarme sus vidas mientras me disculpo por haber marcado el número mal. Siempre he pensado que una llamada de este tipo a alguien que está a punto de suicidarse le puede salvar la vida. Sí, sé que soy macabra a veces. Pero me gusta pensar que tenemos el don de cambiar vidas. Que nuestro paso por este mundo no es casual, que todos tenemos una misión, un sentido. Creo en la causalidad, no en la casualidad. Todo tiene una causa, un porqué.

Salgo a por algo de comer al muelle, sin cambiarme, llena de pintura como buena artista, y al regresar me quedo un buen rato escuchando a Birdy mientras contemplo mi obra. Mi estudio abarrotado de lienzos, unos encima de otros, lámparas de sal, velas, plumas de aves salvajes y libros de arte por todos lados. Mi segundo hogar, mi refugio, el rinconcito por el que decidí quedarme aquí cuando Mark se fue. Ahora me doy cuenta de la importancia que tiene para mí este pequeño lugar y lo poco que había reparado en ello todos estos años.

Se está haciendo tarde, así que recojo y me voy a casa para darme una ducha e ir a ver a mis dos personas preferidas. Sé que hoy toca hablar de su partida. Pues sería ilógico que lo alargáramos más. Así que empiezo a mentalizarme.

Veo al viejito de *Yogui* tumbado junto a los tulipanes de Esmeralda, me agacho a saludarlo con un achuchón y entro en casa dejando la gatera abierta. Me meto en la ducha con ropa y todo para quitarle la pintura antes de echarla a la lavadora y dejo que el chorro tibio me empape. Mis pies se inundan de agua de color violeta por la mezcla de colores de la pintura, y la ropa se me pega a la piel.

Me siento renovada y lista para ir al faro. Se ha hecho tarde para comer, así que cojo un par de manzanas y unos panecillos y salgo para allá en mi coche. Que por cierto, ya tiene nuevo dueño que en una semana viene a por él. Lo he casi regalado, pero es que está el pobre hecho polvo.

Le mando un wasap a Narel para avisarle de que voy, aunque no me había citado hasta la cena.

Tras veinte minutos recorriendo la carretera estatal de la costa llego al faro, veo a Sam sentada en la arena frente al porche jugando con unos muñecos. La saludo con alegría, como de costumbre, y se lanza a mis brazos, como siempre.

—¿Dónde está papi?

—Dentro, Chica ya no tan triste.

—¿Vas a llamarme siempre así? —le digo tocándole la naricilla.

—Mmmm... No lo sé.

—Vale vale... Tendré que aceptarlo —le digo, la bajo al suelo y me dirijo a la casa mientras ella sigue jugando a sus cosas.

—Narel, soy yo...

Está con un montón de papeles en la mesa del comedor, se le ve agobiado.

—Hola, preciosa. —Se levanta para darme un beso y un fugaz abrazo.

—Os he traído zumo de papaya. —Saco del bolso un tarro lleno de zumo y lo pongo en la nevera—. ¿Va todo bien? ¿Cómo ha ido la reunión?

—Aurora, tenemos que irnos. He hablado con mi jefe y ya vamos tarde. Ya han migrado las últimas ballenas.

—Sí, lo sé... De eso quería hablar. ¿Cuándo os vais?

—Tenemos billetes para dentro de cinco días.

Nudo en la garganta. «Respira, Aurora».

—Me siento muy extraño. Sé que te he prometido mil veces respetarte pero... vente con nosotros.

—Hay pocas cosas que tengo claras en la vida. Pero esta es una de ellas. No voy a ir con vosotros. No puedo.

245

Pero quiero aprovechar estos cinco días juntos al máximo —digo con una frialdad desconocida pero rota por dentro.

Solo me hago la fuerte. Quiero irme, quiero irme con ellos. Pero no lo haré.

—Eres la persona más testaruda y cabezona que he conocido en mi vida —me dice con un atisbo de tristeza e impotencia.

—Sí..., eso solía decir mi madre.

—No me extraña. ¿No tengo nada que hacer?

—Sí, hay algo que sí puedes hacer. Sé feliz conmigo cinco días más.

—Esto es muy duro e injusto. ¿Lo sabes?

—Lo sé... Lo siento. —La cara me cambia por completo y entristezco de golpe al verlo herido por mi culpa.

—He estado haciendo tiempo y pensando cómo contárselo a Sam.

—Si quieres, te ayudo.

—Nunca le suele importar. Pero me da la impresión de que esta vez montará una escena digna de Hollywood.

—Hagámoslo ya. Hablemos con ella.

—¿Y se supone que debo mentirle? ¿Decirle que te veremos pronto? Jamás le he mentido a mi hija.

—No, no quiero que le mientas. Déjame a mí...

Me mira con tanta tristeza que me hiela el corazón. Le doy un abrazo y un beso y le susurro un «Gracias» pegada a sus labios.

Salimos a ver a Sam y le proponemos darnos un baño. Le parece genial y va corriendo a ponerse el bañador. Bajamos a la playa solitaria del faro y entramos en el agua como tres pececillos. Una vez que estamos tan dentro que Sam no toca de pie, Narel la coge en brazos y le da un beso en la mejilla.

—Cariño, tengo que contarte algo.

—¿Qué, papi?

—Las ballenas y tus amigos los delfines ya se han ido para casa...

—¿Tan rápido?

—No ha sido rápido, ha sido como siempre, cariño.

—¿Nos volvemos a casa? —pregunta mirándome.

Yo nado enfrente de ellos intentando que no se nos vaya de las manos la conversación.

—Sí, peque. En cinco días nos volvemos a Australia. Podrás ver a los abuelitos, a la tía Isla y a tus amigos.

—¡Bieeen! Tengo muchas ganas de ver a la tita y a los abuelitos. —Da un abrazo a su padre y se vuelve hacía mí—. Te encantará Australia, Chica ya no tan triste. Y tú y la tita os haréis muy amigas, seguro.

—Sam, cariño... —intento explicarle—. Yo no puedo ir con vosotros. Mi casa está aquí, las clases de dibujo, los otros niños...

Sam se queda callada. Como si no entendiera o no su- 247
piera qué decir.

—¿Y cuándo vamos a volver? —le pregunta a su padre.

—Pues no lo sé, ya sabes que cada año es diferente y no lo puedo saber aún.

—Pero no entiendo qué pasa, papi. Entonces, ¿no vere-mos nunca más a Aurora?

Narel calla, no quiere mentirle.

—Sam..., cuando llegues a Australia, puedes lla-marme, ¿vale? Y hacer Skype conmigo...

—Pero ¿vendrás a vernos?

—Pues no lo sé...

—¿No nos vas a echar de menos? —pregunta con de-cepción.

—Demasiado... —Noto que una lágrima quiere esca-parse y me muerdo el labio para retenerla.

—Pero, papi, podemos quedarnos, y esperar a las balle-nas el próximo año.

—No, cariño, no podemos.

Sam se suelta de Narel y nada hacia mí.

—¡No quiero! ¡No nos vamos!

Se agarra a mi cuello con fuerza y me cuesta como nunca retener las ganas de chillar. Llorar. Ahogarme.

—No puede ser, Sam, tienes que volver a casa...

—¡ERES MALA! —me grita tan fuerte, echándose a llorar, que siento como si me hubieran lanzado un dardo envenenado.

Se suelta de mis brazos y empieza a nadar furiosa hacia la orilla.

—¡Sam! Por favor —grito.

Pero Narel me agarra del brazo para que no la siga, para que la deje un momento.

—Dale unos minutos. Necesita tranquilizarse.

—Nooo... —Rompo a llorar y Narel me abraza.

—Ey, tranquila... No voy a pedirte nada, tranquila.

—Me siento como un monstruo —confieso entre sollozos.

—Ey... No digas eso. Quizá deberíamos contarle la verdad. Pero me da miedo. No lo sé.

—No. Es muy pequeña... Se le pasará cuando llevéis un tiempo en Australia.

—Puede ser. Pero a mí no.

Me abrazo con más fuerza y empezamos a nadar hacia la orilla. Vemos a Sam corriendo hacia el faro empapada y enfadada.

Me siento en unas rocas de la orilla a tratar de tranquilizarme mientras Narel va a hablar con la pequeña. Me quedo ahí sola y por un momento siento ganas de mandarlo todo a la mierda e irme ya mismo. Sin despedidas, sin más mentiras. Pero me quedo quieta. Atrapada mirando el oleaje, y el océano vacío. Sin las ballenas.

Ya son las ocho y media de la tarde, hora de preparar la

cena. Empiezo a andar hacia la casa despacio. Narel está atareado en la cocina y ni rastro de Sam.

—¿Una toalla? —le pregunto.

—Toma una ducha si quieres.

—Sí, mejor.

Entro en el baño pequeño y bonito de la casita blanca y me meto en la ducha para quitarme la sal. La verdad es que nunca me había parado a pensar en lo difícil que sería la despedida con Sam. Me siento fatal. Y me pregunto cuándo empezarán los síntomas. Tiene que ser en las próximas semanas. Sigo encontrándome como siempre, salvo algún que otro malestar. Pero lo normal de cualquier persona sana a la que le puede doler la cabeza un día.

Salgo del baño y veo a Sam en el sofá viendo la tele. Me mira al verme pasar y agacha la cabeza enfurruñada.

—Sam, ¿no tienes nada que decirle a Aurora?

—No se llama Aurora… —dice con morros y orgullo. Sube un poco la mirada sin levantar la cabeza y me suelta muy flojito—: Lo siento por decirte que eres mala.

Me acerco a ella despacio y me siento a su lado. Le tiendo la mano para que me dé la suya. Pero no lo hace.

—Te quiero mucho, pequeña. Aunque ahora no puedas entenderlo. —Me sorprende de un salto, se abalanza sobre mí y me abraza y empieza a llorar—. No llores por favor, que me pones triste.

—Tú me has puesto triste a mí primero. ¡Aguántate! —me dice, en su línea.

Ya vuelve a ser un poco ella. Llora abrazada a mi cuello, sentada en mi regazo. Narel se da la vuelta para seguir cocinando y dejarnos ese momento para nosotras.

—Te prometo que pasaremos los cinco días más guays juntas antes de que os vayáis.

—Vale. Pero voy a llamarte todos los días.

—Me parece bien, Sammy.

Me suelta y me susurra al oído sin que su padre la oiga:

—Pero sí eres un poquito mala.

La miro con cara triste y recuerdo el día que nos conocimos en la playa. La voy a echar muchísimo de menos.

—¡La cena está lista! Pizza y patatas fritas para mis chicas.

Sam se levanta de golpe y corre hacia la mesa. Se nota que le encanta el menú. Cenamos tranquilamente planeando qué haremos los próximos días. Les propongo pasar otro día en San Francisco y les encanta la idea. Pienso en las dos semanas que estará Mark en Washington antes de volver. Después de que ellos se vayan, tendré diez días para mí sola, para cerrar todos los asuntos antes de que Mark vuelva y tenga que contarle la verdad. Porque sé que no respetará mi tiempo. Y ya no aguanto más la mentira.

Nos ponemos una película de dibujos animados y Sam se queda dormida a la media hora. Narel la lleva a su habitación y me pregunta si quiero acostarme ya. La verdad es que me siento agotada hoy y decidimos irnos a la cama pronto. Dormimos abrazados besándonos toda la noche entre sueño y desvelo.

23

Pasamos los últimos cinco días como si no fueran a irse nunca, como si nada. Pero disfrutando juntos como en la 251 vida normal.

Pasamos horas viendo películas, jugando en la orilla de la playa del acantilado, haciendo guerras de almohadas, figuritas de barro y cerámica con Esmeralda, navegando, bañándonos en alta mar con colchonetas, incluso viajamos a San Francisco un día a pasear por la ciudad y tomamos algo con John y Cloe, a los que les encantó la sorpresa. Hemos tomado helados, comido dulces, granizados... Un poco de todo lo que se nos ha antojado. Si algo puedo destacar de estos cinco días, son las risas. Y las noches de ternura y pasión con Narel en el porche cuando Sam por fin se acostaba. Anoche incluso salimos a bailar Narel y yo a un chiringuito de Santa Cruz, Sam se quedó con Esmeralda y nosotros bailamos toda la noche como hacía años que no lo hacía.

Hoy es el último día que pasaremos juntos y no sé describir la sensación que tengo en el cuerpo. Me he prometido no derrumbarme y disfrutar del día como desde que nos conocemos. Pero no será fácil.

He estado durmiendo con ellos y apenas he pasado por mi casa más que para dar de comer a *Yogui*, aunque él se pasa el día en el jardín con Esme cuando yo no estoy. Es listo. Pero esta mañana he querido venir un momento, necesito hacer algo antes de que se vayan. He decidido escribir una carta para Narel y regalarle un pequeño cuadro a Sam. Hay tantas cosas que me quedarán sin decirle…

Me siento en mi escritorio, pongo la canción *Gravity* cantada por Alex & Sierra a todo volumen en mis cascos y cojo un papel para empezar a escribir.

Narel, amor:

Imagino que estás en el avión y que no has esperado ni un segundo a abrir esta carta… ¡Impaciente!

Imagino tus ojos azules clavados en mis letras. Dios, cuánto voy a echar de menos mirarte y encontrarme tu mirada. Uf… Te imagino leyendo la carta y me rompo por dentro. Pero no seamos trágicos. Vamos a hacerlo un poco fácil.

Me despido, porque de un modo u otro ya estoy desapareciendo de tu vida. Pero no quiero que te tomes esta carta como el adiós definitivo, porque esta es una carta de amor. Allá donde me lleve este viaje, te esperaré. Te esperaré mucho tiempo, y cuando llegues, allí estaré, con un abrazo y mil besos, mil besos de esos que solo tú y yo sabemos darnos. Esos besos que me han atrapado y hecho tuya para siempre.

Pero déjame un tiempo, no tengas prisa. Hasta que nos volvamos a reunir quiero que hagas una cosa. Quiero que vivas plenamente. Por favor, hazlo por mí, por todo lo que yo no podré vivir. Quiero que llenes tus días y los de Sam de vida. Que os riais, que bailéis, que os ilusionéis, que os enamoréis. Sí, los dos. Y, si es preciso, que me olvides un poquito. Tienes que encontrar a esa mujer que sea digna de ser la mami de Sam. Sé que la encontraréis, Sam te ayudará.

No quiero que tengas miedo, por favor, porque yo seguiré ocupándome de vosotros, seguiré dándoos toda mi fuerza, todo mi apoyo, todo mi amor. Y no me gustaría marcharme sin que supieras cuánto me alegro de que la vida nos juntara, por lo fácil que has hecho las cosas, porque me has enseñado que la felicidad es bastante más sencilla de lo que yo había imaginado. Aunque eso me lo enseñasteis entre los dos. Cada uno a su modo. Sam, cuánto la voy a echar de menos. Desenredarle esa larga melena por las noches como estas últimas semanas, que se me acurruque en el sofá y nos durmamos juntas mientras nos sacas fotos a traición con el móvil, para luego chantajearnos.

Pedirte que seáis felices es un tópico, lo sé. Pero es el motivo de esta carta. Llámame poco original. Decirte que te quiero, que os quiero, sería repetirme demasiado, tantas veces os lo he dicho estos últimos días. Pero nunca te he dicho que aprecio lo que has hecho, por ser partícipe y artífice de mis días de felicidad. Por eso, por muy lejos que me marche, siempre te llevaré conmigo. Mi vida acaba aquí pero para ti empieza una nueva. Ojalá encuentres pronto a alguien que te llene tanto como tú me has llenado a mí, que te haga mejor persona, como me has hecho tú, y que se entregue y os apoye. Del mismo modo que yo he sentido contigo desde el primer día que comimos sándwiches de crema de cacahuete en el muelle y me miraste con esos ojos tan mágicos que tienes y me invitaste a entrar en el mundo de Sam. Y crear un mundo de los tres.

No tengo suficiente tiempo en esta vida para agradecértelo. Pero gracias. Háblale algún día de mí a Sam. Pídele que me perdone, por cobarde, por dejaros ir. Me atormentará la idea de que no me perdone nunca por desaparecer sin una ex-

253

plicación. Así que, por favor, cuando pueda entenderlo, explícaselo. Y recuérdale lo mucho que la quiero. Que os quiero.

Seguid siendo felices.

Me habéis cambiado.

Te amo. Os amo. Siempre. Esté donde esté.

Entre lágrimas doblo el papel y lo guardo en un sobre. Listo para dárselo cuando los despida en el aeropuerto. Me cambio de ropa y espero a que me recojan. Hemos decidido quedarnos el último día en el faro. Comeremos en el porche y pasaremos la tarde tranquilos. Su casa ya está vacía. Una de las cosas que también hemos hecho estos días ha sido sus maletas. Ha sido duro. Pero ya está. Ahora toca disfrutar de hoy.

Oigo el claxon y salgo disparada hacia el cuatro por cuatro con una bolsa llena de sándwiches y refrescos. Veo a Narel algo distraído y con una apariencia triste. Esta última semana no se ha afeitado y la barba sin cortar tantos días le queda genial, tiene el pelo más largo que cuando lo conocí y a veces se lo recoge en un pequeño moño, como hoy. Sam nos pregunta si puede despedirse de Esmeralda y la dejamos que entre ella sola mientras esperamos fuera.

—No puedo creer que sea la última vez que te veo. Es imposible.

—Por favor... —Vuelvo a ponerme triste—. Ya hablamos de esto, no quiero que sea difícil.

—No es difícil, es irreal. Jamás en la vida te dejaría quedarte aquí. Si no fuera porque me lo has pedido de esta manera, jamás lo haría. Me cuesta muchísimo.

—Y a mí. No olvides, por favor, que yo no soy la que no quiero verte nunca más, que no es que no os quiera o que quiera alejarme. Es solo por la enfermedad, te lo juro. De no ser por eso, me iba con vosotros de cabeza. Bueno, o te convencía para que te quedaras —trato de bromear pero no surte efecto. Lo veo peor que ningún día y me cambia la cara.

—Te prometo que voy a fingir, por ti y por Sam. Disfrutaré del día de hoy y a las once de la noche me subiré al avión. No volveré a presionarte, pero necesito que sepas algo. Estamos aquí. Siempre que quieras. Ven si te lo piensas. Si lo necesitas.

—No creo que tenga tiempo.

—Sí lo tienes, te veo bien, estás sana, no puede ser tan fulminante. Te pueden quedar años. Prométeme algo.

—¿Qué?

—Que si ves que pasan meses y sigues bien, que estoy seguro que sí, creo en los milagros...

—Eso no va a ocurrir. No funciona así.

—Me da igual. Prométeme que si te sientes bien, vendrás o me llamarás para que venga. Júramelo.

Dudo por un instante. Odio hacer promesas en las que no creo.

—Te prometo que si estoy bien, te lo diré. No me hagas hacer estas promesas.

Sam sale corriendo por la puerta con un bote de pinturas.

—Papi, Esmeralda tiene colores con purpurina para las figuritas. ¿Puedo pintar un rato, porfi, porfi?

Narel me mira dándome la última palabra y pienso que aunque me muero por pasar el día con los tres, me apetece un rato a solas con él.

—Como queráis. Podemos quedarnos en casa, papá y yo, hasta que acabes. Pero luego quiero estar contigo un rato, que esta noche ya os vais, ¿vale, Chica contenta? —bromeo.

—Sí, solo un ratito. ¿Vale, Aurora?

Me río al oír mi nombre en su boca.

—Vale, pequeña.

255

Me acerco a darle un beso a Sam y entro con Narel en casa.

Le tiendo la mano y lo guío hacia mi habitación. Necesito sentirlo por última vez. Hacerle el amor como tantas veces hemos hecho. Me siento en la cama y se coloca a mi lado. Nos damos un abrazo tan fuerte que podría ahogarme en solo un segundo.

Empezamos a desnudarnos y a hacer el amor con tanta delicadeza que parece que nos vayamos a romper. Frágiles. Sensibles. Indomables. Y asustados. Cada caricia encierra tanto sentimiento que me derrito entre sus dedos, sus jadeos, su respiración y su primer «Te quiero» cara a cara. Me tiemblan las piernas al escucharlo. «Yo a ti también», le contesto sin dudar. Tras un buen rato de complicidad infinita nos quedamos abrazados sin pronunciar palabra.

256   Nos vestimos sin prisa, por si vienen Sam y Esmeralda, y seguimos entrelazados uno en el otro.

—Gracias por aparecer —le digo.

—No me las des.

—De verdad, si no hubiera sido por vosotros...

—No te despidas de mí, por favor —me pide.

—Vale.

Tras más de media hora tumbados, con sus dedos recorriendo mi melena, suena el timbre. Sam.

Vamos a comer algo al muelle, al puestecito en el que nos sentamos la primera vez. Ha pasado tan rápido el tiempo... En menos de cinco horas estaremos en el aeropuerto y tendremos que cerrar este capítulo. Nuestra historia.

—Aurora, te vamos a echar mucho de menos —me sorprende Sam.

—No sé si me gusta que me llames Aurora... —No bromeo.

—¿Vendrás a visitarnos pronto?

Me quedo callada un segundo. Tomo aire. Y no miento.

—Ojalá.

—Quiero que te quedes con Señora Ballena. —Abre su mochilita y saca su peluche favorito.

—¿De verdad?

—Sí, te vas a quedar sola y estarás triste. Así no te olvidas de nosotros. —Me tiende el peluche.

—Nunca me olvidaré de vosotros.

Sam se queda callada, raro en ella, y se da la vuelta de golpe.

—Cariño, ¿podemos pasar el resto de la tarde contentos? —le pregunta su padre acariciándole el pelo.

Sam asiente con la cabeza, aún de espaldas. Tras unos segundos se vuelve hacia nosotros con los ojos rojos de contener las lágrimas.

—Yo también tengo algo para ti. —Saco de mi bolso un collar de plata con una piedrecita turquesa y se lo pongo.

—¿Qué es? —pregunta tocando la turquesa.

—Las piedras tienen poderes. Y esta es protectora. Si la guardas cerca de ti, te protegerá siempre.

—¿Son mágicas? —pregunta con los ojos abiertos como si acabara de descubrir un nuevo mundo.

—Pues un poquito sí. Todo lo que viene de la naturaleza tiene energía propia. Tú también la tienes. Pero las piedras solo poseen energías positivas, por eso te ayudará a tener mucha energía y que te pasen cosas bonitas. —Me mira con cara rara—. Demasiado místico —le digo y me río.

—¿Místico? —pregunta. No se le escapa nada.

—También te he hecho un dibujo. —Le tiendo una pequeña postal—. Es una sirena. ¿Vamos a dar un paseo por la playa antes de ir al aeropuerto? —les digo para cambiar de tema.

257

La piedra le hace juego con los ojos y está guapísima. Guarda la postal en su mochila. Narel nos mira sin decir nada y me sonríe.

Paseamos y nos tumbamos a descansar en la playa, está vacía y es toda para nosotros. Nos damos un último baño y dormimos un rato acurrucados los tres juntos. El día está nublado, pero se está bien.

24

$\mathcal{N}$arel empieza a cargar el coche. Sam y yo esperamos sentadas en el suelo frente al porche de la casa del faro. Ella, en mi regazo, abrazándome sin soltarme. Como si no quisiera mirar. De hecho, no queremos. No queremos mirar cómo Narel guarda las últimas cosas. Ya es hora de ir rumbo al aeropuerto. Si fuera una película, sonaría alguna balada que hiciera llorar y todo sería más dramático. Pero intentamos guardar la compostura. Los tres, la pequeña incluida.

Nos montamos en el coche y suspiro. Tratando de retener todo lo que diría y haría ahora mismo. Todas las ganas de irme con ellos, de decirle que aquí ya no me ata nada ni nadie. Que les quiero tanto que quiero pasar mis últimos días a su lado. Pero me callo, me callo como llevo haciendo todos estos días. Me vuelvo hacia el asiento trasero para ver cómo está Sam. Mira por la ventanilla y saca la mano como queriendo atrapar el aire. Apoyo mi mano en la pierna de Narel, que conduce sin distraerse, con la mirada fija. Me la coge, entrelazamos nuestros dedos y acerca mi mano a sus labios. Me da un suave beso y me susurra un «Te quiero» al que respondo con otro «Te quiero».

El trayecto se hace corto. Llegamos al acceso del aeropuerto y Narel para en seco el coche.

—Narel, sigue, por favor —le suplico antes de que haga ninguna tontería.

Tras diez segundos en silencio, arranca y sigue hasta el aparcamiento. Me doy cuenta de cómo aprieta los labios para contener la emoción del momento y siento un gran nudo en el estómago que me impide respirar con facilidad. Bajo del coche y le abro la puerta a Sam. Narel trae un carrito portaequipajes y echamos a andar hacia la terminal. Me da las llaves del cuatro por cuatro para que pueda volver y lo aparque en el muelle, como hemos quedado, para que lo recoja su jefe.

Saco la carta del bolso y se la tiendo mientras hacemos cola para facturar las maletas. Abrazados. No me suelta, hundo mi cabeza en su pecho y respiro. Respiro para no ahogarme. No puedo hablar. Lo amo. Los amo. Echaré tanto de menos su olor, sus manos, su voz, su risa… El modo en que me hace sentir a salvo.

Narel factura las maletas y ya con las manos libres nos dirigimos a la fila de embarque. Ahora sí. Es el final. Vuelven a temblarme las piernas por los nervios. Sam está callada, sé que echa de menos abrazar a su ballenita. La cojo en brazos por última vez y le doy un abrazo enorme.

—Te quiero, princesa. Te querré siempre, ¿vale? No lo olvides.

Sam empieza a llorar con tanto sentimiento que parece una chica mayor a la que acaban de romper el corazón en mil pedazos. La abrazo con más fuerza y sus piernas se enroscan con más fuerza a mi cintura.

—Chica triste… —me dice entre sollozos—. Te quiero mucho. Eres mi mami…

Un dardo en el corazón. Directo. Con veneno. Doloroso. Ella. Narel nos abraza y me besa. Sam baja de mis brazos y Narel me besa con tanta pasión que siento que voy a desmayarme. Ya les toca embarcar, pero no podemos parar de besarnos. Una pareja de japoneses nos adelantan y se cuelan al ver que no avanzamos. Me mira con tanta intensidad que siento que el azul de sus ojos me va a atravesar.

—Siempre, siempre serás la única. —Me besa de nuevo—. Por favor, ven a vernos. Tómate el tiempo que necesites. Pero ven.

—Nunca os olvidaré —digo ahora sí entre lágrimas.

—Te querré toda la vida y cada día esperaré que aparezcas.

—Narel... —le suplico para que deje de decir eso.

—Sí... —asiente y me vuelve a besar.

—Disculpe, ¿van a pasar? —nos pregunta una amable anciana.

—Sí, pero pase pase —le contesta Narel.

Coge a Sam en brazos y me dan un abrazo los dos. Me muerdo la lengua para parar de llorar.

—Cuidaos mucho. Os quiero muchísimo. —Es lo único que logro pronunciar.

Narel se separa de mi cuerpo. Me sonríe con tanta tristeza que siento que el océano de su mirada se va a derramar en cualquier momento e inundará el lugar. Pero se da la vuelta y da un paso al frente. Cruza la línea de seguridad y Sam me dice adiós con la mano, en brazos de su padre. Son tan especiales..., contengo la respiración un poco más y sacudo la mano con energía diciendo adiós mientras noto cómo me falta el aire. Y lloro todas las lágrimas que llevo semanas reteniendo.

—¡Te quiero, Chica triste! —grita Sam a lo lejos sacudiendo aún su manita, alegre en parte por volver a su casa y porque cree que pronto nos veremos.

—¡Yo más! —les grito enviándoles un beso en el aire y me doy la vuelta.

No puedo soportarlo más. Camino hacia la salida y lloro a la vez. Lloro como nunca, me falta el aire, veo borroso, me mareo. Todo se tambalea por un momento. Un amable señor me pregunta si necesito ayuda. Le doy las gracias, pero sigo andando. Llego al coche con dificultad y, después de entrar y cerrar la puerta, lloro tan fuerte que los sollozos parece que me van a dejar sin voz. Golpeo el volante con rabia. Por cobarde. Por imbécil. Por desafortunada. Desgraciada. Por todo. Porque acabo de echar de mi vida lo único que le da sentido. Tras diez minutos logro volver a respirar. Me seco las lágrimas y arranco el coche. Me dirijo a casa, necesito dormir.

25

$\mathcal{M}$e levanto con un dolor de cabeza descomunal. Ya hace dos días que se han ido y no he logrado salir de casa. Apenas he comido y el tiempo que no he pasado durmiendo abrazada a *Yogui* he estado llorando como un bebé. Esmeralda, que es muy lista, vino a verme anoche y me trajo unas empanadas de berenjena para que comiera algo. Estuvimos hablando y, aunque no le conté lo de mi enfermedad, sí le comenté mis sentimientos y lo perdida que estoy.

En solo ocho días vuelve Mark para pasar aquí sus vacaciones y solo de pensarlo me entran ganas de vomitar. No quiero verlo y me temo que, por más que quería evitarlo, me va a tocar decirle que se ha acabado y que no quiero que vuelva. Es increíble el modo en que una se aísla cuando sabe que le queda poco tiempo. Para no hacer daño. Para no salpicar.

No he encendido el teléfono desde que salí del aeropuerto y me aterra hacerlo y encontrarme mil llamadas y mensajes que no tengo fuerzas para gestionar. Pero tengo cosas que hacer. Marco el código PIN y nada más encenderse el sistema operativo aparecen treinta y dos wasaps, diez llamadas y dos SMS. «Más solicitada que nunca». Irónico.

No abro ninguno. No tengo ánimos. Llamo a Flor y le pido que mande a un transportista cuando pueda para llevarse mi obra. Ya está acabada. Ella es tan dulce como siempre y accede a encargarlo hoy mismo para que la recojan mañana. La conversación dura escasos diez minutos en los que me cuenta que está poniéndose gordita y que ojalá nos veamos pronto. Yo finjo que todo va bien y le deseo lo mejor de todo corazón para su bonita vida y cuelgo. Una cosa menos.

Me tumbo en el sofá mirando al techo. Con un vacío en mi interior que no me cabe en el pecho. A ratos pienso que he actuado mal. Que he hecho más daño a Narel de este modo, porque lo he obligado a hacer algo en contra de su voluntad. Pienso en John y Cloe, en la impotencia que deben sentir. Pero necesito alejarme de todos. Por primera vez en tres meses siento miedo de verdad. Ahora que no lo tengo a él. Miedo de que me encuentre mal y no haya nadie a mi lado. Todo lo que he fingido. «Quiero estar sola». «No quiero que nadie me vea mal». Es mentira. Me encantaría. ¿A quién no le encantaría irse rodeada de amor en los brazos de un ser querido? Pero no quiero hacer pasar por eso a nadie.

Empiezo a rememorar todos los encuentros con Narel, las veces que nadamos juntos, las ballenas, el faro, el muelle, mi cama... Lloro tanto que voy a empezar a enfermar en cualquier momento. Rememoro todo lo que hemos logrado juntos, cuando salvamos a la pequeña ballena. Me pregunto si la habrá vuelto a ver. Y todos los planes que se prometió cumplir por mí. La lista que hicimos y luego olvidamos. La recuerdo como si fuera ayer.

1. Salvar el planeta. Lo hice, lo hice un poquito al dejar de consumir plásticos. Mi madre siempre decía que pequeños cambios locales pueden contribuir a grandes cambios globales. Pienso en mamá una vez más. Qué injusta fui al no hacerle caso y no respetar su voluntad. Quizá por eso ahora me empeño tanto en hacer lo que yo quiero sin pensar en nadie más.

2. Ordenar mi vida. Sin duda, está toda en orden, más de lo que hubiera imaginado. Mis cosas, mi obra, mi estudio, mi casa...

3. Vencer mis miedos. Recuerdo a Apanie mirándome a los ojos de noche, a solas en medio del océano, y nadar con ella sin miedo. Logrado.

4. Salvarle la vida a alguien. A la pequeña ballena. La hija de Apanie.

5. Conseguir que alguien me haga cosquillas. Narel lo hizo sin esfuerzo.

6. Plantar un árbol. Mierda, esta no la he hecho. Siento un pequeño impulso, un ápice de motivación. Y me digo que, aunque sea lo último que haga en esta vida, plantaré mi árbol.

7. Crear una obra que emocione. Espero que les guste a Flor y a la gente de Nueva York. Y perdure más allá de mi recuerdo.

8. No hacer daño a nadie más. Esta ha sido imposible desde el primer día.

9. Viajar a la otra punta del mundo. Esto no me ha dado tiempo.

Empiezo a sentirme cansada, tumbada en el sofá pensando en todas las cosas que nunca haré, y sin poder evitarlo noto cómo se me van cerrando los ojos.

Nieva. Hace frío. Mucho, y los árboles que me rodean son tan grandes que asusta. Pero no tengo miedo. Es de noche y el cielo está más estrellado que en una película de ciencia-ficción. Levanto la mirada y las luces del norte empiezan a sacudirse encima de mi cabeza. Empiezan con tonos verdes muy sutiles que acaban convirtiéndose en violetas y rojizos. No sé dónde estoy. Pero las auroras boreales son lo más familiar que tengo en mi vida. Veo una silueta aparecer entre los árboles, apenas distingo si es hombre o mujer. No puedo ver su rostro. Va muy tapada. Cada vez se acerca más y por un segundo se me encoge el corazón. Hasta que no la tengo enfrente no puedo distinguir quién es. Mamá. Un montón de mariposas me recorren como electricidad estática y la abrazo tan fuerte que temo hacerle daño. Entre sollozos le susurro lo mucho que la he echado de menos y ella no para de acariciarme el pelo como cuando era pequeña. Una extraña calma me invade, como si fuera a perder el conocimiento, son sus manos, su poder tranquilizador, pero no dice nada. Yo no paro de susurrar «mamá», «mamá», y de abrazarla. Cuando por fin pronuncia algo, todo lo que dice es: «Traicionar tu voluntad es tan estúpido e insensato como no seguir tu corazón. Te equivocaste, princesa». En el momento en que pronuncia esas palabras, me separo para que se explique mejor, pero oigo una música de fondo que viene del fondo del bosque y me aleja de ella. Empieza a retroceder por donde ha venido y desaparece de golpe mientras empiezo a correr y correr. La música suena cada vez más fuerte.

Despierto de golpe, sudando, y descubro que la música es el maldito teléfono que no para de sonar. ¡Maldita sea! ¿Por qué? Justo ahora, la primera vez que sueño con mi madre en todos estos años. Me entristezco un segundo y luego recuerdo la frase que ha pronunciado. El teléfono no para de sonar, lo alcanzo y veo que es Narel. Automáticamente sé que mi madre se refería a él en mi sueño. Cuelgo sin devolverle la llamada. Me siento mal, confusa. Vuelvo al recuerdo de mi madre un minuto. Me aferro a él y para mis adentros me digo: «No te fallaré, mamá». Como si sus palabras hubieran dado una patada a todos los pensamientos y planes que he hecho hasta ahora. Como si todo fuera fácil de repente. Una locura, quizá la última.

Me acerco al portátil. Busco los primeros vuelos a Australia y preparo una mochila. Pero antes escribo una carta para Mark. No pienso hablar con él pero merece una explicación. La que él nunca me ha dado a mí.

Tomo aire y le doy a «Pagar ahora». Hecho. Me voy a Australia. La emoción me aturde y siento que he sido una imbécil tratando de hacer las cosas correctas. Pasándome dos días enteros en casa sin comer ni dormir, solo llorando, haciendo que Narel y Sam lo pasen mal también. No existe lo correcto e incorrecto cuando se trata de sentimientos. A veces crees que estás actuando lo mejor que puedes y a esa persona le haces daño igual. Mi vuelo sale en diez horas. Tiempo justo de entregar las llaves de la casa y pedir un último favor.

Tras dejar lo poco que tengo metido en cajas, hacerme la mochila y preparar toda mi obra bien ordenada para que el transportista mañana la recoja en el estudio, me dirijo a casa de Esmeralda abrazada a *Yogui*. Se ha portado tan bien conmigo que no puedo desaparecer sin más. No lo merece. Le cuento que no puedo vivir sin Narel y la niña y que he decidido mudarme con ellos. Que echaré tremendamente de menos esto. Pero que para mí, el hogar es donde estén ellos. Que es mi nueva oportunidad de tener una familia. Y ella, con lágrimas en los ojos, me desea lo mejor. Me asegura que son buena gente y que Sam merece una mamá como yo. Nos emocionamos y nos abrazamos.

—Amo a este gato con todo mi corazón. Y me lo llevaría si no fuera porque son tantas horas de vuelo —le miento mientras abrazo a *Yogui*.

Miento porque jamás abandonaría a mi gato ni yéndome a vivir a otra galaxia. Me lo llevaría aunque el viaje fuera largo y pesado. Como he hecho siempre. Pero me queda poco tiempo, no quiero que el gato lo sufra. Un cambio tan radical, él es feliz aquí, saliendo y entrando de casa cuando quiere, paseándose libremente por el jardín. Lo quiero con locura y me importa su felicidad. Este es su hogar. No más mudanzas para el abuelito *Yogui*. Me lo como a besos y le susurro que cuide de Esmeralda por mí. Demasiadas despedidas y emociones. Es un buen gato y nadie lo cuidará y mimará más que ella.

—¿Puedo pedirte un último favor? —le pregunto—. ¿Podría dejarte la llave de mi estudio para que mañana pase a recogértela un transportista?

—Claro que sí, princesa.

Con esas palabras me recuerda a mi madre. Nos abrazamos y le deseo lo mejor, le aconsejo que invite a Tom, el de la tienda de frutas, a tomar limonada un día en su porche. Le aseguro que está loco por sus huesos y ella se ríe y me promete que lo hará. Tener vecinas así hace que no quieras mudarte jamás. Se lo digo y ella se ruboriza. Es muy buena mujer. Deseo que sea muy feliz.

—Cuida de *Yogui*, y no le des muchas latitas, que engorda con facilidad.

—Sé feliz, Aurora, y no olvides llamarme.

26

«*Ú*ltima llamada para el vuelo 8234». La voz robótica de la azafata me hace acelerar o no llegaré a la puerta de embarque. Como siempre, voy tarde.

Por fin llego, la última como siempre. Sudando y jadeando con dos mochilas a cuestas. Encuentro mi asiento y me preparo para dieciséis horas de vuelo con escalas. Y por un momento me entran las dudas. ¿Y si no están donde yo creo? ¿Y si me han estado llamando para contármelo? Decido abrir el teléfono de nuevo y enviarle un wasap:

> Aurora: Hola, chicos… Disculpad la ausencia de estos días, no ha sido fácil. Espero que estéis bien. Estoy a punto de cometer una locura. Nada tiene sentido sin vosotros. ¿Me recogeríais en el aeropuerto en dieciséis horas? No es broma :) Os echo de menos.

Veo a Narel en línea al momento.

> Narel: Aurora, ¿de veras? ¿Cómo estás? Dime algo… No

me lo puedo creer, ¿de verdad vienes aquí? Dios mío. Gracias. Ahí estaremos. Te quiero, te quiero, te quiero :)

Sonrío y apago el móvil. Tanto evitar y reprimir esto y al final me siento mejor que nunca. Una nueva emoción recorre mi cuerpo. Una nueva vida, dure lo que dure. Eso lo tengo claro. Voy a volver al plan original. A disfrutar del momento. A vivir los días y a hacer que mi vida valga la pena.

El avión está a punto de aterrizar en suelo australiano, estoy tan nerviosa como si fuera la primera vez que nos vemos. La primera cita. El primer beso. Solo hace tres días que se fueron pero la idea de que fuera para siempre ha hecho que sea tan doloroso como si fueran meses. Me acomodo el vestido de flores que he elegido para la ocasión y me preparo para mi nueva vida. Lo he dejado todo atrás. Solamente una carta para Mark en casa, la verá el día que llegue. Abro el móvil y leo el wasap de Narel:

Narel: Estamos junto al Starbucks del aeropuerto. Nerviosos. ¡Qué cosas! Muero por besarte otra vez.

Sonrío como una niña con la mirada fija en la pantalla. Tomo aire y lo hago. Desmonto el móvil. Saco la tarjeta y la tiro en la papelera más cercana. Se acabó. Adiós móvil. Ilocalizable. Lo guardo. Muerto. Inerte. Adiós a todas las amistades que solo me recuerdan mi pasado. En cuanto a John y Cloe, hemos estado llamándonos casi a diario estos últimos meses. Pero la última semana que pasé con Narel no paraban de presionarme para que probara el tratamiento que John había encontrado, hasta el punto de agobiarme y hacerme sentir mal. Sé que, aunque no la compartan, entenderán mi decisión. Por un tiempo prefiero estar desaparecida y que no me escriban pidiéndome que vuelva e ingrese para hacerme las nuevas pruebas. Me conocen bien, sabrán que me he ido con Narel. Ahora mismo no tengo ganas de hablar con nadie. Ni fuerzas. Algún día los llamaré. Pero por ahora, solo quiero volver a abrazar a Narel y a Sam. Y pensar en mí.

Veo a lo lejos el Starbucks iluminado. Me pongo nerviosa, más si cabe. Me suelto el pelo, me lo coloco bien para estar guapa. Tomo aire y veo a la pequeña Sam corriendo hacia mí. Cruzando todos los comercios del aeropuerto.

—¡Chica triste! —grita desde lejos abriendo los brazos.

Suelto las mochilas de golpe y me arrodillo. Salta a mis brazos con tanta fuerza y velocidad que nos tambaleamos y casi nos caemos. La abrazo, la beso; es mi pequeña.

—¡Has venido, has venido!

—Es que os echaba mucho de menos, Sammy.

271

Ella me mira y me vuelve a abrazar, alzo la vista y veo a Narel acercándose a paso lento con la mirada fija en nosotras y una sonrisa que no le cabe en el rostro. Me levanto separándome de Sam con delicadeza y Narel, aún a unos diez metros, me hace una señal con el dedo para que vaya hacia él. Y salgo corriendo, él acelera el paso y me lanzo en sus brazos como Sam ha hecho conmigo. Nos besamos y me olvido de dónde estoy, de Sam y del mundo. Cuando recobramos el aliento, Narel me susurra:

—Han sido los dos peores días de mi vida. No te lo puedes ni imaginar.

—Lo siento, lo siento —le susurro entre besos.

—No sientas nada... Pero ¿cómo has cambiado de opinión?

—Verás —bromeo—. Revisé nuestra lista de cosas que hacer antes de morir y nos dejamos dos. Plantar un árbol y cruzar el planeta.

—Déjame adivinar. ¿Compraste un árbol, lo plantaste y compraste unos billetes a la otra punta del mundo?

—¡Ohh, vaya! ¿Tan previsible soy? —le pregunto entre risas.

—Sí, voy conociéndote, creo. —Me besa de nuevo—. Y te voy a hacer la mujer más feliz de mundo. Te lo prometo.

—Ya lo has hecho...

—Cada día será una aventura, una oportunidad, un milagro.

—Sí...

—Uf... —Suspira sin creer que esté ahí.

Sam nos abraza.

—Os quiero, chicos.

—¿Eso significa que vas a ser mi mamá?

—¿Podré reñirte cuando hagas cosas malas?

—Sí sí. ¡Siempre que quieras! —me dice con su peculiar manera de hablar.

—¿Y te comerás todo lo que te cocine?

—Sí, y me dejaré desenredar el pelo aunque me des tirones y me iré a la cama temprano siempre que lo digas.

Narel y yo empezamos a reír.

—Entonces, trato hecho. —Finjo estar seria y le alargo el brazo.

Importándome muy poco morirme mañana si solo un día puedo hacer feliz a esta niña que se ha ganado mi corazón.

—¡¡Bieeeen!!

Me da la mano entre saltitos de alegría y siento una vez más que la vida es mucho más sencilla de lo que imaginamos. Mucho más minimalista. Que la felicidad siempre depende de uno mismo y que todo, absolutamente todo, depende de nuestras decisiones. Cada camino que elegimos puede hacer que nuestra vida dé un giro radical de 180 grados.

—Vamos. —Me tiende la mano Narel y coge mis mochilas—. Vamos a mostrarte tu nuevo hogar. Espero que te guste nuestra cabaña frente a la playa. Conocerás a Isla, ha venido esta mañana al enterarse de que venías, histérica por conocerte.

Sam me mira, sonriendo como nunca la había visto. Me coge la otra mano y empezamos a caminar juntos. No tengo ni idea de adónde vamos, pero me siento más en casa que en toda mi vida. Y esto es todo lo que necesito ahora.

273

27

Mark

*P*or fin empiezan mis merecidas vacaciones. Después de estos terribles meses de dudas, de engaños. Soy un cobarde por no haber sido sincero con Aurora. Joder, no quiero perderla. Ella lo es todo para mí. Tras tres semanas sin noticias de Thais, me siento tranquilo. No entiendo cómo he podido equivocarme de esta manera tan patética. Me machaco una vez más mientras estoy a punto de llegar a casa de Aurora. No quiero que se entere nunca, quiero recuperar nuestra relación, nuestra vida.

La distancia tras su decisión de quedarse en la costa me hizo sentirme solo y cometí la mayor estupidez de mi vida. Pero por fin tengo estas dos semanas para recuperar lo que tenía con ella. Al fin y al cabo, es con quien quiero compartir el resto de mi vida.

Aparco el coche de alquiler que he cogido en el aeropuerto y me dirijo hacia su casa con el ramo de flores que le he comprado.

—¿Aurora? —Abro la puerta con mi juego de llaves.

Y me sorprende lo vacía que está la casa. Más que la última vez. Veo cajas y bolsas. Me dirijo a la mesa del comedor para poner las flores en un jarrón y veo una nota. La cojo. Más bien es una carta. Siento un latigazo, algo no pinta bien. Miro a mi alrededor de nuevo antes de leerla. ¿Qué diablos está pasando?

Hola, Mark:

Antes de nada, discúlpame por no decirte esto a la cara. Tú y yo, que siempre nos lo contábamos todo… Hasta que decidiste dejar de hacerlo. Sí, Mark, lo sé. Lo sé desde hace dos meses y medio exactamente. Sé lo de Thais. Y lo más irónico es que he sido incapaz de preguntártelo. De pedirte una explicación. Aún hay días en que no me lo creo. Me lo he tragado todo este tiempo sin decirte nada. Pero hay algo que yo tampoco te he contado.

Hace dos meses y medio, un viernes cualquiera, de aquellos 275 que solías venir a casa, me enteré de que tenía la misma enfermedad que mi madre. No hace falta que te diga qué enfermedad es. Estuviste a mi lado cuando sucedió con ella. Sabes lo que es. Sabes que me muero. Aquel viernes, seguro que recordarás qué día fue, llegué a casa, dispuesta a contártelo, para que me apoyaras, para que me ayudaras a pasar por esta mierda. Con perdón. Pero por casualidad abrí mi correo y descubrí que estaba el tuyo abierto. Te juro que fue sin querer, pensando que era mi correo abrí un mensaje de tu bandeja de entrada. Era de Thais. Sí, Mark, ese día que te diste la vuelta de camino a casa porque ella te escribió. Ese día que fingiste que se te había averiado el coche. Ese día fue el que me enteré que me moría, qué irónico. Porque me mataste tú en el instante que leí ese mensaje de ella.

Tú y yo, que habíamos sido la pareja perfecta. Tú, siempre tan atento, tan honesto, y yo, que siempre te quise tanto, que no imaginaba la vida sin ti, sin tus abrazos todas las noches.

Pero decidiste que no era suficiente, decidiste que necesitabas algo más. Qué pena.

Ahora poco importa, me queda tan poco tiempo… Pero ¿sabes qué? Te he perdonado, te perdoné al día siguiente. Cuando se me pasó la rabia, cuando lloré toda la noche mientras tú te dabas la vuelta y volvías con ella, vomité, me ahogué, y encima con la noticia de mi enfermedad. Aún me pregunto cómo pudiste fallarme así. Yo jamás lo hubiera hecho. Eras toda mi vida.

Quiero darte las gracias. Gracias por haber salido de mi vida, porque no tengo ni idea de quién eres, no tengo ni idea de quién has sido ni serás. Ni quiero saberlo ya. Pero gracias. Porque gracias a tu traición conocí a alguien. A alguien que sí estuvo a mi lado todos los días malos. A alguien que está dispuesto a acompañarme de la mano hasta que llegue mi momento. Que por desgracia será pronto.

Espero que entiendas que no haya tenido el valor para contarte nada. Esto es más difícil de lo que te imaginas. Bueno, en realidad, entiendes perfectamente lo difícil que es contar algo así a tu pareja. De verdad, no te guardo rencor. Porque como persona te quiero. Te quiero mucho. Y siempre lo haré. Por todos nuestros buenos momentos. Por todos los días que sí estuviste aquí. Que fueron muchos. Me quedo con esto. Tú puedes quedarte con todo lo demás. Con las mentiras, las lágrimas, las ganas de morirme. Solo guardo amor en mi corazón en esta última etapa.

Ahora eres libre, ya no tienes que fingir, ya no tienes que seguir mintiendo. Puedes ir junto a Thais. Pero me voy a tomar el derecho a pedirte un favor. No se lo hagas a ella. No la traiciones. Porque es un dolor que no le deseo ni a mi peor enemigo. Espero que ella te haga feliz, que te llene y te dé todo ese amor que parece que yo no supe darte, aunque creía que sí.

Te deseo lo mejor, de verdad. Por todos estos años felices.

Si necesitas saber más, habla con John, él lo sabe todo. Y ya que sé que lo harás, dile de mi parte que estoy bien. Y que no se preocupe por mí. Dile que he seguido a mi corazón. Él lo entenderá.

Hasta siempre, Mark. Sé feliz, tú que tienes toda una vida por delante.

AURORA

Me arden los ojos. No puedo soportarlo. He sido un auténtico cabrón y lo peor de todo es que no quiero a Thais, que todo fue un error. Me siento la persona más miserable del mundo. Llamo a Aurora al instante, aún incrédulo. Pero no da señal. Me dice que el número ya no existe. Siento como si alguien me golpeara los pulmones. No puedo respirar. Todo esto se puede arreglar. Tengo que arreglarlo. La amo, joder.

Llamo a John histérico, quedamos en vernos en una hora en casa de Aurora. Recorro la casa rincón a rincón mientras lo espero buscando algún indicio de dónde puede estar. No puede estar lejos. Nunca se alejaría de aquí. Cuando John entra por la puerta, parece que ha pasado una eternidad.

—¿Qué ha pasado, Mark? ¿Dónde está Aurora?

—Dímelo tú. —Le tiendo la carta.

La lee con los ojos como platos.

—¡Mierda! ¡Mierda!

John está muy nervioso, no entiendo nada, se supone que él lo sabía todo.

—¿Qué pasa, John? ¿Me puedes explicar dónde está?

—Mark, siéntate. Porque esto es muy fuerte. —John empalidece.

—Aurora no está enferma —suelta John mirando al suelo.

—¿Qué?

—Que llevo todo el día intentando localizarla por todas partes, hace un par de días que no hablamos. Y ahora entiendo por qué. Pero mierda, tengo que hablar con ella.

—No entiendo nada, John. ¡EXPLÍCATE! —alzo la voz sin querer por los nervios.

—Mark, hace tres meses le di el resultado de unas pruebas que no eran las suyas.

—No entiendo una mierda.

—Pues que hubo un error en el laboratorio y los expedientes se cruzaron. Hace tres días falleció un paciente mío por la misma enfermedad que Aurora creía que tenía. Un paciente cuyas pruebas le dieron negativas. Un paciente que según su expediente estaba sano. Me extrañó tanto que pedí que reanalizaran su sangre y tacs y entonces dieron el mismo resultado que los de Aurora. Por eso ella no presentaba síntomas. Le dieron el expediente de él y a él el de ella.

—¿Cómo coño pudo pasar algo así?

—Eso mismo me pregunto yo. Ayer mismo presenté la demanda contra los laboratorios. Encima, ella es tan cabezota que no quiso repetir las pruebas y ahora… —John relee la carta y por un instante le cambia la cara—. Pone que ha seguido a su corazón…

—¿Qué significa eso?

Parece que John acaba de comprender dónde está Aurora.

—Mark…, tú la cagaste y si ella quisiera que supieras dónde está, te lo habría dicho. Lo siento mucho, tío. Pero será mejor que rehagas tu vida. No sé dónde está Aurora, pero sí sé con quien está.

—¿Me estás diciendo que se ha ido con otro? —le pregunto fuera de mí.

—Mark, fuiste tú quien se fue con otra.

—Pero cree que se va a morir. ¿Y si comete una locura? Sabemos lo impulsiva que es.

—No lo hará. Tiene a alguien a su lado que no lo permitirá.

—¡Ah, genial! —Me enfado sin ningún derecho—. No quiero perderla. No quiero que esté con otro. Soy un cabrón pero no quiero perderla.

—Mark…, todo esto de la enfermedad es terrible y voy a seguir tratando de encontrarla para que pueda vivir tranquila. Sin miedo.

—Y mientras, ¿qué?

—Pues… mientras vivirá cada día como si fuera el último. Como si fuera un milagro. Como ha hecho los últimos meses. Es la tía más fuerte, sensata y sensible que conozco. Y afrontará cada día como un regalo. Si nos paramos un momento a pensar… ¿acaso no lo es? ¿Acaso no es un milagro para todos despertarnos cada día y tener un poco de tiempo más?

Las palabras de John me atraviesan el corazón y comprendo que los errores se pagan. Que toda acción conlleva una reacción. Y el último recuerdo que me viene a la mente antes de coger el coche y volver a Los Ángeles es la cara de Aurora hace unos años, sonriéndome, diciéndome en broma: «Deberías creer más en el karma, cariño». Con sus preciosos ojos verdes de gata. Ojalá nunca hubiera tenido que toparme con él. Pero tenía razón. El karma existe y en esta vida todos pagamos por nuestros actos. Aurora se va a convertir en una desconocida para mí. Y me costará reponerme de ello. Pero está sana. Y feliz. Y aunque me mate por dentro, me lo merezco. Por gilipollas. Las palabras de John no paran de repetirse en mi cabeza: «¿Acaso no es un milagro despertar cada día y tener un poco más de tiempo?»

Tiempo. Justo lo que voy a necesitar para superar todo esto. Solo yo sé cuánto me arrepiento de todo.

Epílogo

*D*ibujo círculos con mis pies en la arena. Está oscure-
ciendo. Los últimos rayos del atardecer se mezclan con
mi cabello, enredado y lleno de sal. La playa paradisíaca
y desierta ante mis ojos y mi lienzo en blanco. Recuerdo
aquel día en Capitola mientras dibujaba lo que el mar me
hacía sentir y cómo apareció Sam y me salvó la vida.

Suspiro al recordarlo. Miro al horizonte y me siento
plena. Hoy no voy a dibujar, hoy prefiero solo contemplar el horizonte. Contemplar la vida. Me vuelvo y veo la
luz de la cocina de mi nuevo hogar encendida. Veo las si-
luetas de Narel y Sam preparando la cena. La brisa cálida
de Australia me hace bien. Y sigo sin síntomas. Ya han pasado seis meses y ya va siendo hora de escribir a John y a
Cloe. Pronto lo haré. Aunque aún no sé cuándo. Siento
estar en un sueño. En un sueño que nunca me atreví a
imaginar. Empiezo a estar preparada. Y hambrienta. Me
levanto y camino hacia nuestra casita en el paraíso y
vuelve a asombrarme que la felicidad verdadera sea tan
simple.

Siempre la busqué en las emociones fuertes, pero he descubierto que no, que la felicidad está en las pequeñas cosas, en las más cotidianas, en rodearte de las personas adecuadas. Nunca he sido tan feliz como cuando me he dedicado a vivir todos los días plenamente. Como si fueran el último. Como si no hubiera mañana. Puede ser hoy o dentro de cincuenta años. Ya no importa. Algún día lo será. Y nadie sabe cuándo llegará su momento.

He comprendido que no soy tan diferente al resto. Ya me he olvidado de la enfermedad. Y empiezo a pensar que existen los milagros. Y que el océano es capaz de curar. Y si tengo algún día triste, como hoy, simplemente vengo a la orilla de la playa. Me siento y recuerdo a mamá y sus palabras:

«La vida es un regalo diario. Valóralo. Al final, lo que importa no son los años de vida, sino la vida de los años».

Gracias, mamá.

Agradecimientos

*U*na vez más, a ti, que me sostienes en tus manos. Esto empieza a convertirse en una costumbre, pero realmente es lo que siento; si no fuera por ti, por todos los que me leéis, nada de esto sería posible. No serían posibles Aurora, ni Sam, ni Narel...

Gracias a todos los lectores de *El día que sueñes con flores salvajes*. Por tanto cariño, apoyo y amor. Por hacerme sentir tan grande con vuestras palabras y vuestros mensajes. No sabéis la de veces que me habéis hecho llorar, emocionarme y hasta dar saltos en la cama al leer vuestras palabras de admiración y de reconocimiento, edición tras edición. Yo no creía que una historia tan mía como fue la de Jake y Flor pudiera llegar tan lejos, tan profundo y tan adentro. Gracias, gracias y gracias.

Y esta vez quiero hacer una mención especial a Nora, mi mano derecha desde hace poquito pero mi amiga desde hace mucho; si no hubiera sido por ti, por hacerte cargo de todas las cosas a las que yo no llego, emails, organización, llamadas, producción, etc., la escritura de esta novela no hubiera sido posible. Al menos no en tan poquito tiempo, pero gracias a tu increíble trabajo a mi lado la he podido escribir en paz y con calma.

A María G. R. por ser la primera lectora real de *El día que el océano te mire a los ojos*, por vivirlo tanto y emocionarte y llorar con mis palabras. Gracias por ofrecerte a ser una crítica literaria tan dulce y sincera.

A Álex (Ander), por ayudarme siempre en todas mis cosas, sean las que sean. Siempre estás. Gracias por ser como un hermano pequeño más. Y por emocionarte tanto con Narel, Aurora y sus besos bajo el agua.

Y no pienso olvidarme de esas personas que en este proceso han estado a mi lado, a Ismael una vez más, por apoyar y hablar tan bien de esta historia a todo el mundo que me preguntaba de qué iba a tratar la nueva novela, además de darme siempre ideas para que las historias sean aún mejores.

284 A mis padres y hermano, por ser una familia de cuatro tan atípica y diferente entre nosotros que me permite tener tres rinconcitos muy diferentes en los que cobijarme: a Pol que es un artista, a mi madre que está luchando como nunca y a mi padre que siempre que tengo una urgencia, él está. Gracias.

A Ana Santos de nuevo por dibujar océanos en la piel de Aurora; a Carol París, mi editora, por esta nueva oportunidad; a Silvia Fernández por cuidarme y preocuparte por mí en todo el proceso de la gira anterior como una mami, y en general a Roca Editorial por su confianza.

A todo el equipo del rodaje del tráiler: a Eric Nieto por ofrecerte siempre a ayudar, a Eva Piqué, María Ballesteros y a los actores Judit y Jordy.

A David y Sheila por ayudarme tanto con mi otra labor, mi gran y verdadera lucha: los animales. Siempre estáis cuando os necesito y yo no sabía lo que era eso hasta conoceros. Gracias.

A mis abuelas una vez más por ser mis más fieles seguidoras y lectoras.

No me faltéis nunca. Ninguno.

Podéis visitar el panel de Pinterest con todas las imágenes que inspiraron la novela en:

www.pinterest.com/dulcineastudios/mundo-aurora/

También dejar volar la imaginación con la banda sonora en Spotify; podéis buscarla con el nombre de «Mundo Aurora».

Y seguir mis redes sociales, Instagram @dulcineastudios y @reservawildforest (mi refugio de animales salvajes.)

Nos vemos pronto en la próxima novela que será la última de esta serie de tres historias de amor salvajes. Me volveréis a leer en *El día que...*

¿Podéis esperar un poquito?

Sed muy felices.

Es una orden :)

Este libro utiliza el tipo Aldus, que toma su nombre
del vanguardista impresor del Renacimiento
italiano Aldus Manutius. Hermann Zapf
diseñó el tipo Aldus para la imprenta
Stempel en 1954, como una réplica
más ligera y elegante del
popular tipo
Palatino

***
**
*

El día que el océano te mire a los ojos
se acabó de imprimir
un día de otoño de 2017,
en los talleres gráficos de Liberdúplex, s.l.u.
Crta. BV-2249, km 7,4, Pol. Ind. Torrentfondo
Sant Llorenç d'Hortons (Barcelona)

***
**
*